El gato que regalaba sonrisas

LOS IMPERDIBLES

OTROS LIBROS DE LA AUTORA EN DUOMO:

El gato que curaba corazones

El gato que enseñaba a ser feliz

RACHEL WELLS

El gato que regalaba sonrisas

Traducción de Antonio-Prometeo Moya

DUOMO EDICIONES
Barcelona, 2019

Título original: *Alfie & George*

Primera edición: junio de 2019

Duomo ediciones es un sello de Antonio Vallardi Editore S.u.r.l.
Av. del Príncep d'Astúries, 20. 3° B. Barcelona, 08012 (España)
www.duomoediciones.com

Gruppo Editoriale Mauri Spagnol S.p.A.
www.maurispagnol.it

ISBN: 978-84-17761-14-1
D L: B 14435-2019
Código IBIC: FA

Diseño de interiores:
Agustí Estruga

Composición:
Grafime

Impresión:
Grafica Veneta S.p.A. di Trebaseleghe (PD)
Impreso en Italia

A Jo, con cariño

Capítulo primero

–¿Qué diablos es eso? –Miré a mi novia Snowball y luego a la criatura. Estábamos junto a la cerca que rodeaba el jardín de nuestra casa de vacaciones, mirando a la extraña criatura que deambulaba al otro lado. Era gorda, tenía un pico afilado, estaba recubierta de plumas y tenía unos ojos pequeños y malignos. Hacía un ruido extraño y agudo mientras picoteaba en el suelo, nos miraba y avanzaba hacia nosotros. Retrocedí con nerviosismo.

–¡Pero Alfie! ¡Si no es más que una gallina! Seguro que ya habías visto alguna –dijo Snowball riéndose.

Me sentí ofendido, aunque la verdad es que hasta entonces no había visto una gallina en carne y hueso. Sin embargo, se suponía que éramos una pareja y yo era el hombre, así que intenté arreglarlo.

–Eh, eh –exclamé. Aquello le demostraría quién mandaba allí y quién cortaba el bacalao. Pero entonces la gallina echó a correr hacia mí, sacudiendo la diminuta cabeza y agitando las alas. Di un salto hacia atrás.

Snowball se echó a reír otra vez y me hizo cosquillas con el rabo.

–Es inofensiva, Alfie, de veras.

Si he de ser sincero, yo no estaba muy convencido.

–Bueno, no se ven muchas gallinas en Londres –refunfuñé alejándome.

Nos encontrábamos en un lugar que llamaban «el campo» y la verdad es que era muy bonito. Estábamos en una casa en medio de ninguna parte, sin nada alrededor en varios kilómetros a la redonda, excepto prados y sembrados. Mi familia (Jonathan, Claire y Summer) y la familia de Snowball, los Snell (Karen, Tim, Daisy y Christopher), habían alquilado una casa durante una semana y nos habían llevado con ellos. Los gatos normalmente no se van de vacaciones, así que nos sentíamos muy afortunados. Cuando se lo conté a mis amigos, los gatos del barrio, pusieron el maullido en el cielo, pero hasta el momento lo estábamos pasando estupendamente y pensé que quizá los gatos deberíamos ir de vacaciones más a menudo. Un cambio es tan bueno como un descanso, solía decir mi primera dueña, Margaret, y tenía razón: era exactamente lo que prescribía el veterinario.

La casa era muy grande, tenía cinco dormitorios, y había una preciosa chimenea en el salón, donde Snowball y yo nos acurrucábamos al caer la tarde. Era muy romántico..., aunque teníamos que tener cuidado con las chispas que saltaban de vez en cuando; una vez casi le chamuscaron la hermosa cola blanca a Snowball.

Nos habían dicho que si salíamos de la casa, no debíamos pasar del jardín. A nuestros humanos les preocupaba que nos perdiéramos, como si eso pudiera pasar, pero hasta ese momento nos habíamos limitado obedientemente a explorar el jardín, tal como nos habían dicho. Tenía un apreciable tamaño; era bonito y contenía multitud de arbustos y arriates interesantes. Había suficiente para tenernos ocupados, ya que era mucho más grande que el pequeño jardín trasero con el que tenía que conformarme en Londres. Sin embargo, más allá del jardín, donde vivían los pollos, había unos campos exuberantes que no carecían de atractivo. Eran una tentación irresistible para un gato tan curioso como yo.

Snowball no estaba tan impresionada. Había sido una gata rica hasta que se mudó a Edgar Road (mi calle de Londres), y su familia había tenido un jardín enorme en su vieja casa de campo. Ahora ya no fanfarroneaba con eso, pero cuando nos conocimos (una época en la que hacía todo lo posible por ser maleducada conmigo) sí que presumía un poco. De todos modos, había acabado conquistándola, me había hecho dueño de su corazón y ya llevábamos dos años juntos. Los mejores dos años de mi vida gatuna.

La gente siempre parecía sorprenderse al principio por nuestra relación, pero es que los gatos se enamoran con la misma facilidad que los humanos, o con más aún. Nadie lo sabe mejor que yo, que he tenido una amplia experiencia con humanos.

Dado que soy un gato de los que llaman «multihogareños», conozco a muchos humanos a los que considero mi familia. Visito más de una casa y tengo muchos «dueños». Además de Claire y Jonathan, suelo pasar tiempo con Polly, Matt y sus dos hijos, Henry y Martha; y con mi familia polaca, Franceska, Tomasz el grande y sus hijos, Aleksy y Tomasz el pequeño. Soy un gato muy ocupado.

He conseguido acercar a mis familias y actualmente todos sus miembros son excelentes amigos. Durante el tiempo que estuve con ellos en Edgar Road y alrededores vi cambiar muchas cosas. Los humanos parece que cambian mucho, al menos es su vida la que cambia, y los gatos somos a menudo los espectadores casuales que hemos de poner orden en los restos que inevitablemente dejan tras de sí. Cuido de mis humanos, eso es lo que hago, y he visto los altibajos, lo bueno y lo malo, e incluso lo manifiestamente feo, pero siempre me he tomado muy en serio el papel de cuidador de mis familias.

–Vamos a entrar, tengo hambre –dije a Snowball relamiéndome. Me habría comido la gallina entera si no hubiera sido tan grande ni tan impresionante. La verdad es que no puede decirse que sea un cazador, y tampoco lo es Snowball; ella es demasiado guapa para matar a ningún ser. Aún recuerdo lo fascinado que me quedé la primera vez que puse los ojos en ella. Incluso ahora, después de dos años, soy un morrongo colado por sus huesos... o, por decirlo con más propiedad, un gato perdidamente enamorado.

–Te echo una carrera –dijo, saliendo disparada como un bólido. Corrí tras ella y llegamos al mismo tiempo a la puerta trasera, ambos ligeramente jadeantes por el esfuerzo.

–Ah, por fin os veo –dijo Claire, sonriéndome al entrar en la cocina. Llevaba a Summer, que tenía dos años y medio, apoyada en la cadera. Claire puso un cuenco en la trona y luego instaló expertamente a Summer en el asiento mientras la niña protestaba revolviéndose. Claire decía que Summer, mi hermanita humana, era «toda una señora», aunque Jonathan prefería llamarla «torbellino». La verdad es que a veces era un incordio y me tiraba de la cola demasiado a menudo para mi gusto, pero yo la quería mucho. Y ella lo compensaba dándome unos abrazos encantadores.

Summer sonrió, cogió la cuchara y la tiró al suelo. Nunca se cansaba de este juego, aunque en mi opinión ya era lo bastante mayor para saber lo que hacía.

–Tostada –dijo con su lengua de trapo.

–Cómete el puré y luego tendrás la tostada –replicó Claire con seriedad.

–¡NO! –gritó Summer, tirando el cuenco al suelo. Como de costumbre, yo estaba demasiado cerca de ella y lamí cuidadosamente el puré que me había caído encima. ¿Es que no iba a aprender nunca?

Yo estaba convencido de que Summer era responsabilidad mía. Debía cuidar de ella, incluso cuando se portaba como toda una señora. A Jonathan, nuestro padre, le resultaba gracioso, porque decía que a él le gustaban las mujeres de carácter fuerte. A mí también, y por eso me gustaban Snowball y Tiger, mi mejor amiga. Sin embargo, a Claire le resultaba algo molesto, creo, aunque desde que tuvo a Summer se sintió tan feliz que ya no volví a preocuparme por ella. Al menos no tanto como antes.

Cuando me fui a vivir con Claire, acababa de divorciarse y se sentía deshecha. Hizo falta mucho tiempo y esfuerzo para recuperarla. Pero entonces conoció a Jonathan, otro de mis humanos, y ahora están felizmente casados y con una niña, Summer, para completar la familia.

–Alfie, Snowball, el desayuno –canturreó Daisy, la joven dueña de Snowball, sirviéndonos unos cuencos con atún en el suelo.

–Miau –agradecí. Daisy era muy guapa, alta y adorable. Snowball y ella se parecían en que ambas tenían el pelaje casi blanco, el pelo en el caso de Daisy. Desde que cumplió dieciocho años, Daisy ha trabajado de modelo. Se estaba haciendo bastante famosa y por eso había venido de vacaciones. Puede que en el futuro estuviera demasiado ocupada para pasar tiempo con su familia, si todo seguía su curso, así que debía aprovechar la oportunidad cuando se presentaba. Snowball la echaba de menos cuando estaba trabajando, pero estaba muy orgullosa de ella, lo cual era conmovedor.

Christopher, el hermano de Daisy, tenía dieciséis años y estaba sentado a la mesa mirando a Summer con aire receloso, procurando estar lejos de ella lo imprescindible para que no lo alcanzasen los objetos que arrojaba. Era mucho más sensato que yo.

Mientras devoraba el desayuno me sentí feliz. Mis restantes familias no compartían mis vacaciones, pero era casi perfecto. Tenía junto a mí a todas las personas que amaba y, naturalmente, a mi querida Snowball. Mientras los humanos desayunaban, parloteando alegremente y haciendo planes para ese día, el corazón, inevitablemente, se me dilató de gozo. La vida no podía ser mejor.

Acabado el desayuno, el sol salió lentamente, calentando la mañana y convirtiéndola en un cálido día primaveral. Summer estaba en el jardín, jugando con sus ositos de peluche encima de una manta, Claire y Karen estaban sentadas a su lado, tomando té y charlando. Daisy había ido a correr y los hombres y Christopher habían ido al pueblo a comprar comestibles (aunque Claire dijo que en realidad habían ido a buscar un bar). Mientras tanto, Snowball y yo nos relajábamos, recostados sobre la cálida hierba.

–Esto es vida –estiré las patas y me giré para quedar panza arriba y que el sol me calentara la piel.

–Ya lo creo –respondió Snowball–. ¿Qué tal si salimos a ver si encontramos alguna mariposa y la perseguimos?

No tuvo que decírmelo dos veces.

Desde luego, el sitio era muy diferente de Londres. No solo había más animales allí, sino también una especie de paz que no había experimentado antes. Y lo más maravilloso era que nos estaba afectando a todos. Todos los humanos parecían relajados, algo maravilloso que casi nunca ocurría en Londres, donde siempre andaban preocupados con el trabajo y otras obligaciones. Todos habíamos pasado una época difícil los últimos años; mis humanos habían tenido muchos problemas. Acostumbrarse a vivir en otro país, tener hijos, la depresión posparto, el acoso en la escuela, los secretos, los disgustos..., habíamos sufrido de todo. Yo había vivido con ellos cada experiencia y había ayudado a resolver muchos problemas, si se me permite decirlo. Creo que los problemas unieron más a mis familias, y era magnífico ver que habíamos entrado por fin en una fase armoniosa. Ojalá durase mucho.

Snowball y yo encontramos un parterre que parecía ideal para buscar mariposas.

Nos sentamos en silencio, uno al lado del otro. Éramos tan felices juntos que a menudo no necesitábamos palabras. Yo me sentía como si supiera lo que Snowball estaba pensando y viceversa. Al final resultó que no había mariposas, pero nos zambullimos entre las flores igualmente cuando apareció una ruidosa abeja. Intentamos no hacer ruido mientras la abeja chupaba en la flor lo que fuera que necesitara. Yo sabía que las abejas eran buenas, porque se lo había oído decir a mucha gente, pero si te acercas demasiado, te pueden dar un picotazo muy desagradable. Cuando la abeja se fue volando, salimos dando volteretas, disfrutando del sol y del suave aroma de las flores. Fue un momento muy romántico.

–Alfie, estar de vacaciones contigo es lo mejor que me ha pasado en la vida –susurró Snowball, poniendo una pata encima de la mía. Me sentí muy emocionado cuando miré a mi amada.

–También es lo mejor que me ha pasado a mí –respondí..., y lo dije con toda la sinceridad del mundo.

Capítulo segundo

Summer jugaba a la pelota con Christopher. Aunque él la tratase con recelo cuando tenía comida delante, en las restantes ocasiones se portaba muy bien con ella.

–Tira la pelota, Sum –dijo Chris. Summer se la apretó con fuerza contra el pecho y negó con la cabeza. Luego la dejó en el suelo y se sentó encima. Christopher se echó a reír. Yo me acerqué y di un zarpazo a la pelota. Summer reía y toda ella temblaba cada vez que le daba un puntapié. Se echó a reír cuando me recosté a su lado en la hierba, haciéndole cosquillas con el rabo. Con el rabillo del ojo vi que se acercaba Jonathan.

–Creo que ninguno de los dos jugará nunca en el Chelsea –dijo riéndose. Levantó a Summer y dio vueltas con ella.

–Jon, acaba de desayunar, no hagas que vomite –dijo Claire, acercándose a nosotros. Yo me levanté, me estiré y me quité la hierba del pellejo con la lengua.

–Lo siento –dijo Jonathan, poniendo los ojos en blanco. Le lancé una mirada de complicidad; a veces Claire se alarmaba por nada.

–¿Listo? –preguntó ella.

Jonathan asintió con la cabeza.

–Sí. Alfie, Snowball, nos vamos de excursión, así que os tenéis que quedar aquí y no buscar problemas. –Me miró al decir la última frase.

–Miau –exclamé con indignación.

–¿Os parece bien que dejemos abierta la puerta trasera? –preguntó Tim mientras llevaba unas bolsas a uno de los coches.

–No veo por qué no; por aquí está todo desierto –dijo Jonathan.

–¡Caramba! Eso me gusta. En Edgar Road nunca podemos hacerlo, ¿verdad? –dijo Karen. Tim y ella se miraron; me pregunté si estarían pensando en su antiguo domicilio, como a veces hacía Snowball. De tarde en tarde le veía en la cara una expresión de añoranza y, aunque por lo que yo sabía se sentía feliz, a veces lo echaba de menos. Lo entendía. Yo también echaba de menos mi primer hogar y, aunque me encantaban mi familia y mi casa actuales, no lo había olvidado. En mi opinión, nada tenía de malo echar de menos algunas cosas. Aunque eso significara que habías perdido algo o a alguien, también significaba que los querías. Era duro, pero así es la vida.

Nos instalamos junto a los peldaños de piedra que conducían a la puerta trasera para ver salir a nuestras familias. Yo estaba emocionado, pues significaba que por una vez teníamos un día entero para vivir nuestras propias aventuras sin preocuparnos por los humanos.

–¿Crees que podremos ir a explorar un poco? –preguntó Snowball.

–Bueno, los humanos han dicho que no debemos, para que no nos perdamos –respondí. Aunque a veces sea un gato imprudente, lo último que quería era perderme en el campo. ¡Nunca sería capaz de encontrar el camino de vuelta!

–Oh, vamos, vivamos un poco. Y además, tengo un buen sentido de la orientación. –Snowball me acarició, lo que significaba que sabía que yo acabaría por ceder. Sin embargo, no olvidaba aquella vez que se perdió y tuve que organizar una misión de rescate. Aunque no me atreví a mencionarlo..., no quería discutir ni que Snowball se enfurruñara: se le daba muy bien cuando se enfadaba.

–Bueno, está bien, vamos. –Después de todo, me dije, ¿qué podía salir mal?

Salimos del jardín por primera vez y fuimos al terreno vecino. Las altas hierbas me hacían unas agradables cosquillas en las patas mientras corríamos juntos. Había insectos zumbando a nuestro alrededor y conforme nos alejábamos de la casa vimos más pollos y gallinas. Eran bastante cordiales, cloqueaban y arañaban la tierra cuando pasamos por su lado. Me acerqué mucho a uno de aquellos animales para demostrar mi valentía, aunque en el fondo temblaba como un flan.

Cruzamos otro campo y saltamos una valla.

–¿Te pasa algo en las patas? –preguntó Snowball con dulzura cuando me vio hacer una mueca. Tenía una antigua herida y a veces se me resentían las patas traseras, pero descontando algún que otro pinchazo, apenas me dolía.

–No –dije–. Estoy bien, gracias. –Salté desde la parte superior de la valla para demostrarle que me encontraba perfectamente. Luego, sintiendo crecer mi confianza, corrí por el campo. Me lo estaba pasando en grande, con el viento acariciándome el pelaje y el sol sonriéndonos amablemente. Podría acostumbrarme a vivir en el campo, pensé. Qué poco me imaginaba el despertar tan brusco que estaba a punto de tener.

–Muuu –exclamó algo o alguien con irritación.

–¡Cáspita! –grité, parándome de golpe en pleno salto. Me quedé apoyado en una sola pata y, al levantar la vista, me eché a temblar. Estaba frente a un monstruo y no parecía muy contento de verme. Me miraba desde arriba con grandes y oscuros ojos, y resoplaba con furia. –¡Cáspita! –repetí.

El monstruo lanzó un bufido que sonó a enfado. Me di cuenta de que no se sentía muy contento de que estuviéramos en su territorio. Se puso a dar golpes en el suelo con una de las patas delanteras y, al ver la hierba aplastada, comprendí lo que sería caer bajo aquellas grandes pezuñas. El monstruo sacudió la cabeza violentamente mientras volvía a recorrerme con sus ojazos. Seguro que estaba a punto de embestirnos. Conseguí retroceder, pero reboté en Snowball y me encontré de nuevo cara a cara con la vaca.

El animal levantó la cabeza, lanzó otro fuerte mugido y sacudió la cola.

–Tranquilo, Alfie. –Snowball estaba a mi lado. Al verla, el monstruo pareció calmarse un poco. Mi novia me alejó de allí sin brusquedad y nos quedamos a una distancia segura–. Solo es una vaca –añadió–. Son grandes y parecen agresivas, me doy cuenta, pero en realidad son muy amables.

Nunca había visto una vaca tan de cerca y a mí me parecía cualquier cosa menos amable.

–Pero es... es... enorme –balbucí, incapaz de apartar los ojos de aquella criatura blanquinegra. Las patas traseras me temblaban de miedo, aunque la vaca ya se había dado la vuelta y sacudía el rabo y comía hierba como si no existiéramos. Me sentí lleno de alivio.

–Son inofensivas –me explicó Snowball. Por lo visto, tenía mucho que aprender sobre aquellos animales de granja.

Seguí alegremente a Snowball lejos del monstruo vacuno. Desde luego, su aspecto no era lo que yo llamaría «inofensivo».

El resto de la excursión transcurrió sin novedad, aunque estaba más aprensivo que al principio. Pero también fue uno de los mejores días de mi vida. Retozamos en los campos, encontramos preciosos árboles que admirar y no fuimos atacados por más animales de granja, aunque vimos algunas ovejas y me pareció que una de ellas se encaprichaba de Snowball. Pero eran del mismo color y quizá pensara que Snowball era un cordero. Después de todo, como explicó Snowball, las ovejas no eran famosas por su cerebro. No como los gatos.

Al atardecer estaba echando una siesta, acurrucado frente al fuego. Necesitaba un descanso después de la expedición. Aunque normalmente era un gato activo, estaba totalmente agotado. Quizá fuera el aire campestre, no sé. Claire no dejaba de hablar de él, así que es posible que tuviera algún efecto. Jonathan decía que era ridículo encender el fuego cuando hacía tanto calor, pero Karen y Claire así lo deseaban, ya que en casa no teníamos chimenea. Yo no me quejaba; me encantaba sentirme envuelto por aquel calorcito. Snowball estaba con Daisy en su habitación, creo, y yo debí de dar una cabezada antes de despertar lentamente a causa de unos susurros.

–¿Estás segura? –oí decir a Karen. Abrí un ojo y la vi sentada con Claire en el sofá.

–Totalmente. Me temo que está decidido. –¿Me temo? ¿Qué significaba aquello? Por lo que yo sabía, todo iba bien en mis familias.

–Oh, cariño, lo siento, no sé qué decir. –La voz de Karen estaba cargada de simpatía.

–Bueno, ya tenemos a Summer, y es perfecta, aunque sea un poco caprichosa, pero ya sabes que me habría gustado tener más niños, y a Jon también, pero no ha sido así. El médico nos hizo unos análisis y parece que hemos tenido el único retoño que podíamos tener. –Aunque Claire parecía algo triste, no estaba llorando. Esperaba que no fuera el principio de algo trágico. Me preocupaban todos mis humanos, pero Claire especialmente. Tras la época oscura que había afrontado en el pasado, sabía que era propensa a sufrir depresiones.

–Pero no tuvisteis problemas con Summer –replicó Karen.

–No, son cosas que pasan…, la naturaleza. Es extraño, pero con Summer estaba tan desesperada por tener hijos que prácticamente estaba embarazada antes de concebirla; en cambio, ahora que lo hemos intentado con ganas durante más de año y medio, estoy totalmente tranquila. He sido tan afortunada por tener una niña tan hermosa, y por supuesto a Jonathan, que supongo que debería dar gracias por lo que tengo en vez de lamentarme por lo que no puedo tener.

–¿Has pensado en la fecundación in vitro?

–Hice algunas averiguaciones, pero no soy una persona muy equilibrada, y con las hormonas y las inyecciones y todo eso, me preocupa la posibilidad de acabar desquiciada. Por no decir que podría no funcionar, y que costaría una fortuna. No, tengo que ser una buena madre para Summer, y como ahora trabajo media jornada, necesito seguridad. Para ser sincera, me encantaría adoptar un niño, pero Jon es reacio a la idea.

–¿Adoptar?

–Sí. Mi padre es asistente social y siempre crecí pensando que dar un hogar a un niño era algo grandioso. Aunque no pensaba en eso desde hacía años, cuando supimos que no podíamos concebir en seguida pensé en la adopción. Pero por desgracia Jon no piensa igual.

Yo permanecía totalmente inmóvil mientras escuchaba. Por supuesto, ya sabía que querían tener otra criatura, y había oído muchas conversaciones entre susurros tras las puertas, pero como todo nos había ido tan bien a todos, puede que hubiera olvidado sus tribulaciones. O quizá había estado más ocupado con Snowball de lo que creía...

–Ah, los hombres; quieren que sus genes corran por las venas de sus críos.

–Probablemente, pero al final cederá, sé que cederá –dijo Claire–. Tenemos mucho que ofrecer a un niño, solo necesito convencerlo de que es una buena idea.

–Ya sabes cómo son los hombres. Tienen que pensar que es idea suya. –Ambas se echaron a reír.

–¿Un vaso de vino? –sugirió Claire.

–¿Por qué no? Después de todo, estamos de vacaciones.

Mientras Karen y Claire saboreaban el vino, me maravillé de lo lejos que había llegado Claire. Cuando la conocí, estaba hecha polvo: divorciada, con el corazón roto, bebía demasiado y se sentía desgraciada. Pero ahora era feliz, y ni siquiera este contratiempo, algo que en otro tiempo habría podido trastornarla, la podía derrotar. Ya no era una víctima, y me sentí tan contento que salté a su regazo y restregué la nariz contra su mano. Quería que supiera lo orgulloso que estaba de ella.

–Oh, Alfie, te quiero. –Me dio un beso en la cabeza. Yo me acurruqué sobre ella, pensando que eso de las vacaciones no estaba tan mal. A pesar del monstruo vacuno.

Capítulo tercero

Estas vacaciones están consiguiendo que quiera aún más a Snowball. Antes de salir de Edgar Road, con los dos vehículos llenos de bultos, yo en mi transportín en un coche y Snowball en el otro, me habría parecido imposible. Pero así ha sido. Pasar este tiempo juntos, lejos del estrés cotidiano de Edgar Road, nos había acercado aún más.

Si los gatos pudieran casarse como los humanos, me habría casado con Snowball sin pensarlo. Aunque sabía que era imposible, cuando se lo conté, recostados frente al fuego, dijo que era la cosa más romántica que había oído nunca. Lo cual me dio una idea. Como gato organizado que soy, me gusta hacer planes, y para que ambos recordáramos aquellas vacaciones, las primeras que pasábamos juntos, y también las mejores vacaciones que podía pedir un gato, se me ocurrió planear algo para nosotros.

Los humanos iban a ir a la playa a pasar el día. Habían cargado mucha comida y organizado mucho alboroto, como si fueran a pasar varios días fuera y no unas pocas horas. Por fin salieron de casa y Snowball y yo nos quedamos solos. Yo quería pasar un bonito día con ella y eso significaba ser valiente, osado y correr riesgos. Pues bien, este gato estaba listo para hacer exactamente eso. Quería poner una sonrisa en el rostro de Snowball y que viviéramos un día inolvidable. Por supuesto, no sabía adónde nos llevaría la jornada. Durante la salida de la víspera no nos aventuramos muy lejos. Aún no conocíamos la zona, pero supuse que si nos dirigíamos hacia la granja grande, nos divertiríamos mucho. Expliqué mis planes a Snowball. Saldríamos del jardín, esperaba que esquivando a las colosales vacas, y exploraríamos los exuberantes prados verdes por los que se llegaba a la montaña. Una vez en la cima, admiraríamos las vistas de las que habían estado hablando nuestras familias. Supuse que si avanzábamos siempre en la misma dirección, no pasaría nada, no habría manera de perderse. La verdad es que estaba emocionado y me vencía el espíritu aventurero.

–Me encanta el plan, Alfie. Aunque pensaba que aún tenías miedo de las vacas y de perderte.

–Yo no –respondí con más seguridad de la que sentía Tan solo esperaba que esas vacas se mantuviesen alejadas.

Cuando las familias se apretujaron por fin en los coches y se fueron, Snowball y yo terminamos los lavatorios matutinos y nos preparamos para iniciar nuestras propias correrías. Casi me temblaban las patas de emoción; sabía que íbamos a tener el mejor día de nuestra vida.

Nos dirigimos a la granja y saludamos a las gallinas como si fuéramos viejos amigos. Las aves bambolearon la cabeza y cacarearon, pero no sintieron mucho interés por nosotros. No sé por qué siempre les había tenido miedo; la verdad es que eran muy simpáticas. Las observamos un rato antes de proseguir el viaje. Al poco rato llegamos a un campo con una hierba increíblemente alta y verde. Era más alta aún que nosotros. Nos abrimos paso entre ella y hubo un momento en que ni siquiera podía ver a Snowball.

–¡Uuuhhh! –exclamó saltando sobre mí, y casi me derribó.

–Muy bonito –dije alisándome el pelaje–. Se suponía que esto iba a ser romántico, no un pretexto para darnos sustos.

–Lo siento, Alfie, no pude resistirme. Es la hierba más alta que he visto nunca. ¡Qué divertido! Vamos, sigamos. –Echó a correr y yo hice lo propio. Corrimos entre la hierba, dejando que nos cosquilleara el pellejo, hasta que salimos al otro lado del prado. Me sentí vigorizado cuando miré en derredor para decidir hacia dónde ir a continuación.

–No vayamos por ahí. ¿Recuerdas a las ovejas? Creo que una quería secuestrarme –dijo Snowball con aire preocupado.

–Como si fuera a permitírselo yo –respondí levantando los bigotes.

–Alfie, ¿te gustaría vivir en el campo? –preguntó Snowball mientras atravesábamos otro prado.

–No sé. O sea... está muy bien. Pero es muy silencioso. Y todos esos animales..., para ser sincero, no estoy seguro de que sea para mí. Soy londinense de pies a cabeza.

–Cuando vivíamos en la antigua casa era un poco como el campo, pero no tanto como esto..., allí había más construcciones. Creo que estaba muy equilibrado.

–Sé que echas de menos tu antiguo hogar, Snowball –dije, tratando de ser comprensivo y de no sentirme herido. Y es que no me gustaba pensar en cómo era Snowball antes de conocerme. Parecerá una tontería, pero tenía celos de que hubiera tenido una vida en la que yo no estaba.

–Sí que lo echo de menos un poco, pero no querría volver atrás, no sin ti, Alfie. –Sentí que el corazón se me derretía al mirar sus hermosos ojos.

La aparición de una nube negra vino a interrumpir nuestro momento.

–Oh, no –exclamé al sentir que una gota de lluvia me aterrizaba en el hocico. Parecía caída de ninguna parte. No hacía ni un minuto que el sol nos acariciaba el pellejo.

–Deberíamos salir por patas –gritó Snowball cuando se puso a llover con fuerza; a ninguno de los dos le gustaba mojarse. Snowball echó a correr y yo la seguí, sin pensar hacia dónde se dirigía. Tras correr un rato llegamos a un edificio y nos colamos en él. Había paja en el suelo; picaba un poco, pero al menos estábamos secos.

–Menos mal, Alfie –dijo Snowball–. Vaya chaparrón está cayendo.

–¿Qué lugar será este? –pregunté.

–Un granero o algo así.

–Grrr.

Levantamos la cabeza y vimos un grupo de cerdos gordos y rosados que se acercaba hacia nosotros. Se sacudían y gruñían, y no parecían muy cordiales. Cinco de ellos avanzaron, todos con la piel rosa y la barriga redonda. Aunque no se movían con rapidez, como avanzaban juntos supe que íbamos a tener problemas.

–Oh, cariño –dije mientras retrocedíamos, hasta que quedamos acorralados en un rincón del granero.

–Los cerdos son muy malos –informó Snowball, una noticia poco tranquilizadora–. Aunque nunca había estado tan cerca de ninguno, he oído toda clase de cosas sobre ellos. Al parecer, comen de todo.

–Lo cual nos incluye a nosotros... –Estábamos totalmente pegados al rincón. Los cerdos se acercaban sacudiendo la cabeza, sus pasos sonaban con fuerza con aquel peso y aquel volumen que tenían. Nos miraban con ojos hambrientos. Snowball se puso detrás de mí. De un momento a otro íbamos a ser comida para cerdos. Tenía que idear algo para salir de aquella encerrona. Después de todo, yo era el macho de la pareja. Respiré hondo varias veces para calmarme, aunque los animales ya casi estaban encima de nosotros.

–Bueno, no son tan grandes como las vacas. ¿Qué tal si echamos a correr entre sus patas? –sugerí. Aunque me daba pánico, no se me ocurría otra forma de escapar.

–Podríamos intentarlo, pero mira esas pezuñas, el peso que soportan. No me gustaría quedar atrapada debajo. –Snowball tiritaba. Ambos teníamos frío y miedo. Aquel día romántico no estaba discurriendo como había esperado.

–Lo sé –dije–, pero no tenemos otra alternativa, ¡parece que nos quieran comer! –Intenté ser el hombre de la pareja; los cerdos estaban a solo unos pasos. Tenía que moverme, así que di un ligero empujón a Snowball y me lancé entre las patas del cerdo más cercano, mirando atrás para ver si ella me seguía–. Vamos, Snowy, lo conseguiremos –dije para animarla, cuando uno de los cerdos soltó un gruñido de cólera.

Snowball no se lo pensó; echó a correr y llegó a mi lado. Los cerdos parecían un poco confusos, pero, por suerte, su corpachón les impidió moverse con rapidez cuando quisieron seguirnos. Nosotros éramos mucho más rápidos y tras esquivar a un par de cerdos más, salimos triunfantes, aliviados y agradecidos por estar a salvo. El chaparrón había amainado y ahora no era más que una llovizna.

–¿Nos arriesgamos a volver a casa ya? –pregunté.

–Será lo mejor, no quiero jugármela con esos cerdos.

–Hasta ahora no te preocupaban los animales de granja –señalé. Snowball parecía aún más asustada que yo.

–Lo sé, pero los cerdos… Como he dicho, no tengo mucha experiencia con ellos, pero he oído contar cosas. –Sus ojos brillaron de miedo.

–Parecía que deseaban comernos a los dos. –Miré alrededor para buscar el camino de casa y de repente se me paró el corazón–. ¿Snowball?

–¿Sí, Alfie? –Se estaba quitando unas pajas del pelaje.

–¿Por dónde se va a casa? –pregunté. Dejó lo que estaba haciendo y me miró. Yo le devolví la mirada con aire sombrío. No tenía ni idea de dónde estábamos.

–Oh, no. Teníamos tanta prisa por resguardarnos de la lluvia que no me fijé en qué dirección corríamos –gimió.

¿Podía ponerse peor el día? Miré a mi alrededor, pero solo veía campo. Campo en todas direcciones…

y todo parecía igual. Estábamos irremisiblemente perdidos.

Mientras discutíamos qué hacer a continuación, me dirigí hacia un seto cercano para al menos resguardarnos de la lluvia mientras hablábamos.

–Creo que lo mejor es avanzar y no perder la esperanza –dije.

–Estupendo, Alfie, siempre tienes un plan genial y ahora propones que echemos a andar sin tener ni idea de hacia dónde nos dirigimos –dijo Snowball. Sabía que estaba enfadada, pero no me parecía justo. Después de todo, la culpa de que nos hubiéramos perdido no había sido exclusivamente mía. Estaba adentrándome un poco más en el seto cuando algo me detuvo, o más bien alguien, y me vi frente a frente con un gato atigrado, grande y de aspecto cochambroso. Este nos bufó.

–Fu –dijo.

–Hola –respondí con cordialidad. Después de todo, era mucho más grande que yo. Me gustaría añadir que me enorgullecí por ir bien arreglado y tener un aspecto presentable, lo que ciertamente no podía decirse de aquel gato.

–¿Quiénes sois? –preguntó.

–Yo soy Alfie y ella es Snowball. Estamos de vacaciones con nuestras familias.

–No seas ridículo. Los gatos no van de vacaciones. –Hizo una mueca, enseñando unos dientes muy afilados, y durante un momento no supe si estaba a punto de atacarnos. Traté de mantener la calma, aunque se me movían las orejas y la cola se me sacudía. Yo no era un gato agresivo, pero tenía que proteger a mi novia.

–Sé que es bastante raro, pero lo estamos, de veras –dijo Snowball, dando un paso al frente. El gato vio sus ojos azules y su pellejo blanco, y de inmediato empezó a acicalarse, se sentó más erguido y agitó la cola para dar a entender que sus intenciones eran amistosas. Demasiado amistosas para mi gusto.

–¿Qué tal? –dijo sonriendo–. Permitidme que me presente. Soy Roddy y vivo aquí. Siento haber parecido maleducado, pero, bueno, no estoy acostumbrado a las visitas. –Guiñó un ojo a Snowball, que en nuestro lenguaje equivale a lanzar besos. ¿Quién se creía que era el tal Roddy?

–Nosotros vivimos en Londres –respondí con altanería.

Quien piense que los gatos no flirtean, debería haberlo visto estirando las patas y envolviéndose el cuerpo con la cola. Llegué a la conclusión de que era demasiado grande y sucio para considerarlo atractivo, lo cual era un alivio. Yo, con mi pelaje gris azulado y mi elegante figura, a menudo recibía cumplidos por mi atractivo. En cualquier caso, estaba bastante seguro de mi aspecto y sabía que Snowball era fiel, así que intenté relajarme.

–¿Has dicho Londres? Bueno, no lo conozco en absoluto. –Roddy miraba directamente a Snowball mientras hablaba.

–El caso es –dijo Snowball, con un tono demasiado tierno– que nos hemos perdido. Intentamos resguardarnos de la lluvia y terminamos atrapados en un granero con unos cerdos poco amistosos y ahora no sabemos cómo volver a la casa donde pasamos las vacaciones. –Ladeó la cabeza y comprendí que Roddy ya había caído bajo su encanto.

–¿Dónde vivís? –preguntó, hinchando el pecho–. Conozco bastante bien esta zona.

–En una casa grande –respondí, no especialmente contento de la charla, aunque tenía que admitir que era nuestra mejor posibilidad.

–Eso restringe mucho la búsqueda –apostilló con sarcasmo.

–Verás, Roddy –ronroneó Snowball, estirando las patas–, está cerca de la granja, tenemos gallinas en los límites del jardín y hay un prado con vacas enfrente de nosotros.

–Ah, ya sé dónde dices. Bien, gatos de ciudad, seguidme y os llevaré a casa en seguida.

A pesar de habernos mojado y de haber salido de la aventura un poco escaldados, Roddy nos llevó a casa sanos y salvos, y aunque yo aún estaba enfadado porque había flirteado con mi novia, le di las gracias de corazón. Me sentí aliviado. Cuando nos despedimos de él en la puerta, Roddy seguía asombrado de lo raro que era que unos gatos estuvieran de vacaciones.

El fuego estaba apagado y la casa vacía, pero nos pareció cálida cuando nos recostamos delante de la chimenea para secarnos. Como el viaje romántico había sido idea mía, resolví ser magnánimo.

–Siento que el día no haya salido muy bien –dije, hundiendo el hocico en el cuello de Snowball.

–Y yo siento haberte gritado. Solo estaba asustada. Pero cuidaste de mí, como siempre –dijo, devolviéndome el hociqueo.

–Bueno, ha sido Roddy el que nos ha salvado –repuse.

–Quizá, pero mi héroe eres tú, no él –dijo, y no podría haberme sentido más feliz.

Se abrió la puerta y nuestras familias entraron en el salón, hechas una sopa.

–Encendamos el fuego y quitémonos esta ropa mojada, no vayamos a coger una pulmonía –dijo Karen.

–Mira esos dos, tan a gusto al lado de la chimenea caliente mientras nosotros casi nos ahogamos en la playa –dijo Jonathan, poniendo unas astillas en la chimenea. Con los ojos medio cerrados, Snowball y yo nos miramos sonriendo. Si supieran…

Capítulo cuarto

–Espero que no os hayáis aburrido mucho –dijo Jonathan mientras desayunaban todos juntos el último día de vacaciones.

–Qué va –respondió Christopher–. Por mí bien. –Parecía un poco tímido, pero, claro, era un adolescente y al parecer todos son más bien monosilábicos.

–Yo he disfrutado de no hacer nada –dijo Daisy–. Si todo sale según lo previsto, no pararé de trabajar cuando volvamos.

–Según Polly, vas a ser la próxima Kate Moss –dijo Claire.

–Si pudiera tener una pequeñísima fracción de la fama que tiene ella, me daría por satisfecha –respondió Daisy riendo. Creo que no se daba cuenta de lo alucinante que era, casi tanto como Snowball. Aunque Snowball se había mostrado algo distante cuando la conocí, no fue porque se creyera una belleza, y ni siquiera ahora era consciente del efecto que producía en otros gatos y en las personas. Al igual que Roddy, muchos gatos se ponían a babear como perros cuando la veían. Incluido yo, lo confieso.

–¿Y qué vamos a hacer hoy? –preguntó Karen, poniéndose mantequilla en una tostada.

–¿Qué tal si nos quedamos por aquí, damos un paseo y luego comemos en casa? –sugirió Tim.

–Suena bien –dijo Claire, incapaz de introducir una cucharada de cereales en la boca cerrada de Summer.

–¡TOSTADA! –gritó Summer. Claire parecía exasperada, pero Jonathan rio con indulgencia.

–Ojalá aprendiera por fin a decir fruta o puré –dijo Claire.

–Mi niña sabe lo que quiere –dijo Jonathan–. De tal palo, tal astilla. –Claire le dio un manotazo.

–Mira qué bien, entonces tenemos un problema serio –bromeó.

–Me voy con el ordenador –dijo Christopher con expresión avergonzada. Él también empezaba a ser una astilla del palo de su padre, si eso significa lo que creo que significa. Seguía los pasos de su padre para ser un genio de la informática, o algo así.

–Oye, Claire, sé que te has hecho con ese libro que querías leer, así que esta mañana llevaré a Summer a dar una vuelta por la granja. Le encantan los animales y tú podrás meter las narices en tu novela –dijo Jonathan, dándole un beso en la mejilla.

–Dios mío, ahora recuerdo por qué me casé con este hombre.

–Iré contigo, Jon –dijo Karen, y Tim asintió con la cabeza.

Miré a Snowball. Otra vez íbamos a quedarnos solos los dos; a lo mejor dábamos un paseo romántico por el jardín. Tras la aventura de la granja, nos habíamos quedado cerca de la casa y no estaba seguro de que fuera una buena idea ir de excursión.

Durante un rato nos quedamos en el jardín, cerca de la tumbona donde Claire estaba leyendo. Chris estaba dentro, Daisy había ido a correr y los otros a dar un paseo. A media mañana decidimos ir a ver las gallinas. Las saludamos moviendo la cabeza (yo ya no les tenía miedo) y ellas inclinaron la suya en señal de respuesta. Sabía que ya no estaban asustadas. Estar en el campo era una forma de conocer a los demás animales, a los que no vivían en Londres.

–Muy buenas, gatos de ciudad –dijo Roddy, apareciendo de repente detrás del corral de las gallinas.

–Hola, Roddy –dijo Snowball.

–Tenemos que darte las gracias de nuevo por lo del otro día –dije, recordando mis modales.

–De nada. ¿Y qué estáis haciendo? –preguntó Roddy.

–Es nuestro último día aquí, nos vamos mañana –expliqué, ya que me sentía relajado y cordial. Sin duda había disfrutado del campo, aunque echaba de menos muchas cosas de Londres, por ejemplo a mis amigos, sobre todo a Tiger, y también a mis otras familias. También echaba de menos el ajetreo y el ruido constante. Aquí por la noche había un silencio que inquietaba, pero en casa oía coches, voces y sirenas ocasionales. El silencio requería tiempo para acostumbrarse.

–En ese caso, ¿qué tal si os llevo a mi sitio favorito? –sugirió Roddy.

–¿Cuál es? –preguntó Snowball.

–Ya lo veréis, es muy chulo. Vamos, venid conmigo. –Echó a correr y fuimos tras él. Mientras cruzábamos un campo diferente, y por suerte exento de vacas, me di cuenta de lo bien que olía el campo en general.

Aspiré profundamente, disfrutando de los frescos aromas. Estaba contento porque íbamos a tener una última aventura y con Roddy a nuestro lado no había ningún peligro. Bueno, por lo menos eso esperaba.

Enfilamos un camino con el que estábamos más familiarizados y que rodeaba el prado en el que habíamos conocido a la vaca gigante. Había vacas, unas cuantas, pero estaban en el otro extremo del prado y tan ocupadas comiendo hierba que apenas nos prestaron atención. No puedo decir que lo lamentara.

–Vamos, sigamos adelante –dijo Roddy, mientras nosotros le pisábamos los talones.

Guiñé el ojo a Snowball y ella me devolvió el guiño justo cuando llegamos a un arroyo.

–No me gusta mucho el agua –afirmé.

–No, a mí tampoco, Alfie. Pero mira, hay un puente ahí mismo. Vamos. –Roddy nos condujo por un pequeño puente de madera y entonces se detuvo. Cuando miré a mi alrededor, casi me quedé sin respiración. Estábamos en un claro, al borde de un bosque, rodeados por espesas masas de árboles. La luz del sol se colaba entre las ramas, se reflejaba en las hojas, era muy hermoso.

–Es un bosque –exclamó Snowball.

–Sí, es mi bosque –dijo Roddy, aunque yo estaba seguro de que no lo era.

–Miau, es precioso –constaté–. Casi tan bonito como tú –añadí, hundiendo el hocico en el pelaje de Snowball. Me sonrió con coquetería y levantó los bigotes.

–Me recuerda un poco a mi antiguo hogar –dijo Snowball–. Había un bosque muy grande al otro lado del jardín y allí perseguía ardillas, aunque podían ser malas. Eran muy posesivas con sus nueces y las protegían a capa y espada.

–Entiendo que lo eches de menos –concedí. Por mucho que me gustaran Londres y Edgar Road, me daba cuenta de la belleza de aquel lugar.

Estábamos al pie de un árbol inmenso. Roddy dijo que si trepábamos por él, gozaríamos de una vista espectacular. Snowball me miró con aire interrogante, moviendo una pata hacia el árbol. Negué con la cabeza: yo prefería quedarme en tierra. Ya había quedado atrapado en un árbol con anterioridad, dos veces concretamente, y no fue divertido. Así que me quedé abajo, viendo cómo Roddy y Snowball subían cada vez más arriba, sintiéndome un poco celoso y medio deseando unirme a ellos. Pero en el fondo me alegré de estar en tierra firme, donde encontré unas hojas con las que jugar.

Al cabo de un rato vi bajar a Snowball y me sentí aliviado al ver que le resultaba muy fácil hacerlo.

–Bien, volvamos antes de que os echen de menos –aconsejó Roddy en cuanto tocó tierra.

Nos llevó a casa por otro camino. Yo estaba tan animado por la excursión, con el viento en el pelaje, el calor del sol en el lomo y la hierba verde y cosquilleante bajo las zarpas, que empecé a hacer un poco el tonto. Me volví y anduve hacia atrás.

–¿Qué haces? –preguntó Snowball, estirando los bigotes.

–Oye, soy capaz de andar al revés, fijaos –dije pavoneándome. Eché a correr de espaldas, pero no era tan fácil como había creído..., es más, nunca lo había intentado. Las patas se me enredaron y traté de volverme, pero terminé cayéndome de culo. Por suerte, la caída fue amortiguada por algo blando.

–¡Ay! –exclamé. Pero ¿qué era aquel olor? Me levanté y, aunque quise alejarme del olor, terminé dando vueltas en círculo... Fuera donde fuera, el olor parecía seguirme. Oí risas de Roddy y vi que Snowball se tapaba la boca con la zarpa.

–¿Qué pasa? –pregunté.

–¡Te has caído en una caca de vaca! –dijo. Miré hacia abajo y vi que la cosa blanda que había amortiguado mi caída era el verdadero origen de aquel horrible olor. ¡Aquellos monstruos de vacas habían dejado un rastro monstruoso, y ahora yo estaba cubierto de él! Mientras volvía a casa abatido, con mi anterior energía desaparecida, supe que solo había una solución: un baño. Odio los baños, bueno, en realidad odio el agua en todas sus formas, incluso la lluvia me disgusta, y no me hagáis hablar de los charcos. Pero sabía que no me quedaba más remedio.

Al llegar a casa, nos despedimos con cariño de Roddy.

–Eres un tipo afortunado –me dijo señalando a Snowball. Mi novia ronroneó con coquetería.

–Sé que lo soy..., es maravillosa. Gracias por todo –dije, dándole una cálida despedida.

Yo seguía cubierto de bosta y no me atrevía a entrar en casa.

–¿Y si entras y maúllas con fuerza para llamar la atención? –dije a Snowball. Por mucho que odiara los baños, quería quitarme aquella porquería de encima cuanto antes.

Snowball entró y volvió al cabo de lo que me parecieron siglos con Claire. Yo empezaba a odiar con todas mis fuerzas el olor. Otra razón por la que poner a las vacas en mi lista de cosas que hay que evitar.

–Pero ¿qué pasa aquí? –exclamó Claire–. Snowball hacía tanto ruido que pensé que algo iba mal. –Me miró con más atención–. Por todos los santos, Alfie, ¿te has revolcado donde no debías? –Maullé para dar a entender mi disconformidad..., ¡como si lo hubiera hecho adrede!

Claire me envolvió en una toalla para meterme en la casa, manteniéndome alejado de ella, con los brazos estirados, mientras me llevaba directamente al baño. Me di cuenta de que a Snowball le hacía mucha gracia la situación; ya tendría unas palabras con ella más tarde. Mientras Claire llenaba la bañera, murmurando no sé qué sobre el olor que despedía mi humilde persona, yo me quedé muy quieto. Me puso suavemente en el agua y me esforcé por no dar un respingo, pero cuando aquella sustancia húmeda y caliente empezó a engullirme, me pareció tan incómodo que me revolví un poco. No estaba seguro de qué era peor, si el baño o el hedor. Bueno, la verdad es que era peor el hedor.

–Estate quieto, Alfie –dijo Claire con voz irritada cuando quise escabullirme. No podía estarme quieto. Finalmente, tras lo que me pareció una eternidad, Claire me levantó con cuidado y me secó–. Ve a tumbarte al lado del fuego, pronto estarás seco y caliente –añadió. No necesitó repetirlo y salí corriendo del cuarto de baño.

Me acurruqué al lado del fuego y Snowball se puso a mi lado.

–Hueles mucho mejor, menos mal –dijo, hocicándome el cuello.

–¿Sabes? Voy a echar de menos unas cuantas cosas de estas vacaciones, y definitivamente el fuego será una de las que más añoraré –dije bostezando. Qué de cosas nos habían pasado aquel día. Cerré los ojos y no tardé en soñar con sardinas.

Desperté al rato, oí voces y noté la presencia de personas en la salita.

–No puedo creer que tengamos que irnos mañana por la mañana –dijo Jonathan. Mantuve los ojos cerrados, disfrutando de la calidez que sentía en la piel mientras escuchaba. Me lo imaginé estirado en el sofá. Parecía tranquilo. Jonathan siempre estaba nervioso y era evidente que las vacaciones le habían sentado bien.

–Pero han sido unas buenas vacaciones, tío –repuso Tim.

–Lo que me preocupa –oí decir a Claire– es cómo se lo tomará Alfie si... –Erguí las orejas. Habría jurado que Snowball seguía dormida. Hacía ese ruido tan dulce que emite cuando duerme. Algunos lo llaman roncar, pero para mí era música.

–Y Snowball –añadió Karen–. Es raro, nunca pensé que los gatos fueran así, siempre nos habían hecho creer que eran criaturas solitarias y no animales que se emparejan de por vida.

–Como las langostas –dijo Tim.

–¿Qué? –preguntó Jonathan. Yo trataba de seguir la conversación, pero no resultaba fácil.

–Las langostas de mar se emparejan de por vida –explicó Tim.

–Pero míralos –dijo Claire con tristeza–. Acurrucados juntos. Definitivamente, se aman.

–Dios mío, ya me siento culpable –dijo Tim–. Pero esta vez no es mi familia a quien decepciono, sino a mi gato.

–Puede que no llegue a ocurrir –apuntó Karen.

Di un suave codazo a Snowball, pero estaba profundamente dormida. La conversación no tenía sentido para mí, pero de repente sentí que se me helaba el pellejo.

–Sería una lástima que lo hicieras –dijo Claire.

–Bueno, pero igual no llega a ocurrir –repitió Karen, poniendo fin a la conversación.

¿De qué narices estaban hablando? Al parecer, se trataba de algo que podía ser malo para Snowball y para mí. Traté de quitármelo de la cabeza, pero no pude.

Cuando los humanos terminaron de cenar esa noche y Jonathan llevó a Summer a la cama, conseguí despertar por fin a Snowball.

–He oído algo raro mientras dormías. Tu familia hablaba de una operación misteriosa, pero no entendí a qué se referían. Era como si hablaran de algo que nos iba a pasar a nosotros. ¿Tú sabes de qué se trata?

Snowball me miró con sus fríos ojos azules.

–¿Qué quieres decir? –parecía sorprendida. Estaba claro que no sabía nada.

–Tim habló de decepcionar a su gato si pasaba lo que tal vez pasase. Karen dijo que quizá no sucediera, aunque no sé a qué se referían. Pero no me gustó el tono de la conversación.

–¡Alfie, hablas en clave! No sé adónde quieres llegar. Ambos sabemos cómo eres, siempre buscando el drama. –Bostezó y se desperezó. No parecía preocupada, pero yo no podía quitarme de encima la sensación de que allí pasaba algo.

–Está bien, si tú lo dices... Pero vamos a ver si nos enteramos de algo.

–Por supuesto, Alfie. Te quiero, y me encanta que te preocupes tanto, pero hemos hecho juntos un viaje maravilloso. Vamos a concentrarnos en eso.

Fui incapaz de replicar.

Capítulo quinto

Sufría bajo el peso de lo que llamaban depresión posvacacional. Al principio fue emocionante llegar a casa. Vi a Tiger y a mis otros amigos, y me reencontré con mis demás humanos de Edgar Road, algo que desde luego fue magnífico. Pero aun así estaba harto. Echaba de menos pasar todo el tiempo con Snowball; seguía viéndola, sí, pero no tanto. También echaba de menos los paseos por el campo, el aire fresco, el romanticismo, el fuego frente al que dormíamos..., incluso las gallinas. Además, había llovido en Londres todos los días desde nuestra llegada, así que después de haber visitado a todos mis amigos, había estado casi todo el tiempo metido en casa. Me sentía tan mustio como el clima. Estaba totalmente aburrido y apático.

Y había algo que no dejaba de molestarme. Seguía perplejo por las confusas palabras que había oído el último día de vacaciones. Nadie había comentado nada más, así que no tenía ni idea de cuál había sido el tema y la finalidad de la conversación. Snowball y yo habíamos estado atentos y a la caza de alguna pista más, pero aparte de las habituales conversaciones entre susurros a las que tan aficionados son los humanos, no había notado nada raro, ni ella tampoco. Puede que Snowball tuviera razón, que debiéramos olvidarlo todo y no preocuparnos. Seguro que no era nada... pero entonces, ¿por qué me sentía tan inquieto? Traté de convencerme de que la causa de mi desasosiego era la depresión posvacacional y nada más.

Instalado en el alféizar de la ventana de la salita vi que un hombre colgaba algo en una farola cercana. Poco después vi que Tiger se acercaba a mi puerta. Corrí a la cocina, salí por la gatera y me dirigí a la parte delantera de la casa. La depresión se me había pasado al ver a mi amiga.

–Hola, Alfie –dijo Tiger, casi sin aliento.

–¿Qué pasa? –pregunté. La gata levantó la cabeza hacia la farola y vi que había una foto de un gatito, junto con unas palabras que fui incapaz de descifrar. Al fin y al cabo, soy un gato y no sé leer–. ¿Qué es? –pregunté.

–No estoy segura, pero pusieron otros dos carteles mientras estabas fuera. Ninguno de nuestra especie sabe qué significa.

–Yo tampoco sé nada. –Me sentía confuso–. Vayamos a ver a los demás –sugerí–. A ver si ellos saben algo. –Algo me roía por dentro, pero no estaba seguro de qué. Mientras nos dirigíamos al extremo de la calle, vimos otras dos fotos de gatos, pero no los reconocimos.

–¿Estos son los otros dos? –pregunté a Tiger.

–Sí, ¿verdad que es extraño?

Encontramos a Elvis y a Nellie en nuestro sitio de reunión habitual. Estaban apostados fuera de la hierba mojada, en una franja de hormigón que estaba relativamente seca.

–¿Sabéis una cosa? –dijo Tiger.

–¿Qué? –A Nellie le encantaban los misterios y parecía emocionada.

–Acabamos de ver la foto de un gato en una farola –dijo Tiger.

–¿Otro? ¿Qué querrán decir? –preguntó Elvis.

–No estoy seguro –dije–. Pero tengo un mal presentimiento.

–Creo que deberíamos estar alerta y vigilar. Todo esto se me antoja muy extraño –alegó Tiger. Nos quedamos momentáneamente en silencio y entonces se acercó Salmon, nuestro enemigo.

–Puede que él lo sepa –murmuró Nellie, aunque no nos hacía ninguna gracia preguntarle.

–¿Qué hacéis? –preguntó Salmon, entornando los ojos y haciendo restallar la cola con hostilidad. Salmon era el peor gato de los alrededores y nunca perdía la oportunidad de portarse de forma horrible con nosotros.

–Pasar el rato con los amigos, algo que tú no entiendes –replicó Tiger. Ella era la única que no tenía miedo de Salmon.

–Muy graciosa, Tiger.

–Salmon –interrumpió rápidamente Elvis–. Acabamos de ver la foto de otro gato. ¿Sabes qué significa?

Salmon volvió a sacudir la cola con furia.

–Por supuesto que lo sé, pero no os lo puedo decir.

–Lo cual significa que este tipo no tiene ni idea –intervine yo.

–¡Pues claro que sí! Sé mucho más de lo que creéis –bufó–. ¿Por qué no buscas a tu novia y se lo preguntas a ella?

–¿Qué quieres decir? –Aquello pasaba de castaño oscuro y me irritó. ¿Cómo se atrevía a meter en la discusión a Snowball?

–Acabo de oír a sus dueños hablando con los míos y digamos que tú no sales muy bien parado. –Se relamió con aire satisfecho.

–Salmon, dímelo ahora mismo o te, te...

–¿Qué me harás? ¿Azuzar a tu novia contra mí? –Se echó a reír y, antes de darme tiempo a reaccionar, desapareció.

–¿Qué habrá querido decir Salmon? –preguntó Nellie. Pero mientras mis amigos gatos me miraban con la preocupación reflejada en los ojos, supe que estaban a punto de llegar malas noticias. Tenía que ir a ver a Snowball.

La encontré esperando en la puerta de mi casa. En cuanto la vi, supe que algo iba muy mal.

–Tenemos problemas, Alfie –dijo.

–¿Qué hemos hecho? –pregunté. Aunque era algo propenso a meterme en líos, no creía haber hecho nada malo últimamente.

–Nada –dijo Snowball, colándose entre los arbustos. Aún estaban húmedos de la lluvia, pero tenía una expresión tan seria que no me quejé–. No es nada que hayamos hecho nosotros –añadió inmediatamente–. ¿Recuerdas la conversación que oíste? Bueno, parece que después de todo era importante.

–Snowball, más despacio, no tiene ningún sentido lo que dices.

–Bueno, pues resulta que Tim y Karen estuvieron hablando anoche con Daisy y Christopher. Parece que vamos a mudarnos, porque a Tim le han ofrecido un trabajo estupendo.

–¿A mudaros? –pregunté, sintiendo un nudo en el estómago. Los Snell habían pasado una mala época al principio, cuando se instalaron en Edgar Road. Nos había costado mucho tiempo y mucha planificación conseguir que formaran parte de nuestra comunidad, pero al final lo habíamos logrado. ¿Cómo iban a querer mudarse ahora?

–Lo peor es que el trabajo está en Cheshire. –Snowball estaba francamente abatida.

–¿Cheshire? ¿Dónde está eso? ¿Está lejos? –pregunté, temiendo la respuesta.

–Sí, está a varias horas de aquí. Christopher tendrá que ir a otra escuela, aunque no le importa, y Daisy ha dicho que su trabajo la obliga a viajar tanto que tampoco le importa. Y tiene amigos en Londres con los que puede quedarse. A mí, como es lógico, nadie me preguntó qué opinaba.

–Pues claro que no. Los humanos son muy egoístas. Espera, ¿significa eso que me abandonas, que dejas Edgar Road, que nos dejas a todos? –Abrí tanto los ojos que pensé que iban a salírseme de las órbitas. Salmon había dicho la verdad.

–No sé cuándo exactamente, pero no tardaremos. –Snowball estaba triste y a mí me entró el pánico. No podía irse y menos estando los dos tan enamorados. No cuando habíamos pasado juntos unas vacaciones tan maravillosas. Aunque sabía muy bien que la vida humana era muy diferente de la vida gatuna, era imposible que fueran tan crueles con nosotros. Tenía que haber un error. Tenía que haberlo.

Los dos anduvimos alicaídos todo el día.

–No quiero volver a casa –decidió. Estaba enfadada y confusa, al igual que yo. Yo procuraba enfocar el asunto con optimismo, pero era poco lo que podía hacerse en una situación tan espantosa, sobre todo cuando arrastras la depresión posvacacional. Llevé a Snowball a mi casa y nos acurrucamos en el cesto de la salita, temerosos, preocupados y tratando de consolarnos con lo que había. Debimos de quedarnos dormidos porque, cuando despertamos, Claire, Jonathan, Summer, Tim y Karen nos estaban mirando.

–Es como si supieran que van a separarse –dijo Claire.

–Alfie es un gato muy perspicaz –añadió Jonathan.

–Pero ¿cómo iban a saberlo? Son gatos –recordó Tim.

–Miau –protesté.

–Córcholis –dijo Jonathan–. Alfie lo sabe.

Snowball miraba fijamente a sus dueños. Ya totalmente despiertos, estábamos sentados uno al lado del otro.

–Quizá... –Karen parecía insegura–. Quizá deberías explicárselo con detalle. Ya sabes, cara a cara, de humano a gato.

–¿Lo dices en serio? –preguntó Tim–. ¿Quieres que hable con los gatos y se lo cuente?

–Creo que es una buena idea –dijo Claire.

–Sí, adelante, Tim, que no se diga.

No sabía si Jonathan animaba a Tim porque aquello le parecía divertido, pero el caso es que sonreía con cara de suficiencia. Le lancé una de mis miradas fulminantes y, por suerte, tuvo el detalle de ruborizarse. Después de todo, aquel asunto no era ninguna broma.

Tim se aclaró la garganta. Snowball y yo lo miramos con expectación.

–Nos encanta vivir aquí, en esta calle, y hemos hecho grandes amigos. –Tim parecía muy incómodo–. Pero así como mudarnos aquí fue una decisión importante para nuestra familia, y en su momento distó mucho de ser la solución ideal, ahora hemos tenido que tomar otra decisión difícil. Veréis, Snowball y Alfie, me han ofrecido un empleo fantástico, una oportunidad extraordinaria. Significa que podemos volver a comprar la casa que teníamos y que podré dar a mi familia la seguridad que necesita y merece. –Se había puesto un poco colorado. Miré a Snowball y ella me miró a su vez. No me lo podía creer. Aunque ya me había enterado de que iban a mudarse, que Tim lo confirmara no facilitaba las cosas. Me había aferrado a la esperanza de que los rumores no fueran ciertos.

–Por mucho que nos disguste dejar este domicilio –prosiguió Tim–, después de haber hablado con la familia, creemos que hemos de aprovechar esta oportunidad. Nos iremos dentro de unas semanas. La verdad es que todo ha ocurrido muy deprisa. –Nos miró tal vez esperando algo, pero nos limitamos a devolverle la mirada–. Y nunca he querido separaros –añadió.

–Oh, Alfie, todo irá bien –dijo Claire, cogiéndome en brazos. Pero yo sabía que no. Mientras miraba a Snowball, sentada en mi cesto, su humor cambió, y si estaba triste ahora parecía enfadada. Sabía que las cosas no volverían a ir bien. Sentí que la furia crecía en mi interior. ¿Cómo podían hacernos esto?

Pensé en huir. A lo mejor Snowball y yo podíamos volver al campo, donde habíamos sido tan felices, aunque sabía que era imposible. No podía volver a ser un gato callejero, por mucho que la quisiera, y sabía que aunque en aquel momento estaba enfadado con mis familias, los dos las queríamos mucho. Era una situación insoportable, completamente insoportable.

Lo único que podía oír mientras los humanos trataban de tranquilizarnos era el ruido de mi corazón, que se hacía pedazos.

Capítulo sexto

Era la víspera de su partida. La víspera de mi forzosa separación de mi verdadero amor. Había estado a su lado desde el discurso que nos había dedicado Tim unas semanas antes. Snowball y yo habíamos pasado juntos todo el tiempo posible, pero algo había cambiado: nos sentíamos raros, porque sabíamos que lo nuestro llegaba a su fin. Pasar tiempo juntos era muy doloroso. Estábamos muy tristes porque se acababa aquella convivencia. Una vez más iba a perder a alguien a quien amaba: ¿cuántos golpes más podría soportar mi corazón gatuno?

Claire estaba triste cuando me cogió y me dio un beso en la cabeza. Jonathan parecía pesaroso. Les había oído hablar y, aunque estaban tristes por Snowball y por mí, sabía que también echarían de menos a los buenos amigos que habían hecho en Edgar Road. Yo no tenía fuerzas para compadecerme de ellos; ni siquiera tenía fuerzas para maullar. Solo quería acurrucarme en mi cama y llorar en silencio.

Decir adiós es una de las mayores crueldades de la vida y había pasado buena parte de mi breve vida despidiéndome. Nadie se acostumbra a esta clase de experiencias y, además, esta iba a ser la peor despedida de todas.

Claire me llevó a la casa vecina para dar el último adiós a los Snell y a Snowball. Tim abrió la puerta y todos se abrazaron torpemente cuando entramos en la casa. Casi todo estaba empaquetado y ver las cajas me dio ganas de gemir. Claire me dejó en el suelo con suavidad.

–Snowball está en el jardín, muy triste –dijo Karen, echando a andar hacia allí.

Fui al jardín y me senté al lado de Snowball. Los humanos estaban al otro lado de la puerta, pero sentí sus miradas fijas en nosotros. Durante unos minutos ninguno de los dos habló.

–Así que ha llegado la hora –dijo Snowball. Levantó los bigotes, pero percibí desaliento en el gesto.

–No sé qué decir –respondí–. Ojalá pudiera decir que podemos hacer algo para impedirlo, pero aunque sea un gato acostumbrado a resolver problemas, no se me ocurre nada. –Sentía el dolor de su inminente partida en cada fibra de mi pelaje.

–¿Recuerdas lo mal que me porté contigo cuando te conocí? –dijo.

–Sí, no fuiste muy simpática. Ni siquiera después de rescatarte cuando te perdiste, hace ya muchos años. Pero nunca me rendí.

–Y me has enseñado mucho..., no quiero irme, Alfie. No quiero dejarte, pero al menos puedo decir que he aprendido mucho de ti.

–No tengo palabras para decir lo mucho que voy a echarte de menos –dije. Apoyó su cabeza en la mía. Me sentía como si fuera a dejar de respirar.

–Alfie, no vengas a verme mañana. No sé si podría soportarlo –dijo. Su dolor era un reflejo del mío.

–Yo tampoco estoy seguro de soportarlo. Pero recuerda que siempre te amaré y que estarás en mi corazón para siempre –dije.

–Y tú en el mío. –Se le quebró la voz y nos quedamos así todo el tiempo que nos dejaron, hasta que nos obligaron a separarnos.

Puede que los gatos no viertan lágrimas, pero, creedme, ambos estábamos llorando. Y cuando entré lentamente en la casa, vi que Jonathan, Claire, Karen y Tim también tenían lágrimas en los ojos. Nuestro amor ronroneante y perfecto había conmovido a todos. Yo solo deseaba que no doliera tanto.

Me instalé en el jardín delantero para mirar el camión de mudanzas. Normalmente me encantaba ver camiones de mudanzas, ya que anunciaban la llegada de una nueva familia, algo fascinante para un gato como yo, pero aquel día, mientras me alisaba el pelaje gris, odié aquel vehículo. Se iba a llevar los muebles de los Snell, seguidos por la familia y por mi amada Snowball. La pesadilla que habíamos oído por primera vez durante las vacaciones se estaba convirtiendo en realidad.

No sabía cómo soportar la desesperación que sentía mientras miraba el camión. Quería huir de allí y entrar en casa, pero no podía dejar de mirar. Estaba horrorizado y fascinado a la vez.

Oí un ruido y vi que Tiger, mi mejor amiga, cruzaba mi gatera. Tiger podía ser muy belicosa y no había sido precisamente la mayor admiradora de Snowball cuando la conoció, pero al final se la había ganado y las dos gatas de mi vida habían formado equipo, convirtiéndose casi en amigas.

–Muchacho –dijo mirándome. Tiger no era famosa precisamente por endulzar las situaciones.

–Mira, están llenando el camión y al final del día se habrán ido todos –dije, con ganas de aullar de dolor.

–Lo sé y lo siento, Alfie, es muy duro. Ay, chico, no sé qué decir. Mira, ya sé que Snowball y tú os habéis despedido, pero ¿no te gustaría verla por última vez?

–Tiger, desde que lo supimos, cada día ha sido como si esperásemos el instante de decirnos adiós y ha sido horrible. Preferiría ser perseguido por un perro y quedarme atrapado en un árbol a volver a pasar por ese trance. Además, ya nos despedimos ayer como es debido. Le prometí que hoy me quedaría en casa..., pero ha sido más fuerte que yo.

–Venga, vamos, te llevaré al parque y podremos perseguir pájaros, o burlarnos de los perros, tú eliges. –Me dio unos golpecitos de ánimo con la pata–. Prometo que no dejaré que te quedes atrapado en un árbol. –Sabía que quería consolarme, pero ante la idea de no volver a ver a Snowball yo no sentía más que tristeza.

–Está bien, pero no puedo prometer que seré una buena compañía. En realidad, sé que voy a ser una compañía horrible.

–Sí, bueno, ya estoy acostumbrada –respondió Tiger, aunque me miró con cariño mientras lo decía.

Traté de no pensar en Snowball y el cielo sabe que Tiger hizo todo lo que pudo, pero aún tenía la herida abierta.

Tiger lo intentó todo para consolarme: buscar mariposas para que las persiguiera, contarme que Nellie había tropezado con algo (es un poco torpe) y aterrizado sobre Rocky, lo cual debió de ser muy divertido de ver. Incluso trató de despertar mi interés por el misterio de las fotos de las farolas, pero yo era incapaz de entusiasmarme por nada.

Me sentía como si nunca más fuera a ser feliz, aunque me aferraba a la esperanza de que algún día empezaría a sentirme mejor. Sabía que al final pasaría; había sufrido tanto en la vida que ya sabía que aunque un corazón roto nunca se recupera del todo, se cura en parte: solo hay que dar tiempo al tiempo. Había acumulado tantas experiencias en mis ocho años de vida gatuna que había llegado a ser bastante sabio. Nunca dejaría de amar a Snowball ni de añorarla, pero el dolor que sentía ahora se aplacaría. El pesar de perder a alguien al que amas nunca desaparece totalmente, pero te acostumbras a vivir con él. Así era como yo entendía las cosas.

–Lo siento, Tiger. Soy muy desgraciado. No soy una buena compañía –dije mientras me recostaba en mi arriate favorito. Una hoja me cayó en la cabeza y me la quité con desgana.

–Está bien, lo entiendo. ¿Recuerdas cuando se fue Tom? –Tom era un gato gruñón que había vivido en nuestra calle. Era más o menos el novio de Tiger, aunque a ella nunca pareció gustarle mucho. Su dueño murió y nos habíamos reunido todos para buscarle otra vivienda, pero unos parientes se llevaron a Tom con ellos y él estuvo encantado de irse. Tiger había estado un poco triste, pero ella no amaba a Tom como yo amaba a Snowball, aunque durante unos días había estado malhumorada y dando muestras de mal genio.

–Sí, estuviste bastante antipática –dije.

–Muy bien, chico listo, así que tú eres desdichado y yo estaba antipática, pero el principio es el mismo. Somos amigos y los amigos se apoyan siempre, aunque no sean la mejor compañía. Así que si quieres revolcarte o enfurruñarte o llorar, incluso enfadarte, aquí estoy para echarte una pata. Para lo que necesites, Alfie, siempre estaré aquí.

–Tiger, eres una gran amiga y te aprecio de veras. Espero que lo sepas.

–Muy bien, por suerte para ti no voy a irme a ninguna parte.

–Por favor, no te vayas, no podría soportar perderte a ti también. –Y entonces me derrumbé. Para conservar la poca dignidad que me quedaba, me escondí bajo el arbusto más cercano y allí gemí con ganas. Sentía el sabor del sufrimiento en todos los sonidos que se me escapaban por la boca. Finalmente, cuando quedé agotado y ya no pude emitir más sonidos, salí a la luz del día, reventado y sintiéndome como si hubiera perdido una parte de mi ser. Tiger, que había estado esperando pacientemente, puso una pata sobre la mía.

–Vamos, Alfie, te llevaré a casa –dijo.

El camión ya se había ido cuando llegamos a casa, al igual que el coche de los Snell. Se habían marchado. Tiger me acompañó hasta la puerta de servicio y me despidió ante la gatera. La crucé, aunque incluso eso me costó un gran esfuerzo. Caminé tristemente hasta la cocina. Allí estaban Claire, Jonathan y Summer, y Polly, Matt y sus hijos, todos mirándome, y vi compasión en sus ojos. Bueno, en los de los niños no. Estaban jugando en el suelo, ajenos a mi padecimiento. Vi mi comida favorita en mi cuenco, sardinas, pero no tenía apetito.

–Alfie –dijo Claire. Yo me limité a mirarlos tristemente y me alejé, sin hacer caso de la comida. Subí la escalera hasta mi cama del descansillo. Me acurruqué allí y supliqué que me venciera pronto el sueño.

Capítulo séptimo

Me senté en el sofá, mirando con apatía el haz de luz solar que se colaba por la ventana. Había pasado una semana desde la partida de Snowball y la añoranza que sentía, el deseo de volver a verla, de hablar con ella y de oír su voz me estaban consumiendo. Apenas había salido de casa; ni siquiera me apetecía ver a mis amigos. Lo único que deseaba era estar solo con mi pobre y dolorido corazón. Ni siquiera la adorable sonrisa de Summer había conseguido consolarme, y eso que hice acopio de toda mi valentía para dejar que me acariciara y me tirase de la cola, aunque tuve que hacer un esfuerzo hercúleo.

Aquella tarde se presentó mi familia polaca: Franceska, Tomasz el grande, Aleksy y Tomasz el pequeño, para intentar animarme. Fue idea de Claire. Yo procuré ser como antes, aunque solo fuera por ellos, porque habían sido muy amables y lo habían intentado con todas sus fuerzas, pero, ¡ay!, estaba muy cansado..., era como si tuviera el corazón enfermo.

–¿Alfie? –Jonathan se sentó a mi lado, interrumpiendo mis meditaciones. Automáticamente le froté el brazo con la cabeza. Era lo máximo que podía ofrecerle–. Bien, Alfie –añadió.

Vestía la ropa de trabajo, la elegante, la que siempre mantenía lejos de mí para que no se le pegaran mis pelos, y llevaba una cerveza en la mano. Me dije que tenía que ser algo serio si estaba poniendo en peligro su mejor traje, pero no pude contenerme y froté la cabeza contra su manga. Puede que estuviera en el fondo de un abismo, pero a pesar de todo..., ¡y encima no me dijo que me apartara! Tomó un trago de cerveza y luego, con aire solemne, la dejó sobre la mesita de centro.

–Sé que voy a decirte una idiotez –prosiguió, ligeramente avergonzado–. Nos dio mucha pena que Snowball tuviera que irse..., sabíamos lo íntimos que erais. Pero ya sabes cómo somos los humanos. Empleos, casas, escuelas, todo se confabuló para que los Snell tuvieran que mudarse, y por desgracia tú has sido una víctima de todo eso. –Se detuvo para tomar otro trago de cerveza. Lo miré; no sabía adónde quería ir a parar–. El caso es que las mujeres, bueno, unas veces las amamos y otras las perdemos, hasta que encuentras a alguien, como yo encontré a Claire. –Resplandeció como si hubiera solucionado todos mis problemas.

–Miau. –¿De veras *él* encontró a Claire? ¿Aún no sabe que yo se la puse en bandeja? Entorné los ojos para recordar el esfuerzo que puse en emparejarlos cuando llegué a Edgar Road.

–Claire es maravillosa y la quiero con toda mi alma. Puede que tenga sus momentos, pero cuando pienso en algunas de las mujeres con las que he estado... Válgame el cielo, aún siento escalofríos al recordarlas.

No, seguía sin saber adónde quería ir a parar.

–Bien, el caso es que necesitas sacudirte el polvo y volver a moverte. Ya sabes, volver al juego. A recorrer callejones en busca de gatas, igual que nosotros recorremos bares.

¿Hablaba en serio? ¿Me estaba diciendo que me fuera a ligar en callejones?

–Verás –prosiguió Jonathan–. La mejor manera de curar un corazón roto es que salgas por ahí, aunque solo sea a buscar un poco de diversión. Oh, sí, reaccionar es algo saludable, y seguro que conoces formas de encontrarte con gatas. Esa Tiger de la calle es bastante mona para ser un gato atigrado. En fin, ya sabes lo que dicen, que tienes que volver a la carga.

Parecía satisfecho cuando apuró el resto de la cerveza y se puso en pie. Lo miré. ¿Se había vuelto loco? ¿Carga? ¿Tiger? Puede que yo tuviera el corazón destrozado, pero Jonathan había perdido la chaveta. Si hubiera podido hablar con humanos, le habría hecho un montón de preguntas. Pero como no podía, agaché la cabeza, más cansado que antes.

Claire entró en la habitación.

–Ah, estáis aquí. –Se acercó a Jonathan y le dio un beso–. ¿Qué tal ha ido? –preguntó.

–Bien, creo que lo he convencido –respondió.

Me recosté en el sofá y me hice una bola.

–¿De veras? Yo diría que sigue estando triste –opinó Claire.

–Dale un poco de tiempo. Hemos tenido una charla, como me pediste. Ya sabes, de humano a gato. Todo va bien.

Cuando salían de la habitación, Claire se volvió a mirarme: saltaba a la vista que no estaba muy convencida. Pero es que tampoco lo estaba yo.

Tras hacer una breve siesta me levanté y fui a saludar a mis otras familias. Aunque los adultos aceptaban mi sufrimiento como algo normal, yo sabía que los niños lo verían de otro modo, en particular Aleksy, que tenía ya casi once años y siempre había sido un chico muy sensible. No soportaría verme triste. Tomasz el pequeño, que no era tan pequeño, sino casi tan alto como Aleksy, aunque tenía tres años menos, era un muchacho más fuerte y no se dejaba llevar por las emociones. Los hijos de Polly y Matt, Henry, que casi tenía cinco años, y Martha, que tenía tres, eran demasiado jóvenes para entender mi dolor. Tuve que hacer un gran esfuerzo para jugar con ellos a la pelota y con cintas. No fue fácil, pero ver a mis amigos sonreír y oír sus risas fue reconfortante. Organicé mucho alboroto con todos los niños, sobre todo con Aleksy, y aquello me consoló, al menos un poco. Era bonito estar amparado por el amor de mis familias. Tenerlos a todos allí era un lujo y conseguí ser como antes durante un ratito.

Mis familias se reunían a menudo. Polly y Matt vivían en la misma calle y yo solía pasar tiempo en su casa, donde habían tenido la amabilidad de instalarme una gatera. Frankie y Tomasz vivían a unas pocas calles de distancia, encima de su restaurante. La comida de ese restaurante era deliciosa.

Hablando de comida, me distraje al olerla. Tomasz había traído de su restaurante comida suficiente para que todos se dieran un hartazgo y a mí me había traído sardinas, que, aunque mi apetito no era el de siempre, fueron bien recibidas. Hice todo lo posible por apreciar la comida y dar gracias por lo que tenía, aunque no era fácil. En aquel momento nada era fácil... Era como si tuviera las zarpas metidas en barro.

–¿Y qué tal está Alfie? –preguntó Franceska a Claire. Yo las oía, ya que tenían la costumbre de hablar delante de mí como si yo no las entendiera. Hacían lo mismo con los niños más pequeños.

–Triste. Está triste. Casi no come y apenas ha salido a la calle. Sé que se recuperará, pero se me parte el corazón cuando lo veo –dijo Claire. Le gustaba leer libros y últimamente había estado leyendo novelas románticas clásicas, con lo cual parecía más cursi de lo normal–. Me siento fatal por él, por amar y luego perder lo que amaba. Todos hemos pasado por eso, ¿no crees?

–Se pondrá bien –dijo Jonathan–. Es un hombre, pronto se recuperará.

–Típico punto de vista masculino –añadió Polly.

–Estoy seguro de que Jon tiene razón. Pronto volverá a ser el mismo –dijo Matt.

–Eh, ¿qué tal si se viene a pasar un par de días con nosotros? –sugirió Tomasz el grande–. Puede que un cambio de aires lo ayude.

–No es mala idea –dijo Claire–. ¿Qué tal el próximo fin de semana?

Dejé de comer y me acurruqué a los pies de Franceska, entre sus piernas. Un fin de semana fuera no resolvería mis problemas, pero estaría bien pasar unos días con ellos, así no tendría que mirar la casa vacía de al lado. Además, tenía a los niños para entretenerme y podría pasar el rato con mi amigo el gato Dustbin. Sentí una chispa de esperanza por primera vez desde que me enteré de que Snowball se iba.

–Sí, por favor, ¿puede venir? –dijo Aleksy con voz emocionada. Parecía decidido. Pasaría fuera el fin de semana, con el corazón roto.

Estaba pensando esa noche en el fin de semana en cuestión cuando oí discutir a Jonathan y Claire. Aunque era una forma curiosa de discutir, ya que desde que Summer nació reñían en susurros. Aquello me preocupó. Aunque ya tenía suficientes problemas propios, no quería que nadie más fuera desgraciado..., no estaba seguro de poder soportarlo. Me arrastré en silencio hacia su cuarto para escuchar.

–Mira, podemos buscar una segunda opinión –oí decir a Jonathan.

–Querrás decir una tercera opinión. Jon, intento decirte que no sirve para nada y ya es hora de que nos enfrentemos a los hechos. Estoy bien, de veras. Tuvimos suerte con Summer, pero no habrá más hijos. Siento no poder darte otro hijo, pero al menos la tenemos a ella.

–Ya lo sé, tenemos a Summer y a Alfie... Todo eso está muy bien siempre que tú estés bien. Es decir..., de acuerdo, sí, me encantaría tener otro hijo, pero es más importante que nuestra familia, tú, yo, Sum y Alfie, estemos bien. Te quiero. –Me sentí algo aliviado, pues parecía que al final no iban a discutir.

–No, estoy bien. Por favor, no te preocupes, esto no va a resucitar mis días negros, de veras que no. Estoy decepcionada, pero creo que en el fondo lo sabía, los análisis se han limitado a confirmarlo. –Claire tenía momentos depresivos que nos ponían a todos muy preocupados, pero era únicamente cuando las cosas iban mal. En los últimos tiempos parecía llevar una vida mucho más saludable. No cabía duda de que Jonathan y Summer habían inyectado una gran alegría en su vida. Era como si le hubieran enseñado a ser feliz.

–¿O sea que estamos bien? Entonces ¿por qué discutimos?

–No lo sé. –Vi que Claire se sentaba en la cama–. Jonathan, no quiero que Summer sea hija única.

–Pero si acabas de decir que te encuentras perfectamente.

–Y es así, pero eso no significa que no podamos adoptar. Hay muchos niños que necesitan una casa buena y afectuosa. Tenemos todo eso y más. Tenemos espacio, podemos permitírnoslo...

–No sé. –En el tono de Jonathan acechaba la duda.

–Pero ¿por qué no?

–Porque... –casi oí a Jonathan cruzarse de brazos. A veces era como un niño.

–¿Porque qué, cariño? –Por la rendija de la puerta vi que Claire le había puesto el brazo encima del suyo.

–Es complicado. Creo que introducir en casa al hijo de otros es un paso que implica riesgos y responsabilidades. Y, además, los trámites de la adopción son agotadores, puede que ni siquiera nos acepten.

–Oh, Jon, seguro que sí. He hablado con papá... Puede que no consigamos un bebé, pero están buscando hogar para niños crecidos. No somos delincuentes, ni estamos locos... –Intentó reír.

–No estoy tan seguro. Me refiero a la adopción, no a ser unos delincuentes. O locos.

–De acuerdo, pero ¿te parece bien que al menos haga averiguaciones? –Oí la voz suplicante de Claire y luego un suspiro de Jonathan.

–Si realmente lo deseas, podemos mirarlo, pero no te estoy prometiendo nada.

–Oye, como tú mismo has dicho, puede que ni siquiera nos acepten, pero al menos déjame averiguarlo. No quiero seguir con las dudas, eso es todo.

–¿Sabes?, creo que mi simpatía por ti aumentaría mucho si adoptaras otra novia para Alfie –bromeó Jonathan. A menudo hacía aquello cuando estaba incómodo, trataba de hacer un chiste. Un chiste muy malo, en mi opinión.

–Jon, eso no es gracioso. Pero ahora que lo dices...

–Estaba bromeando –dijo él.

–Ya lo sé. Bueno, vamos a la cama. –Cuando los vi acostarse, volví a mi cesto, dando las gracias por que todo fuera bien y por no tener que preocuparme por nada. Aparte de mí mismo, claro.

Capítulo octavo

–¿Así que nunca has estado enamorado? –pregunté. Estaba con Dustbin en el pequeño patio trasero del restaurante. Dustbin era mi amigo y el gato que trabajaba para el restaurante de Tomasz, por decirlo de algún modo. Era lo que suele llamarse un gato montés; nunca había vivido en una casa y le gustaba ser así. Vivía en el patio trasero que pertenecía al restaurante y al amplio piso de Franceska y Tomasz, y tenía a los bichos bajo control. Nos conocíamos desde que empecé a visitar aquel lugar y era uno de los gatos más sabios que conocía.

Estaba terminando el fin de semana y he de decir que me había sentado bien. Había comido satisfactoriamente, porque había recuperado el apetito, y como estaba un poco más lejos de la antigua casa de Snowball, me resultaba más fácil no sufrir.

–No puedo decir que sí –respondió Dustbin, masticando unas sobras que le había sacado Tomasz y enseñándole los dientes a un ratón imprudente que se había acercado demasiado. Dustbin era el rey del pluriempleo–. No soy de esa clase de gatos. Me gusta estar solo la mayor parte del tiempo. Me gusta salir contigo y pasar el rato, y no me importa cazar con algunos de los gatos que pululan por aquí, pero los flirteos, los amoríos y todo eso... no, no es para mí.

–Pero el amor es maravilloso –proseguí, sintiéndome poético, a pesar de estar en un patio asqueroso, rodeados de cubos de basura y ratones; desde luego, no era como mi última salida al campo. Recordé una escena vivida con Snowball, corriendo entre las altas hierbas sin una sola preocupación en el mundo, y se me escapó un gemido.

–Puede que lo sea, pero ahora mismo tú no te sientes de maravilla –señaló Dustbin. No podía discutírselo–. Mira, colega, ya sé que amas a esa gata. Recuerdo que cuando la rescatamos, aquella vez que huyó, vi lo mucho que significaba para ti. Siento que lo estés pasando tan mal.

–Gracias, Dustbin. Y tienes razón, pero pasar el fin de semana aquí ha sido un tónico, ahora me siento un poco mejor.

–Sí, bueno, creo que para ti ha sido bueno salir de tu casa, y a veces un poco de distancia puede darte perspectiva. Cuando tengo un problema, irme a corretear por ahí me despeja.

–Eres un viejo sabio, aunque nunca te hayas enamorado –dije–. Pero será mejor que me vaya. Creo que mi visita está a punto de terminar.

–Gracias, Alfie. Y a ver si te vemos más el pelo, ahora que tienes algo más de tiempo entre las garras. Quizá te enseñe a cazar –dijo sonriendo.

–No. Es decir, sí, volveré, pero no para cazar. Eso nunca termina bien para mí. –Sentí un escalofrío. La última vez, un ratón descarado se había atrevido a darme un mordisco. Había sido muy humillante.

–Como quieras, pero podemos salir de todas formas. Tengo que irme. Hay ahí una rata asquerosa que se cree que puede venir cuando le apetezca y ya es hora de que le enseñe quién dirige aquí el cotarro. A menos que quieras venir conmigo.

–Mmm, por tentadora que sea tu oferta, creo que me la voy a perder –dije, y me fui.

Sí, el fin de semana me había sentado estupendamente. Los chicos se lo habían pasado bien conmigo. Habíamos jugado en el parque al balompié, o al balonzarpa, y me había permitido multitud de caprichos. Me sentía como si los adultos estuvieran siendo conmigo más amables de la cuenta, sobre todo en lo que a comida se refiere; como si quisieran atiborrarme. Aunque echaba de menos a mis otros humanos, sobre todo a Summer, fui más feliz de lo que había sido desde que Snowball se fue. Aunque echarla de menos seguía ocupando la mayor parte de mi tiempo, el fin de semana había sido una distracción. No podía dejar de sufrir y no estaba seguro de querer hacerlo. La quería tanto que el dolor era una forma de recordar mi amor y, de alguna manera, me consolaba..., aunque entendía que esto no tenía mucho sentido.

Fui al piso de arriba, donde Aleksy y Tomasz el pequeño estaban jugando con sus consolas. Franceska estaba sentada, lo que era raro en ella, y tomaba una taza de té. Tomasz el grande estaba sentado ante la pequeña mesa de comedor, preparando menús para la semana siguiente. Era una encantadora y armoniosa escena familiar.

–Ja, ja, he ganado –gritó Aleksy, levantando el puño.

–Has hecho trampas –replicó Tomasz el pequeño.

–De eso nada, ¿cómo iba a hacer trampas? –Aleksy se quedó mirando a su hermano y este, todo enfurruñado, tiró el mando al suelo. Bueno, quizá la escena no fuese tan encantadora.

–Basta, chicos –dijo Franceska–. Si no podéis jugar sin pelearos, os quedáis sin juego. Además, tenemos que salir para llevar a Alfie a su casa.

–Oh, no, ¿tiene que irse? –Aleksy se acercó a mí y me cogió en brazos. Tomasz el pequeño me acarició, toda discusión olvidada, mientras yo ronroneaba entre los chicos.

–Sí, por desgracia. Y cuando volvamos, tenéis que hacer los deberes. Mañana hay colegio. –Los chicos empezaron a quejarse y Tomasz el grande los hizo callar mientras Franceska recogía mis cosas. Decidieron ir andando, porque hacía calor, aunque a mí me llevaron en brazos parte del camino, ya que aún no había recuperado las fuerzas del todo. Cuando pasamos por delante de la casa de los Snell me alegré de ir en los fuertes brazos de Tomasz el grande. Fuera había un cartel que decía «Se alquila» y el alma volvió a caérseme a las zarpas; me sentía tan vacío como la casa.

Cuando llegamos, Jonathan abrió la puerta.

–Qué alegría veros –dijo–. Pasad y quedaos un rato.

–Solamente media hora –respondió Franceska–. Los chicos tienen que hacer los deberes.

–Pondré a hervir agua –dijo Jonathan. Nada más entrar supe que algo había cambiado. Notaba no sé qué, mejor dicho, lo olía..., pero no estaba seguro de qué era. Cuando Tomasz el grande me dejó en el vestíbulo, supe que sucedía alguna cosa.

–Caracoles –oí exclamar a Franceska en la cocina. Me quedé donde estaba, tratando de averiguar qué pasaba. Los chicos se quedaron conmigo.

–Por todos los santos, ¿qué es esto? –oí decir a Tomasz el grande cuando entró en la cocina.

–Fue idea de Claire y no estoy seguro de que sea una de las mejores –respondió Jonathan, algo irritado.

–Qué guapo –dijo Franceska.

–Traté de convencerla de que no, pero no hubo manera –gimió Jonathan–. ¡Es que es de lo que no hay! –No parecía muy contento. Pero ¿qué estaba pasando?

–Bueno, tú me diste la idea cuando dijiste que podría adoptar otra novia para Alfie –explicó Claire.

–Sí, pero lo dije de broma y desde luego no me refería a eso.

¡Ay, señor! Yo no podía moverme. ¿Me habían traído una nueva novia? Eso era una locura. Pero pegaba con el olor que flotaba en el aire. No olía exactamente a gata, pero sí, definitivamente había un olor extraño. ¡Había otro gato en la casa! Pero ¿qué había hecho Claire esta vez?

–Bueno, por supuesto que no podíamos traerle otra novia, no es fácil olvidar un amor como el suyo –dijo Claire.

¡Uuff! Me sentí aliviado, pero si no era una gata, ¿qué era?

–Claro que no, pero no estoy seguro de que esto vaya a serle de alguna utilidad... ni a nosotros tampoco –respondió Jonathan.

–Ah, no le hagas caso. Fue el destino. Vi un anuncio en la página de ofertas de Facebook. Así que fui a verlo –dijo Claire. ¿Fue a ver qué?– Llegué en el momento más oportuno –añadió–. Se suponía que iba a irse con una familia que incluso había pagado un depósito, pero que luego cambió de opinión, así que estaba listo para ser entregado.

–¿Qué edad tiene? –preguntó Tomasz el grande.

–Catorce semanas.

El pelaje se me puso de punta.

–Parece que ha sido el destino, y es guapísima la criaturita, la pequeña *kochanie* –dijo Franceska. Oí un diminuto gemido.

–¿Dónde está Alfie? –preguntó Jonathan.

Yo estaba hecho un manojo de nervios cuando por fin entré en la cocina, aterrorizado por lo que pudiera encontrar allí. Y entonces mi peor pesadilla se hizo realidad. Bueno, quizá no mi peor pesadilla... ¡quiero decir que no era un perro! Sentí un escalofrío. Claire estaba acunando en sus brazos una bola de pelo. Un pequeño bulto de rayas negras y anaranjadas, y con unos ojos grises. Cielos, cielos, ¿qué había hecho aquella mujer?

–Alfie, gatito –dijo Summer señalándolo.

–¿Es el gatito de Alfie? –preguntó Aleksy, poniéndose a mi lado–. Vaya, míralo, qué chulo, ¡me encanta! –Todos miramos al enano. El enano me miró a mí. Era diminuto y estaba en mi cocina, en mi casa.

–Sí, cariño, eso es. Os presento a George. Alfie, es tu gatito.

Capítulo noveno

Las zarpas se me quedaron clavadas en el suelo cuando Claire quiso cogerme por el pescuezo y acercarme para que frotara la nariz con la del enano. Mi *gatito*. Sentí una oleada de pánico mientras él, George, me miraba con suspicacia. Era increíblemente pequeño y en cierto modo también fascinante. Los niños estaban emocionados con él, pero yo no sabía qué hacer.

–¿Puedo mirar? –dijo Tomasz el pequeño, y aquello me salvó, porque los tres niños se agruparon alrededor del enano para cogerlo en brazos por turno. George daba unos maullidos tranquilos y simpáticos, y a mí me entraron ganas de cuidar de él y de echar a correr al mismo tiempo.

Aproveché la distracción de los niños para ir hacia la puerta trasera. Necesitaba aire fresco, era hora de respirar y pensar. Sí, eso es lo que debía hacer, tomarme unos momentos para despejarme la cabeza y luego volvería a afrontar la situación. ¿En qué diablos estaba pensando Claire? ¿Cómo iba a arreglármelas con George si no podía ni con mi alma?

En momentos como este, era inevitable llegar a la conclusión de que Jonathan era, con muchísima diferencia, el más sensato de los dos. ¿Cómo narices y hocicos pudo pensar Claire que traerme un gatito me ayudaría? ¿En qué sentido, en qué aspecto, de qué manera?

Necesitaba salir. Quería ir a ver a Tiger para contarle aquel trágico giro de los acontecimientos, así que corrí para salir por la gatera a toda velocidad.

–¡Ay! –Golpeé la trampilla con fuerza, pero no se abrió y salí rebotado hacia atrás, y aterrizar sobre la cola me pilló por sorpresa. Qué testarazo, madre, qué testarazo.

–Oh, por favor, lo siento muchísimo, Alfie. –Claire corrió hacia mí–. Tuvimos que cerrar la trampilla de la gatera por George. No es para siempre, solo hasta que le permitamos salir. –Al menos parecía sentirse culpable por el brutal accidente.

–¿Y cómo va a salir Alfie? –preguntó Aleksy, poniendo en palabras mis pensamientos. Llevaba a George en brazos y lo acariciaba. Normalmente me habría molestado el hecho de que todos parecieran mucho más interesados por aquel minino rayado que por mí, pero en aquel momento no tenía fuerzas para ponerme celoso. Sobre todo porque tenía el rabo dolorido y ni la menor idea de cómo escapar.

–Bueno, supongo que tendremos que pensar algo –dijo Claire, con cara de no haber caído en la cuenta hasta entonces–. Le dejaremos salir si se pone junto a la puerta, y cuando quiera entrar, que maúlle fuerte para que lo oigamos. Después de todo, es un gato muy listo. –Lo dijo como si fuera lo más normal del mundo y la verdad es que para mí no lo era. Jonathan puso los ojos en blanco; ojalá pudiera hacer yo esas cosas que saben hacer los humanos. Por lo visto iba a estar prisionero en mi propia casa. Había perdido la libertad; era el colmo.

–Además, está fuera todo el día. Alfie, tienes que quedarte en casita y hacerte amigo de George –dijo Claire. Magnífico. Había pasado un estupendo fin de semana fuera y ahora estaba atrapado con aquella criatura escuchimizada. Puede que fuera un gatito adorable, pero aun así..., no era lo que yo quería, ni mucho menos, hasta ahí podíamos llegar.

Pero mostrar mi descontento habría requerido energía y, a pesar de que Claire había conseguido que mi horrible vida fuera todavía peor, aún la quería. Supongo que sus intenciones habían sido inmejorables. Oí que Franceska decía que era una gran idea e incluso Tomasz el grande parecía estar de acuerdo. Por lo visto, solo Jonathan y yo teníamos alguna reserva a propósito del tal George. Y, además, ¿cómo podía ponerse un nombre así a un gatito?

Cuando vi a mis amigos fuera, restregué el hocico contra los niños, deseoso de encontrar la forma de volver con ellos. Qué sencilla había sido mi vida aquella misma mañana, sin ir más lejos: Dustbin y yo, jugar con los niños, sardinas a mano, el corazón roto. Pero ahora..., ahora tenía un gatito y ni pajolera idea de qué hacer con él.

Fui a la salita y Summer llegó dando botes detrás de mí. Me cogió en brazos con cierta brusquedad, como hace siempre, aunque yo sabía que no era su intención. Me preocupé fugazmente por George. Summer no era la más dulce de las niñas y él era muy pequeño y frágil.

–Sum, tienes que tener mucho cuidado con George –dijo Claire. Me sentí aliviado de inmediato. Llevaba a George en brazos y lo dejó en el suelo. El gatito se irguió. Con las patas estiradas no parecía tan pequeño. Traté de recordar los días en que era igual de joven, pero mi memoria no daba para tanto. Recordaba la primera casa en la que había estado, el miedo que tenía, y el enfrentamiento con la formidable Agnes, la gata de mi primer dueño. Aunque las primeras semanas no le gusté, al final pasó a ser una hermana para mí. Pero eso era todo lo que podía recordar. Cuando George vino directamente hacia mí para olisquearme, lo miré con amabilidad. No era culpa suya. Solo era un gatito indefenso. Por la Gran Sardina, ahora era mi gatito indefenso. Le di suavemente con el hocico. En mí no había nada más que amabilidad por el pobre enano. Sabía que, de un modo u otro, tendría que velar por él. Era mi gatito.

–Mira, Jonathan, mira, Alfie ya le ha cogido cariño. ¡Lo sabía! –Claire parecía irradiar victoria. George me miró con aire interrogante. Aunque Agnes me había aceptado al final, al principio me había resultado difícil y terrorífica, y no podía hacerle eso a George. No se lo haría a nadie, y mucho menos a aquel pequeñín. Pero, claro, es que yo soy un gato macho y por tradición somos mucho menos difíciles que las hembras. ¡Bueno, eso es lo que yo pienso! George se acercó a mí un poco más y entonces llegó Summer con una cinta en la mano. El gatito puso los ojos como platos cuando saltó para jugar con ella.

Mientras Summer reía y George perseguía la cinta, Claire estaba radiante de contenta. Ni siquiera yo pude impedir que la boca se me abriera para esbozar una sonrisa.

–Sabía que funcionaría. Aumentar la familia no es una mala cosa, Jonathan. Se haga como se haga –dijo con segundas, dándole un beso en la mejilla.

Jonathan le devolvió el abrazo, pero no respondió.

Esa noche cenamos juntos por primera vez. Aunque George tenía su propio cuenco de comida, no dejaba de mirar el mío con ansiedad.

–Hola –dije con calidez en un momento en que los humanos no podían oírme.

–Hola –respondió con vocecita frágil.

–Es tu primera merienda aquí. Espero que la disfrutes.

–Gracias. –Noté que la voz le temblaba un poco y pensé que debía de estar aterrorizado; desde luego, lo parecía.

Le habían puesto la comida especial para gatitos, lo que significaba que no iban a dejar mi comida en el suelo para que no se la comiera él. Claire me había dicho que, si quería que me la sirvieran, debía zampármela toda de golpe. ¡La cosa se ponía cada vez peor! A mí, como a muchos gatos, me gusta picotear, no dejar el cuenco limpio en un santiamén. Pero ahora tendría que comérmela toda o quedarme sin ella. George comía de su cuenco con precaución; la pobre criatura parecía confusa, y después de comer, me siguió hasta la salita.

–¿No vas a limpiarme? –preguntó cuando di comienzo a mis abluciones.

–¿Qué? Ni hablar, chico –respondí–. Tú te limpias solo. –Inmediatamente me sentí culpable por mostrarme tan irritado. Ya suponía un esfuerzo ponerme presentable, pero eso no era culpa de George. Me miró con los ojos abiertos de par en par y me ablandé un poco. Por la raspa de la Gran Sardina, qué mono era.

–Mi mamá siempre me limpiaba –dijo, con una voz tan desamparada que me entraron ganas de llorar–. La echo de menos. –Yo estaba a punto de venirme abajo. Aquel pobre infeliz se encontraba en una casa extraña por primera vez, y aunque nos había pasado a todos, le costaría un tiempo acostumbrarse. Sí, de acuerdo, había tenido la suerte de acabar en un hogar cariñoso, pero eso no significaba que fuera a resultarle fácil. Yo tenía que ser allí el fuerte, por él. Había pensado demasiado en mí mismo y había alguien que me necesitaba más: George.

–Mira –dije con voz más amable–. Obsérvame y aprende a hacerlo. –Me limpié lentamente mientras él miraba.

Aquella noche, más tarde, Claire dijo que se iba a la cama y levantó a George, que se había quedado dormido en su regazo. El minino bostezó y parpadeó. Los seguí escaleras arriba. Habían puesto su pequeña cama junto a la mía. Yo me eché en la mía y Claire puso a George en la suya. Cerré los ojos y me quedé dormido.

Al cabo de un rato me despertaron unos maullidos angustiosos. Al abrir los ojos y erguir las orejas, vi que era George, que lloraba en su cama.

–¿George? ¿Qué ocurre? –pregunté adormilado.

–Echo de menos a mi mami –gimió, y sentí mucha pena por él. Yo ya no me acuerdo de mi madre y sabía que George la olvidaría con el tiempo, pero ahora estaba deprimido y sentí que mi roto corazón se rompía un poco más.

–Lo entiendo –dije–. Sé lo que se siente cuando pierdes a alguien al que quieres, pero ahora nos tienes a nosotros..., a mí, a Claire, a Jonathan, a Summer y a las otras familias. Estarás bien. –El pobre cachorro merecía consuelo, así que intenté hablarle con voz tranquilizadora. Me levanté, fui a su cama, me encogí y lo rodeé con la cola, como imagino que haría un padre.

–¿Tú eres ahora mi mami? –preguntó, mirándome esperanzado.

–No, George, soy un varón, un chico. Una mami es una mujer.

–Entonces ¿eres mi papi? –insistió.

–Bueno, no. Es decir, no de verdad. Pero si quieres, puedes considerarme tu padre. Y es hora de dormir.

–Está bien, papá. –George cerró los ojos y me apreté más alrededor de su cálido cuerpecito, sintiendo una necesidad imperiosa de protegerlo.

De repente, sin comerlo ni beberlo, me había convertido en padre.

Capítulo décimo

–Tiger, no tiene gracia –dije a la mañana siguiente, sacudiendo la cola con fastidio, mientras ella seguía con lo suyo como si no pasara nada. Aunque había conseguido salir, en cuanto estuve fuera me sentí preocupado por George. La verdad es que me preocupaba por todos mis humanos, en particular por los pequeños, pero aquello era diferente; sin saber por qué, me sentía más responsable de él.

Le había dicho que tenía que irme y no pareció entenderlo, pero le prometí que no le iba a pasar nada en mi ausencia. Temblaba cuando me obligó a prometerle que volvería pronto. Me ponía en un serio compromiso, pero lo tranquilicé todo lo que pude. Pobre criatura. Además, Claire y Summer estaban en casa, así que al menos no lo había dejado solo. De no ser así, no me habría ido.

–Pues yo lo encuentro muy gracioso –dijo Tiger, sacudiendo la cola, cuando volví a contarle cómo tuve que enseñar a George a utilizar la caja de las necesidades. Claire había intentado hacerlo la noche anterior, pero él se asustaba y se salía en seguida. Luego la pequeña Summer intentó jugar con la caja, y aquello desquició a Claire, que tuvo que explicar a Summer que se mantuviera apartada mientras animaba a George a utilizarla. ¡Humanos! A veces no tienen ni idea de lo que hacen.

Así que cuando estuvimos solos, expliqué a George para qué servía aquella caja, por qué teníamos que usarla y que no iba a hacerle daño. Para mi vergüenza, fingí utilizarla con un ejercicio práctico. Aunque por la mañana lo habían interrumpido en la cocina en plena faena, ahora ya casi lo había entendido, gracias a mí.

–Te imagino en la caja de las necesidades –dijo Tiger, sin dejar de reír.

–Tiger, escucha, ayer mi único cometido era consolar mi corazón roto, y ahora soy responsable de un gatito. Solo puedo salir con ayuda ajena y lo mismo ocurre para entrar, lo que no es bueno para un gato como yo, ¿lo entiendes?

Tiger ladeó la cabeza en señal de solidaridad.

–¿Cuándo podrá salir ese George?

–Claire dijo que dentro de unas semanas. Primero tiene que llevarlo al veterinario. En cuanto pronunció la palabra «veterinario», sentí un tapón en las orejas y dejé de oír. –Me estremecí.

–Parece que ya le has cogido cariño.

–Bueno, es inevitable. ¡Ay, Tiger!, deberías verlo..., la verdad es que se parece a ti en pequeño. Tan mono, y sé que será muy guapo cuando crezca. ¡Y listo! O sea, ha aprendido en seguida a usar la caja de arena, y tiene unos ojos preciosos, y unos bigotes dulcísimos... Estoy deseando que lo conozcas.

–Por favor, Alfie, hablas como un padre orgulloso. La próxima vez estarás enseñando sus fotos.

–No seas tonta, los gatos no pueden hacer fotografías –repliqué, aunque entendí lo que quería decir. Había caído bajo el hechizo de George. Parecía Claire cuando hablaba de Summer, o Matt cuando hablaba de sus dos hijos. Al parecer, me había metido de lleno en el papel de padre, y aunque seguía sin ser feliz por dentro, tenía que admitir que George me mantenía tan ocupado que apenas tenía tiempo para echar de menos a mi amada Snowball.

–Cambiando de conversación, Alfie, ayer pusieron otra foto de un gato en una farola. Con esta ya van cuatro.

Sentí de nuevo que algo se me revolvía por dentro. Creía saber qué era, pero no podía recordarlo.

–¿Los gatos son de Edgar Road? –pregunté.

–No, ninguno, o si lo son, nunca los hemos visto por aquí –dijo Tiger. No parecía probable que fueran de Edgar Road: aunque no todos los gatos de la calle éramos amigos, y algunos no se juntaban con los demás, conocíamos a la mayoría.

–Me pregunto qué será.

–Bueno, los otros creen que es una especie de concurso de belleza. Ya sabes, los dueños ponen las fotos de sus gatos para presumir de ellos.

Entorné los ojos, mirando a Tiger con recelo.

–Tiger, sabes que eso no tiene ningún sentido, ¿verdad?

–Bueno, no estoy segura.

–Si fuera así, ¿no crees que también estaría mi foto?

–Venga, Alfie, no seas tan vanidoso.

–Está bien, está bien. Pero al menos habrían puesto una foto de George. Es el gato más guapo de los alrededores. Casi tanto como yo.

–Ya te entiendo. Bueno, lo sabremos si tus dueños ponen tu foto uno de estos días. Pero si no es una extraña competición entre humanos, ¿qué es entonces?

–Mira, ya tengo bastantes problemas con mi nueva responsabilidad, pero lo descubriré, te lo prometo.

Dejé a regañadientes que Tiger se marchara, jugué un rato en el parque y luego pasé por casa de Polly y Matt para saludarlos. No podía descuidar a mis familias por culpa de mi gatito. En cualquier caso, no me cabía la menor duda de que Summer, que parecía pensar que George, o Deorge, como lo llamaba ella, era su nuevo juguete, lo estaría cuidando, o aterrorizando, aunque esperaba que fuera lo primero.

Me sentía increíblemente libre cuando crucé la gatera y entré en la cocina de Polly y Matt. Me llevé una sorpresa cuando los vi sentados juntos a la mesa. Sabía que Henry estaría en la escuela y Martha en el parvulario, pero a esas horas Matt solía estar en el trabajo y tenía a Polly para mí solo. Durante los dos últimos años Polly había estado estudiando algo que llamaban «interiorismo» y acababa de terminar el curso. Al parecer, era muy buena en eso, y se notaba porque su casa tenía un aspecto precioso por dentro y era gracias a ella. También había ayudado a Claire a mejorar nuestra casa, aunque tuvo que combinar el gusto minimalista de Jonathan con la tendencia de Claire a poner cojines en todas partes, algo que no debió de ser fácil. Últimamente había ayudado también a Tomasz a reformar el restaurante. Aunque no trabajaba mucho, había ido aceptando encargos ocasionales, dado que los niños no pasaban ya mucho tiempo en casa.

Me dirigí primero hacia Polly, pero me miró y parpadeó como si en realidad no me hubiera visto.

–Hola, Alfie –dijo al fin, inclinándose para acariciarme, aunque estaba claro que no lo hizo con sinceridad absoluta. Matt ni siquiera me miró. En seguida supe que algo iba mal, lo notaba en mi pelaje. Sentí que el alma se me hundía un poco más. A aquel paso se me saldría por las uñas.

–Mira, cariño, no es el fin del mundo. Ya sé que te encanta tu trabajo, pero tienes mucho talento y encontrarás otro –dijo Polly, apretándole la mano a Matt. Me froté contra las piernas de Matt para tranquilizarlo, pero no pareció darse cuenta. ¿Había perdido el empleo? ¿Cómo? Por lo visto había sido un golpe inesperado.

–Quizá. Es decir, encontraré otro, sí, pero ya sabes cómo está la economía actualmente, tardaré tiempo. Y tenemos dos hijos, una hipoteca..., ¿cómo nos las vamos a arreglar?

–Bueno –respondió Polly–. Ya sé que no es lo ideal, pero DF Design me hizo una oferta. Sabes que la rechacé, pero...

–Creí que no querías ese trabajo –dijo Matt sorprendido.

–Quería trabajar para ellos, pero el trabajo era a jornada completa y yo esperaba media jornada para poder ocuparme de los niños. Cuando les dije que no podía aceptar, por los niños, dijeron que los llamara si cambiaba de opinión. Yo no quería trabajar todo el día, pero sería con contrato, así que podría intentarlo, hasta que consiguieras otro empleo. No será tanto como lo que ganabas tú, pero al menos tendremos ingresos. –No parecía muy entusiasmada, pero es que estaban conmocionados.

–No puedo creer que haya ocurrido esto, sin previo aviso, que toda la compañía se haya venido abajo. Ninguno de nosotros lo vio venir. –Matt apretó los puños. Normalmente era muy tranquilo, pero estaba enfadado, y sufría, y yo inmediatamente me sentí inquieto por los dos.

–Lo sé, cariño. Lo siento mucho. Pero puedo trabajar para DF y al menos tendremos algo.

–Entonces ¿voy a ser un amo de casa? –Nunca lo había visto tan molesto. Me escondí bajo la mesa. Quería oír el final de la conversación, y al mismo tiempo no quería, no sé si me explico.

–¡Caramba, Matt, no estamos en los años cincuenta! Ahora los hombres se ocupan de sus hijos y de la casa. Y sabes muy bien que si tuviéramos otra alternativa no necesitarías hacerlo..., a mí me gusta estar con los niños. Al menos tenemos una posibilidad al alcance de la mano..., incluso un salvavidas –aseguró Polly.

–Pero siempre he trabajado. No sé si sabré estar sin trabajar. ¿Qué se supone que debo hacer, prepararte el bocadillo y despedirte cada día? –Alzaba la voz y Matt nunca gritaba.

–No, por favor, los bocadillos que preparas son horribles. –Polly hizo un esfuerzo por reír–. Mira, Matt, no nos queda más remedio. Aceptaré ese empleo..., es un contrato y parece la solución perfecta hasta que encuentres otro trabajo.

–Bien, ¿así que cuidaré de los niños y de la casa? ¿Jugaré a papás y mamás? –preguntó otra vez Matt. Parecía su talón de Aquiles.

–Son tus hijos y es tu casa, así que la respuesta es sí. No es el fin del mundo, Matt. –Ahora era Polly la enfadada–. ¿Te das cuenta de lo machista que pareces? Yo llevo cinco años encargándome de estos menesteres y tú, por lo visto, crees que no tienen nada que ver contigo.

–Lo siento, Pol, no es eso, es que siempre he trabajado fuera. –Era una repetición del mismo argumento, pero me parecía que ya no estaba tan dolido.

–Lo sé –dijo Polly con un tono más suave–. Pero ahora tengo que hacerlo yo. Escucha, cariño, tendrás mucho tiempo para buscar otro empleo, para ir a entrevistas cuando los niños estén en la escuela, y al menos de esta forma pagaremos las facturas. No estará tan mal, ya verás.

–Lo sé y lo siento. Es que todavía estoy atónito. –Ah, tenía razón. Se llevó las manos a la cabeza. Polly lo rodeó con el brazo.

–Lo sé, cariño, pero gracias al cielo tenemos a DF Design. Alguien cuida de nosotros al menos. –Polly sonrió tristemente y yo me fui a hurtadillas. También yo cuidaba de ellos, aunque no podía decir que la oferta de trabajo hubiera aparecido gracias a mí.

Al volver a casa me di un cabezazo contra la trampilla de la gatera. Estaba tan preocupado por Matt y Polly que había olvidado que estaba cerrada. Tendría una buena jaqueca si continuábamos así. Salté al alféizar de la ventana de la cocina y golpeé el cristal mientras maullaba con fuerza. Claire no tardó en fijarse en mí. Bajé de un salto y corrí a la puerta trasera.

–Vaya, menos mal –dijo al abrir la puerta. Ladeé la cabeza–. Tenemos un problema, Alfie. Es George.

Summer llegó corriendo.

–¡Deorge, Deorge, Deorge! –gritaba. Sentí que se me aceleraba el corazón y se me ponían los pelos de punta. ¿Qué habría pasado?

–No lo encontramos –anunció Claire–. No puede haber salido... Estaba aquí cuando te fuiste y no he abierto la puerta desde entonces, pero no lo encuentro por ninguna parte.

Entré en casa con los pelos de la cola erizados de miedo. Claire había abierto todos los armarios y los había vaciado, cubriendo el suelo de la cocina con su contenido. Pasé con cuidado entre todo aquel desorden tratando de mantener la calma. Aunque tenía que estar en algún sitio, temía por el pequeño gatito. Era culpa mía. No debería haberlo dejado solo. Acababa de mudarse. Tendría que haber salido, haber hecho lo que tenía que hacer y haber vuelto directamente a casa. ¿Qué clase de padre era? Empecé a ponerme histérico mientras lo buscaba. Podía oler su aroma, pero estaba en todos los rincones en los que había estado él. Busqué por toda la planta baja antes de subir la escalera tratando de no dejarme vencer por el pánico.

Maullé con fuerza, pero no oí ninguna respuesta. El corazón me iba a mil por hora. Miré bajo la camita de Summer, que era un acogedor escondite y perfecto para un gatito, luego miré en las demás habitaciones, pero no lo encontré por ninguna parte.

Me eché sobre la cama de Claire y Jonathan para descansar un poco y trazar un plan. Había buscado durante un buen rato sin el menor resultado. No se me ocurría dónde podía estar el renacuajo. Me estiré y olisqueé la cama, estrujándome el cerebro para idear algo que hacer a continuación. ¡Bingo! Lo adiviné al inteligente estilo de los gatos. Era obvio que Claire había cambiado las sábanas aquel día. Olían a limpio..., exactamente lo que encantaría a un pequeñuelo. Comprendí lo que había debido de pasar y corrí al armario de la ropa blanca. Oí un débil ronquido, bueno, más bien un resoplido, que salía de dentro, pero la puerta estaba cerrada.

–¡MIAU! –grité con todas mis fuerzas, y Claire llegó corriendo. ¡Cómo son los humanos! Fue una suerte que George me tuviera a mí, pensé, mientras arañaba la puerta.

–¡Gracias a Dios! –exclamó Claire cuando abrió la puerta–. Ah, míralo, pero qué mono es.

–Sí, una bendición –pensé mientras mirábamos a George hecho un ovillo encima de un montón de toallas recién lavadas, dormido profundamente.

–Antes me quedaba horas mirando a Summer mientras dormía –dijo Claire, y mientras los dos nos quedábamos allí mirando como pasmarotes, supe exactamente a qué se refería.

–¿Y qué pasó? –pregunté a George cuando aquel atardecer nos apoltronamos juntos en la cama de Claire y Jonathan.

–Olía tan bien allí dentro que decidí acostarme. Luego estaba tan cómodo que me quedé dormido y supongo que Claire cerró la puerta –dijo. Qué sencillo parecía todo. Yo ya había estado encerrado en armarios en otras ocasiones..., era algo muy fácil. Aunque sabía que no había sido culpa suya, yo había aprendido de mi error y George tendría que hacerlo también.

–Muy bien, lo entiendo. Pero estaban preocupados por ti y yo también. No deberías entrar en armarios abiertos, porque te arriesgas a quedar encerrado dentro y, bueno, tuviste suerte de que pudiera olerte. Claire estaba demasiado ocupada vaciando todos los armarios de la cocina para pensar en buscarte aquí arriba. Podrías haber estado encerrado durante horas, incluso días, si no te hubiera encontrado.

–¿Días? –Tenía los hermosos ojos abiertos como platos.

–Vivir con humanos no siempre es fácil, George. Pero no te preocupes, yo estoy aquí para enseñarte.

–Gracias, Alfie..., digo papá. –Cuando pronunció aquella palabra, se me derritió el corazón.

Summer entró saltando en la habitación y vino hacia la cama. Cogió a George en brazos y corrió escaleras abajo, parloteando sobre un nuevo juego al que quería jugar.

Sonreí al verlos salir. Summer era como una hermana humana para mí, y ahora que George era mi gatito, tenía dos pequeños de los que ocuparme. Sentía la necesidad de que ambos fueran felices, pero en aquel momento me alegraba de que Summer estuviera allí para jugar con George. Aparte de los asuntos humanos, corretear por ahí, ocuparme de los pequeños y meditar el misterio de los gatos de las farolas, necesitaba un poco de tiempo para pensar en Snowball, a quien seguía echando de menos con todo mi corazón. Por lo menos con el trocito de corazón que George no me había robado.

Capítulo undécimo

George ya llevaba oficialmente una semana con nosotros y qué semana tan agotadora había sido. Yo sufría de falta de sueño (George aún se despertaba muchas noches) y sentía una preocupación constante. Había pagado un precio por cuidar de él. El papel de padre no era tan fácil como había imaginado. Ya sé que los humanos se quejan de lo duro que es, pero yo había supuesto que era porque no eran gatos. Por lo visto estaba equivocado.

Toda la casa estaba enamorada de George, incluido yo. Nos quedábamos boquiabiertos cuando se tendía de espaldas y jugaba con sus propias patitas, como Summer cuando era pequeña. A todos se nos escapaba la sonrisa. O cuando se acurrucaba en el cuello de Jonathan cuando este veía la tele, y cuando ronroneaba el pelaje le temblaba ligeramente. O cuando se acostaba en el sofá, dormido boca arriba, y Claire lo acariciaba: se ponía las patas sobre la cabeza y se estiraba para que lo acariciaran aún más. Era lo más dulce que había visto en mi vida.

Tras el incidente del armario ropero, apenas lo perdía de vista. Tenía que enseñarle a valerse por sí mismo, lo cual definitivamente era una necesidad apremiante.

A pesar de mi lección sobre la importancia de no entrar en los armarios, al día siguiente tuve que sacarlo a rastras de un armario de la cocina. Dijo que quería explorar, cosa que entendí, pero parecía que siempre tuviera que estar advirtiéndole de los peligros. Y de repente los peligros estaban por todas partes. No me creía capaz de reformar la casa para que un gatito estuviera seguro en ella, y no digamos el resto del mundo..., un pensamiento mucho más aterrador.

Además, me quitaba la comida; lo pillé con el hocico metido en mi atún y ejem, ejem, digamos que no estoy acostumbrado a que jueguen con mi comida. Pero no podía enfadarme, no cuando me miraba con aquellos hermosos ojos, aquella sonrisa y aquellos bigotes. Yo era arcilla en sus zarpas. Aunque lo regañaba, sabía que tenía que hacerlo, porque formaba parte del papel de padre.

Pero al mismo tiempo estaba orgulloso de él; se portaba muy bien en la caja de arena..., solo había habido un horrible incidente cuando hizo sus necesidades en una zapatilla de Jonathan. Jonathan se portó como si se hubiera cometido un asesinato (al parecer eran unas zapatillas italianas de cuero) y Claire tuvo que tranquilizarlo durante jornadas interminables. Cuando nos quedamos solos, le expliqué que Jonathan siempre había sido un poco impulsivo y que ladraba más que mordía; disculpad la referencia canina, pero era otra cosa que tenía que enseñar a George. Aunque aún no podía salir de casa, tenía que prepararlo para cuando saliese. Antes de irnos a la cama pasábamos mucho tiempo repasando lecciones sobre la vida. Me estaba tomando muy en serio mis responsabilidades paternas. George tenía mucho que aprender y enseñarle impedía que me acordara constantemente de Snowball. Al final del día, estaba tan cansado que, en cuanto acostaba a George, yo también me quedaba como un tronco, y sin soñar.

La primera noche había dormido en su cama, pero ahora dormíamos los dos en la mía, la más grande y cómoda de las dos. A Claire le pareció encantador y nos hacía fotos para ponerlas en una cosa que llaman Facebook. Cuando George se acurrucaba a mi lado, su calidez resultaba consoladora, sin la menor duda. Me recordaba la época en que yo dormía al lado de Agnes, en una vida anterior, en una de las siete que tenemos todos. Aún no estaba seguro de que Claire hubiera acertado al traer a George y al confiarme el papel de padre, pero al menos no tenía tiempo para regodearme en mi desgracia sentimental.

Aunque apenas había salido a la calle, me las había arreglado para pasar algún rato con Tiger, que me mantenía informado de las noticias gatunas del barrio. Aún no sabíamos a qué se debían las fotos de los gatos, y me contó que había visto otra más el día anterior, camino del parque. Cada vez era más misterioso aquel asunto.

Echaba de menos a mis otros amigos y planeé pasar un rato con ellos al día siguiente. Como Summer y Claire estarían en casa, esperaba que no hubiera inconveniente en dejar a George solo con ellas. Y hacía tiempo que no iba a ver a Polly y Matt, aunque había visto a Polly y los niños en nuestra casa. Martha estaba tan encariñada con George como Summer. Henry no lo estaba tanto, así que él y yo vimos la tele juntos mientras ellas jugaban y trataban a George como a uno de sus juguetes. A George le encantaba aquello: no le importaba que lo manosearan. No había visto a Matt, que estaba ocupado buscando empleo, aunque por supuesto me preocupaba por él. Polly parecía estar bien; no era exactamente la misma de antes, pero procuraba no preocuparme demasiado por eso, al menos por el momento.

A última hora de la tarde salí al jardín. Claire me había dejado la gatera abierta y se había llevado a George al cuarto de baño para bañar a Summer. Recuerdo que cuando nació Summer, Claire se había quejado a Jonathan de que no tenía tiempo para ella; que incluso usar el inodoro y darse una ducha se habían convertido en un lujo. Yo pensé que estaba exagerando. Pues bien, puedo asegurar que no exageraba: lo estaba descubriendo rápidamente. Así que decidí aprovechar a tope aquel rato a solas. La fresca brisa veraniega me parecía maravillosa y disfruté un montón antes de regresar, cosa que hice con cierta desgana. Quería asegurarme de que George merendaba bien y se lavaba antes de irse a dormir: comprendí que tenía muchas cosas que hacer mientras corría escaleras arriba. Llegué en el momento oportuno para oír un ruido perturbador.

–¡AAU! –El alarido había brotado de la delicada garganta del pequeño.

–¡Deorge, Deorge! –gritó Summer. Me entró el pánico y corrí a la puerta del cuarto de baño, que arañé hasta que Claire me abrió finalmente.

George estaba sentado sobre la alfombrilla del baño, empapado, y Summer estaba de pie en la bañera. Claire se esforzaba por no reventar de la risa. Yo me permití volver a respirar.

–Oh, Alfie, George se ha caído en el inodoro. No sabía que pudiera saltar tanto, pero ha debido de subirse a la corona de madera mientras yo lavaba a Summer y seguramente ha resbalado y se ha caído dentro –explicó.

Pues claro que puede saltar, pensé; era un gatito muy listo.

–Ahora mismo te saco de la bañera, Summer, y meteré a George. No queremos que huela a desinfectante. –Mientras Claire envolvía a Summer en una toalla y bañaba a George, el pobrecito no parecía muy contento. Lo miré con complicidad; aquella noche nuestra lección versaría sobre el agua.

Una vez que George estuvo recuperado y seco, llegó la hora de merendar. Jonathan había llegado del trabajo y ya se estaba riendo de las gracias de George, algo maravilloso de oír... Últimamente no se había reído mucho, aunque yo no había tenido tiempo de llegar al fondo de eso todavía. Claire le dijo que se encargara de que las tapas de los inodoros estuvieran siempre bajadas, lo que fue un alivio. Había muchos peligros potenciales en los que pensar cuando tenías un gatito. El caso era que Jonathan sonreía mientras se cambiaba de ropa; iba a ir a casa de Matt a pasar una velada masculina y Polly vendría a la nuestra. Franceska también acudiría, así que yo estaba emocionado. Normalmente, las noches en que los humanos se reunían por sexos iba de una casa a otra, pero como George me necesitaba, aquella me quedaría con las señoras. Con un poco de suerte, recogería alguna información sobre lo que estaba ocurriendo en el barrio.

–¡No quiero ir a la cama! –gritaba Summer mientras Jonathan la llevaba escaleras arriba.

–Si te vas a la cama ahora, te leeré el cuento que tú quieras, si no, no hay historia –dijo. Miré a Summer mientras juzgaba la situación. No le gustaba ceder, así que era difícil adivinar qué decidiría.

–Bien –dijo al fin–. Pero solo si viene Deorge. –Sentí un pinchazo de celos por toda la atención que recibía George, pero lo quería tanto que realmente no me importó. Después de todo, yo también había recibido muchas atenciones en su día. Quizá era hora de apartarme para dejar sitio al renacuajo.

–Toque mágico –dijo Jonathan, levantando del suelo a George–. Pero Claire, podrías haberle puesto un nombre que Sum pudiera pronunciar –dijo, riéndose mientras Summer decía «Deorge» una y otra vez.

–Bueno, George –dije más tarde, cuando la salita estuvo vacía, con Summer en la cama y Jonathan fuera–. ¿Estás listo para irte a la cama?

–No. Quiero ver a los otros.

–Vale, esta noche puedes quedarte un poco más, pero cuando estés cansado tendrás que decírmelo. Y tenemos que hablar del agua. Y de los peligros del inodoro.

–No me gusta mucho –confesó George.

–No, los gatos solemos evitar el agua si podemos, menos cuando la bebemos, claro. –Me puse a contarle mis experiencias pasadas. Después de todo, una vez casi me ahogué y no quería que George corriera ningún peligro. Dicen que los gatos tienen siete vidas, y yo reconozco haber gastado tres o cuatro, pero no quería correr más riesgos y tampoco quería que los corriese mi pequeño.

El timbre de la puerta interrumpió la conversación y corrí hacia allí con George pisándome las zarpas. Cuando Claire abrió y Polly y Franceska entraron con vino y abrazos, me sentí contento. Las seguimos a la cocina, donde Claire sirvió el vino y yo bebí agua antes de acomodarme en el regazo de Franceska. Polly se apoderó de George, que ronroneó cuando ella se puso a acariciarlo.

–Bien, tengo grandes noticias –anunció Polly.

–¿Otro niño? –preguntó Franceska. Lancé una mirada preocupada a Claire, pero esta no parecía afectada.

–No, no seas tonta. Es más complicado. Matt ha perdido el empleo.

–Oh, no, Pol. Lo siento mucho –dijo Claire.

–Ahora estúpida me siento –dijo Franceska. Su inglés era bueno, pero cuando se ponía nerviosa o estaba inquieta, se le notaba mucho el acento y a veces equivocaba el orden de las palabras.

–No, hablando con franqueza, ya me he hecho a la idea.

–Pero te he visto muchas veces y no has dicho nada –dijo Claire con tono de preocupación.

–Quería que habláramos del asunto antes de contárselo a nadie. Esta noche se lo contará a Jon. Pero el caso es que fue al trabajo y les dijeron a todos que iban a cerrar... La compañía ha quebrado. Ahora están organizándolo todo, pero Matt dice que tendrá suerte si le dan una compensación equivalente al sueldo de dos meses. Pero la cosa es que, poco antes de que ocurriera esto, DF Design me ofreció un empleo.

–Polly, qué bien –dijo Claire sonriéndole.

–Sí, bueno, al principio lo rechacé porque no quería trabajar a jornada completa, por los niños, pero ahora todo ha cambiado. Es un contrato de seis meses, y aunque no cobraría tanto como ganaba Matt, podríamos arreglarnos, al menos hasta que Matt consiga otro empleo.

–Muy complicado parece todo eso –dijo Franceska–. Pero ¿estás bien?

–Sí, lo principal es que estaremos bien..., al menos económicamente. Pero el caso es que Matt y yo discutimos porque se siente muy desgraciado por no trabajar. Dice que no quiere ser un amo de casa, pero no sé si ese es el principal problema.

–Por todos los santos, Pol, podría ser el cambio de papeles... Siento escalofríos al pensar cómo se las arreglaría Jonathan en un caso así. Si le dijera que yo voy a trabajar y él tiene que quedarse en casa, no sabría qué hacer. Él cree que Summer y la casa se arreglan solos, por arte de magia. En fin, al menos los niños ahora son un poco mayores.

–Sí, Henry va a la escuela y Martha irá pronto –añadió Franceska.

–Lo sé, lo sé, pero los echaré de menos, y la idea de trabajar a jornada completa, bueno, seamos sinceras..., antes de esto yo era modelo, así que nunca hice un turno de nueve a cinco. Ahora me tocará hacerlo, cinco días a la semana, y Matt se quedará en casa, haciendo bocadillos y limpiando la casa. ¡Bueno, eso espero, que la limpie! –Las tres se echaron a reír.

–¿Se lo ha tomado muy mal? –preguntó Claire.

–No dejo de decirle que es solo hasta que encuentre otro empleo, y espero que sea antes de lo que cree. Y cuando encuentre trabajo, a saber qué haré yo, pero cruzaremos ese puente cuando lleguemos. –Suspiró–. Bueno, ya hemos hablado bastante de mí, ¿qué tal vosotras?

–Bueno, nosotros hemos iniciado el proceso de adopción –dijo Claire.

–¡Claire, eso es magnífico! ¿Por qué no nos lo habías contado? –preguntó Franceska, dándole un abrazo que estuvo a punto de echarme de su regazo.

–He estado esperando hasta esta noche. Es un proceso largo y Jonathan no está muy entusiasmado..., os tendré al corriente, pero tener a George ha hecho que desee aún más un hermano para Summer. Ella cree que Alfie y George son sus hermanos y en la guardería habla de ellos como si fueran personas.

–Qué mona, aunque quizá sea un poco preocupante cuando descubran que está hablando de gatos –dijo Polly.

A continuación, Franceska contó que estaban a punto de abrir otro restaurante. Tomasz tenía un socio, un amigo de Polonia que llevaba ya un tiempo en Londres, y pensaban ampliar el negocio juntos. El restaurante era muy popular, así que la operación tenía su lógica, aunque la noticia me preocupó, porque Tomasz el grande ya trabajaba lo suficiente. No quería que estuviese demasiado atareado, por su familia, ¿sabéis?

–Me temo que ahora lo veremos menos, pero me asegura que contratará encargados, para poder concentrarse en la comida y no tener que estar allí tan a menudo. Bueno, eso esperamos –dijo Franceska. Yo sabía que a Tomasz le costaba delegar responsabilidades en otros; a su mujer le había preocupado eso desde que había abierto el primer restaurante.

Miré a George, que estaba profundamente dormido en el regazo de Polly, y luego a mis tres mujeres humanas. Las tres eran fuertes y hacía ya mucho tiempo que las conocía. Claire con su corazón destrozado, Polly con su depresión posparto después del nacimiento de Henry, y Franceska luchando por adaptarse a un país extranjero. Pero yo sabía que ninguna de las tres tenía delante un camino sembrado de rosas y parecía que otra vez se les estaban acumulando los problemas. Siempre hay cambios, y los cambios siempre amenazan con traer problemas, eso lo sabía. Y aunque esperaba que pudiéramos permanecer unidos, y que mis familias capearan el temporal, sentía una horrible sensación por dentro.

Capítulo duodécimo

La primera tormenta no estalló en el seno de ninguna de mis principales familias, sino en el corazón de alguien muy cercano a mí. Aunque todas mis familias andaban algo revueltas, a corto plazo no había nada por lo que preocuparse. Tras la reunión de las mujeres, Claire y Jonathan habían tenido un pequeño roce, pero eso no era nada nuevo. Cuando Jonathan fue a casa de Matt, este estaba preocupado por haber perdido el empleo, cosa comprensible, pero Claire comentó la suerte que tenían porque a Polly le habían ofrecido otro. Jonathan dijo que ella no entendía lo molesto que sería para Matt tener que adoptar el papel de amo de casa y entonces Claire lo acusó de sexista. Jonathan replicó alegremente que lo era, ¿y qué? En fin, que fue uno de sus altercados habituales. Pero inquietó al pequeño George, a quien todavía le quedaba un largo camino para entender aquellas situaciones.

–No entiendo por qué gritan –dijo con voz temblorosa.

–Los humanos lo hacen a veces. Es muy complicado y no significa que no se quieran.

–Pero ¿por qué?

–Bueno, a veces las personas, al igual que los gatos, no se ponen de acuerdo en determinados detalles.

–Pero ¿por qué? –preguntó. Y así siguió, una y otra vez, hasta que tuve que taparme las orejas con las zarpas, porque era incapaz de oír «por qué» una vez más. Además, yo sabía cómo se sentían los padres humanos; Martha estaba pasando entonces su fase «por qué» y Polly decía que le daban ganas de arrancarse los pelos. Ser el padre de aquel gatito era casi tan difícil como cuidar de mis humanos adultos. Pero es que este gato..., en fin, que este gato tenía que hacerlo todo.

Al día siguiente, Claire y Jonathan habían hecho las paces y se dedicaban a eso tan desagradable que consiste en besarse mucho y decirse cursilerías. El pobre George me miró con los ojos llenos de confusión y yo me pregunté cómo diantres se suponía que iba a enseñarle cosas sobre la vida cuando a veces tenía tan poco sentido.

–Puf –exclamó Summer, al ver que su padre besaba a su madre mientras preparaban el desayuno–. Puf, puf, puf. –Claire y Jonathan se rieron, pero yo estaba de acuerdo con la niña... ¡Era muy embarazoso verlos hacer aquellas cosas en público!

George se había instalado debajo de la trona de Summer y lamía el yogur que le caía encima. Era su nuevo juego favorito. Yo estaba desayunando. Ya había obligado a George a hacer lo mismo, diciéndole que no crecería tan fuerte como yo si no se comía todo lo que le ponían en el plato. Se lo había oído decir a muchos padres humanos, así que sabía que era verdad. Pero estábamos pasando un momento encantador en familia y mi corazón estaba rebosante de amor, una sensación que no tenía desde la partida de Snowball. No me entendáis mal, seguía echándola de menos cuando tenía tiempo, pero también era feliz recordando las cosas buenas que no me faltaban.

Sonó el timbre de la puerta, interrumpiendo nuestra relajada mañana de sábado. Jonathan y Claire se miraron y esta fue a abrir. Lancé a George la mirada de «tú quieto ahí», que tan bien se me daba, y fui tras ella.

–Válgame Dios. –Claire y yo retrocedimos cuando abrió la puerta. Tasha, su mejor amiga y una de mis mejores amigas también, estaba en el umbral. Llevaba en brazos a su hijo, Elijah, que apenas era mayor que Summer. Tasha lloraba con tanta fuerza que parecía a punto de desplomarse.

–Tash, pasa, por favor –dijo Claire. Cogió a Elijah y estuvo a punto de caérsele; solo tenía unos meses más que Summer, pero pesaba el doble. Llamó a Jonathan a gritos, este llegó corriendo, Claire le puso a Elijah en los brazos y le dijo que lo llevara a la cocina con Summer. Jonathan puso cara de indignado, pero no discutió cuando Claire llevó a Tash a la salita, conmigo pisándole los talones, y Tash se derrumbó en el sofá.

–Tash, cariño, ¿qué te pasa? –Claire rodeó con los brazos a su amiga, que no dejaba de llorar. Sin saber muy bien qué hacer, me acurruqué a su lado. Por lo menos que supiera que estaba allí para ella.

Tasha y yo nos habíamos conocido cuando me fui a vivir con Claire a Edgar Road, hacía ya mucho tiempo. Le cogí cariño en seguida. Era una buena amiga de Claire y la había visto en circunstancias difíciles. Claire y Tasha habían trabajado juntas y en seguida se hicieron buenas amigas. Ahora, con hijos de una edad parecida, pasaban mucho tiempo juntas y Tasha seguía siendo una de mis personas favoritas. Yo no iba a su casa, que quedaba muy lejos, pero formaba parte de mi familia.

–¡Es Dave! ¡Se ha ido!

Dave era su pareja. No estaban casados, y aunque Dave parecía un buen tío, era alérgico a los gatos, así que entre nosotros siempre había habido cierto conflicto. Tomaba pastillas antes de acercarse a mí, pero nunca me tocaba, así que nuestra relación distaba mucho de ser íntima.

–¿Se ha ido? ¿Adónde se ha ido?

–Nos, nos... –dijo entre hipidos–. Nos ha dejado. Se ha marchado.

–¿Qué? ¡Tash! ¡Por todos los santos! –Claire cogió las manos de su amiga con aspecto de estar tan escandalizada como yo. Puede que yo no fuera el mayor admirador de Dave, pero pensaba que tenían una relación sólida. Inmediatamente me puse de parte de Tash..., después de todo, ambos teníamos el corazón destrozado.

–Anoche dijo que no podía más, que no podía continuar con nuestra relación. Dijo que quería a Elijah, pero que no era así como creía que debía ser la vida familiar y que él no estaba hecho para eso. Quise que me diera razones, pero solo decía que ya no me quería. Traté de convencerlo de que se equivocaba, pero no cambió de opinión. Lloré, supliqué, no dormí en toda la noche y esta mañana ha preparado las maletas y se ha ido. ¿Qué voy a hacer?

–Oh, Tash, no puedo creerlo. –Mientras Tash lloraba en brazos de Claire, yo llegué a la triste conclusión de que había hecho bien en no confiar en un hombre que era alérgico a los gatos.

Claire sabía ser útil en las crisis, un poco como yo. Movilizó a su personal. Dijo a Jonathan que cuidara de los niños mientras se llevaba a Tash a otra habitación. Ordenó a Jonathan que llamara a Dave y tratara de llegar al fondo del asunto, y a continuación dijo que Tash y Elijah se vendrían a vivir con nosotros por el momento. Llevó a Tash a su casa con el coche para recoger algunas pertenencias, las imprescindibles para quedarse unos días con nosotros. Básicamente, hizo justo lo que habría hecho yo si fuera humano. La había educado bien.

Me sentía triste por mi querida amiga. ¿Por qué los humanos no dejan nunca de hacerse daño? Era algo que no entendía. Sabía cómo se sentía Tash, por lo menos un poco, tras haber perdido a Snowball. Pero al menos Snowball no me había abandonado: no se había ido, sino que se la habían llevado.

Sabía que tenía que estar allí por Tasha; tenía que ayudarla a superarlo y hacerle saber que entendía cómo se sentía. Mientras meditaba cómo hacerlo, oí los apremiantes maullidos de George en la cocina. Solo había apartado los ojos de él un segundo, pero fui corriendo y lo encontré metido en mi cuenco. En medio de la crisis, Claire y Jonathan habían olvidado retirar nuestra comida, en contra de su costumbre.

–¿Qué haces? –pregunté exasperado. Tenía migas de atún en la cabeza.

–Quise probar tu comida, entonces se me ocurrió comprobar hasta qué punto tu cuenco era más grande que el mío y si sería mayor que yo. Y me metí en él, pero ahora no puedo salir.

–George, si te ven los humanos, se van a enfadar –lo reñí mientras lo ayudaba a salir–. Rápido, límpiate antes de que vuelvan. –Lo vigilé mientras se aseaba y traté de no enfadarme por haber estropeado el resto de mi desayuno con su experimento. Después de todo, tenía cosas más importantes por las que preocuparme en aquel momento.

–Mmmm, me ha gustado –dijo George, relamiéndose cuando estuvo limpio.

–Pero era mi desayuno. Tú tienes una comida especial porque eres pequeño. Como Summer –le expliqué.

–Pues me voy a hacer mayor para comer como tú –afirmó antes de irse. Comprobé que no quedaba nada de comida (no quedaba nada, George se la había comido o la había derramado) y fui en su busca.

Vi que estaba corriendo en círculo.

–¿Qué haces? –pregunté sonriendo.

–Trato de pillarme la cola, pero no para de alejarse.

Madre mía, lo que me reí mientras seguía dando vueltas a toda velocidad. No tuve ánimo para decirle que nunca la atraparía. En medio de la catástrofe, mi pequeñuelo había encontrado la forma de animarme. Tenía ese poder mágico y me pregunté si sería hora de pasarle el testigo. ¿Debería entrenar a George para que ayudara a la gente como lo hacía yo? Parecía una buena idea, y quizá George pudiera echarme una zarpa para ayudar a Tash. Ya le estaba enseñando lo que sabía, así que en lo que respectaba a mis familias y a ser un gato «multihogareño», sería mi aprendiz. Sonreí: qué idea más buena.

Miré en la salita. Tash estaba acostada en el sofá, abrazando a Elijah, que estaba dormido. George estaba acurrucado a sus pies, un dulce detalle por su parte. Le había pedido que pasara tiempo con Tasha y la verdad es que cuando empezó a perseguirse la cola, la buena mujer rio por primera vez, así que había funcionado. Por lo visto, mi simpático gatito era un tónico para todos nosotros.

Summer dormía en su cuarto, de modo que fui a reunirme con Claire y Jonathan en la cocina, donde estaban hablando en voz baja.

–Entonces ¿no va a cambiar de opinión? –preguntó Claire.

–No, el muy imbécil ha conocido a otra. Ya lo sospechaba, así que le apreté las clavijas y lo confesó. La típica historia, ella es más joven, no tiene hijos y probablemente piensa que nunca le exigirá tanto como le exige Tash. En cualquier caso, fue demasiado cobarde para contárselo a Tash. Me temo que se ha mudado definitivamente. Incluso está hablando de vender la casa y repartirse el dinero. ¡Pero, si no hace ni cinco minutos que lo han dejado! –Jonathan no parecía creérselo, estaba enfadado y tenía la cara congestionada. Si me sentía tan orgulloso de Jonathan es porque era una persona muy noble. Nunca le haría algo así a Claire; apostaría todas las sardinas del mundo.

–Santo Dios, ¿qué vamos a decirle a Tash? –preguntó Claire.

Jonathan sacudió la cabeza.

–Le da igual que esté hecha polvo. No parece darse cuenta de que le ha hecho daño y, cuando intenté hablar de Elijah, dijo que muchos niños crecen sin que los padres estén juntos. Por lo visto, no cree haber hecho nada malo. Me gustaría darle un puñetazo..., tuvo suerte de estar al otro lado de la línea.

Jonathan y Dave nunca habían sido muy amigos. Pasaban tiempo juntos a causa de Claire y Tash, pero oí decir a Jonathan que en su opinión le faltaban algunas neuronas, y al parecer había cometido un delito peor aún que ser alérgico a los gatos: era hincha del Arsenal. Jonathan no podía olvidar una cosa así, aunque yo no llegaba a entender por qué.

–¿Y qué vamos a hacer? –Claire estaba triste. Jonathan la abrazó.

–Bueno, puede quedarse aquí todo el tiempo que necesite. Le diré a Dave que saque de la casa el resto de sus cosas. Y ya sé que puede que no esté preparada, pero le buscaré un abogado para cuando lo esté. Seguro que él no hace lo que tiene que hacer, así que tendré que obligarlo. –Jonathan parecía muy convencido.

–Oh, Jon, gracias, tenemos que ayudarla. No puedo ni imaginar cómo se sentirá...

–Eh, sabes que nunca os dejaría a Sum y a ti, ¿verdad? –La miraba al hablar y, como dije antes, supe en el fondo de mi corazón que, pasara lo que pasara, nunca las dejaría. No era como Dave.

–Lo sé y te quiero. Pero por el momento tenemos que cuidar de Tasha. Ella hizo lo mismo por mí cuando me mudé aquí, y no tenía un niño en el que pensar, como ella ahora.

–Mira, nena, haremos lo que haga falta para ayudarla a salir de este lío. No te preocupes.

–Oh, Alfie, olvidé lo mucho que tú también quieres a Tash. Bueno, entre todos conseguiremos que lo supere –afirmó Claire con determinación.

Satisfecho, di un maullido y fui a la puerta trasera.

–Está bien, Alfie, puedes salir, pero sube al alféizar de la ventana cuando quieras entrar –me recordó Claire.

–Miau –admití.

Encontré a Tiger bajo un arbusto del jardín delantero.

–Hola, Tiger, ¿cómo va todo? –pregunté. Habían pasado dos días desde que la había visto por última vez y me di cuenta de que la había echado de menos. Estaba acostumbrado a ver a Tiger casi cada día y me pregunté si no era algo que daba por sentado.

–Vaya, hola, forastero. Casi había olvidado cómo eras.

–Esto de no salir a divertirse no es fácil. Ni lo es tener que cuidar de un gatito. Estoy deseando que lo conozcas, es monísimo.

–Por favor, Alfie, no dejas de hablar como un padre orgulloso. ¿Un paseo?

–Sí, me encantaría. Últimamente no he hecho mucho ejercicio. –Nos frotamos los hocicos y echamos a andar. No habíamos ido muy lejos cuando vimos encima de nosotros la sombra de un gato grande.

–Estupendo –dije–. La primera vez que salgo en siglos y tenemos que encontrarnos con *él*.

–Vaya, qué raro veros a los dos juntos –dijo Salmon, enseñándonos los dientes.

–Vivimos aquí –respondió Tiger, sacudiendo la cola con irritación.

–Bueno, estoy patrullando para comprobar que todo va bien. Nunca se es demasiado prudente, ya sabéis.

–Bien, Salmon, ¿y qué problemas has encontrado? –dije con tono burlón. Los dueños de Salmon dirigían el grupo de Vigilancia del Barrio; andaban siempre muy ocupados y Salmon estaba cortado por el mismo patrón.

–Bueno, como han notado mis dueños, el número veinte ha amontonado tanta basura en el jardín que está atrayendo a los bichos. Han convocado una reunión para tratar el asunto, ¿sabéis?

–Estupendo, ¿y qué pasa con las fotos de los gatos? ¿Sabes ya algo de eso?

–Pues sí –respondió Salmon–. Pero por desgracia es información clasificada.

–¿Qué? ¿Qué rayos significa eso? –preguntó Tiger.

–No se me permite hablarlo con vosotros.

–En resumen, no sabes nada –apunté yo.

–Tengo entendido que te ha dejado la novia –dijo con brusquedad.

–No lo ha dejado, se ha mudado –bufó Tiger, mirando a Salmon con toda la agresividad de que era capaz. Tiger era mi mejor amiga y mi guardaespaldas por designación propia.

–Ya, bueno, pero es lo mismo –dijo Salmon, devolviendo el bufido antes de irse.

–Ese gato no mejora –dije, francamente enfadado.

–Pero no es importante. Míralo, no tiene amigos, y tú tienes muchísimos. Y ya que sale el tema, vamos a buscarlos.

Nos dirigimos hacia una franja de hierba rodeada de arbustos que había al final de Edgar Road, donde nuestra pequeña comunidad de gatos se reunía a veces. Tuve suerte: Elvis, Nellie y Rocky, tres de mis gatos favoritos, andaban por allí cuando llegamos. Todos se acercaron a saludarnos.

–Alfie, dichosos los ojos –dijo Nellie, bostezando y levantando los bigotes–. ¿Alguna novedad en el frente? –A Nellie le encantaba el drama.

–Estoy seguro de que Tiger ya te lo ha contado. He estado ocupado con un gatito.

–Ya lo sé; qué raro que ahora te preocupes por un gatito de verdad y no por un humano –dijo Rocky. Era el gato más viejo, bienintencionado pero a veces un poco entrometido.

–Oh, sigue habiendo muchos humanos de los que ocuparme, pero el gatito aún no puede salir a la calle, así que por el momento tengo las patas atadas –expliqué.

–¿Cómo estás, Alfie? –preguntó Elvis con amabilidad–. Ya sabes, por la marcha de Snowball y todo eso.

–La echo de menos, por supuesto. No te olvidas de alguien tan rápidamente. –El corazón me latía muy aprisa cuando recordaba su hermosa piel blanca y sus bellos ojos azules–. Pero el cuidado de George, mi gatito, llena mis horas últimamente. –Sonreí con melancolía, ladeando la cabeza.

–Bueno, esperamos conocerlo cuando lo dejen salir –dijo Nellie–. Pero intenta venir por aquí más a menudo, ahora que hace buen tiempo. Hay en el barrio algunos gatos nuevos que deberías conocer.

–Ah, ¿sí? –Ni siquiera me había enterado de que habían llegado familias nuevas. Obviamente, con todo lo que estaba pasando, había descuidado mis deberes de gato multihogareño.

–No, nuevas familias no, nuevos gatos. Concretamente dos, y además son muy simpáticos. Una es tan guapa que creemos que pronto pondrán una foto suya en una farola –dijo Elvis.

–Elvis, ¿de veras crees que se trata de una especie de concurso de belleza? –pregunté.

–No veo por qué no –respondió–. Y como he dicho, creo que al menos uno de los nuevos gatos entrará pronto. –Parecía muy seguro de lo que decía, pero para mí no tenía sentido.

–¿Los has conocido? –pregunté a Tiger.

–Sí –respondió lacónicamente, guiñándome el ojo para darme a entender que no había más que decir–. Bueno, quiero tomar el sol mientras haga calor. –Buscó el mejor sitio y se tumbó. Yo aún tenía tiempo, así que me acomodé a su lado y disfruté de la tibieza que transmitía el sol a mi pellejo. Pensé en los gatos nuevos y en el interés que había puesto Tiger en cambiar de conversación. Podía ser muy divertida a veces, pensé, pero siempre estaba bien conocer otros gatos, ya que creaba nuevas expectativas. Después de todo, siempre digo que nunca se tienen suficientes amigos.

Cuando dejé a los colegas y volví a casa, vi algunos carteles. Hasta ahora había visto cuatro en total. Miré las fotos de los gatos y tuve que admitir que sí, que todos eran preciosos. Pero a pesar de todo seguía molesto conmigo mismo, porque en lo más profundo estaba convencido de que conocía la solución del misterio. Cuando llegué a la puerta delantera, recordé algo de repente. Allí estaba la respuesta. Cuando mis familias creyeron que me había perdido, pusieron una foto mía en las farolas (yo no estaba perdido, sino enfermo en la clínica del veterinario, pero esa es otra historia). Sí, había dado con la explicación. Aquellos gatos habían desaparecido por la razón que fuese y sus dueños querían averiguar si alguien los había visto. Claro, ahora todo tenía sentido. Recordé a Aleksy enseñándome la foto que me había hecho y contándome lo que habían hecho con ella. Eso es lo que pasaba con los gatos de las farolas: ¡eran gatos perdidos! Contaría a los otros gatos mi descubrimiento, pero antes tenía que ir a ver cómo estaba George.

Capítulo décimo tercero

–¿Dónde está George? –me preguntó Claire. La miré y parpadeé. Había salido un momento al jardín a hacer mis cosas. ¿Cómo habían podido perderlo en tan corto espacio de tiempo? Fui a buscarlo. No tardé mucho, estaba debajo de la cama de Summer.

–George –dije–. Sal de ahí.

–No.

–George, no voy a repetírtelo. O sales por las buenas o te saco yo por las malas –advertí.

–No –repitió George. Me pregunté si estaría recibiendo lecciones de Summer cuando encogí el lomo para meterme a rastras bajo la cuna de la pequeña. Vi que estaba enredado en lo que parecía una pelota de lana.

–George, ¿qué has hecho? –pregunté, abriendo los ojos de par en par.

–Nada –respondió, retrocediendo y chocando contra la pared.

–Bueno, ¿y toda esa lana en la que estás envuelto? –Trató de alejarse de mí, pero tenía las patas enredadas en la lana. Tuve que atraerlo con las garras para sacarlo de debajo de la cuna. Cuando lo inspeccioné, vi que arrastraba tras de sí la bufanda de Jonathan y que el resto lo tenía alrededor de las patas. Por algo decía el refrán que hasta los gatos quieren zapatos. Parecía que estuviese jugando al juego de los hilos.

–¿Qué has hecho? –pregunté con mi voz más severa.

–Solo estaba jugando con esa cosa –dijo, mirándome con la máxima inocencia.

–Con la bufanda.

–Sí, si es que se llama así. Estaba jugando con la bufanda y de repente empezó a deshacerse y, no sé cómo, se me enredó en las patas y no podía librarme de ella. Y como estaba en el cuarto de Summer, me escondí. –Hablaba como si fuera lo más normal del mundo.

–Es la bufanda de Jonathan –dije, preguntándome en qué problema nos habíamos metido. Claire se había dedicado a hacer punto cuando estaba embarazada y decidió practicar tejiendo una bufanda para Jonathan. Fue lo primero y lo último que tejió, pero estaba orgullosa de ella y se empeñó en que Jonathan la llevara todo el invierno. Solo Dios sabía cómo se había apoderado George de ella.

Traté de soltarlo, pero estaba más enredado de lo que esperaba, y lo único que conseguía era empeorar las cosas. Fui a regañadientes a buscar a Claire, que estaba en la cocina preparando la cena. Summer estaba en la guardería, al igual que Elijah, y Tash estaba trabajando. Me froté contra su pierna.

–Hola, Alfie. ¿Has encontrado a George?

–Miau. –O sea: sí. Le di un golpecito en la pierna con la cabeza.

–¿Qué pasa? ¿Algo va mal?

–Miau –repetí, guiándola escaleras arriba.

–¡Oh, George! –dijo Claire al ver al gatito prisionero de la bufanda. Chasqueó la lengua y se puso a soltarlo, pero la maraña era demasiado espesa–. Válgame el cielo, tendré que ir a buscar las tijeras. –Volvió con las tijeras de uñas de Summer y se puso a cortar la lana con cuidado. Vi que George cerraba los ojos y supe cómo se sentía. Esperaba que no se le llevaran por delante un trozo de pellejo. Cuando por fin estuvo libre, George se fue a toda velocidad. Supuse que no quería que lo riñeran otra vez.

–Bueno, no sé qué dirá Jonathan, era su bufanda favorita –dijo Claire cuando salimos del cuarto.

Aquella noche, después de cenar, Claire se fue con Tash para tomar una copa por ahí. Pensaba que un cambio de aires no le vendría mal. Me dije que al menos así no le daría por llorar. Pobre Tash, cuando Elijah estaba despierto, parecía encontrarse perfectamente, pero en cuanto el niño se dormía, se derrumbaba. Yo pasaba con ella todo el tiempo que podía, pero nada de lo que hiciera la consolaba, ni siquiera mis arrumacos especiales. Sabía que se sentía como me había sentido yo cuando se fue Snowball, así que entendía su dolor y sabía que lo único que la ayudaría era el tiempo. Aunque tenía a su niño, Elijah, y eso ayudaba, al igual que George me ayudaba a mí.

Me senté con Jonathan en el sofá. George estaba dormido, acurrucado en un sillón. Era agradable pasar un rato tranquilo juntos, solo los dos; hacía algún tiempo que no lo hacíamos.

–Ay, Alfie –dijo, apoyando los pies en la mesa de centro, encendiendo la tele y dando un sorbo a una cerveza–. Es la hora de los hombres. He de confesar que estoy encantado de que George hiciera trizas la bufanda. Detestaba ese andrajo. Solo la llevaba porque Claire insistía, pero picaba mucho y era demasiado larga. Y por suerte se le pasó lo de hacer punto, así que sé que no me tejerá otra. Puede que en su lugar me compre otra de cachemir. Debería servirle unas sardinas para darle las gracias.

–¡Miau! –O sea: ¿y yo qué?

–Y a ti también, claro. Bueno, vamos a disfrutar de un poco de paz y tranquilidad en medio de la locura que se ha apoderado de este lugar. –Asentí con la cabeza y bostecé. Era agradable relajarse; era algo que se había vuelto muy raro en aquella casa.

Desperté al poco rato al oír que se abría la puerta de la calle. Oí unas risas y un «chist».

–Madre mía, están borrachas –dijo Jonathan, introduciéndose las manos bajo las axilas. Tash y Claire entraron en la sala dando traspiés. Claire fue a abrazar a Jonathan y casi se cayó encima de nosotros dos.

Tash se derrumbó en el sillón y estuvo a punto de aplastar a George, que despertó con un sobresalto y se acomodó junto a ella. Tash lo acarició y George ronroneó de placer.

–Tenemos un plan –anunció Claire. Ahora estaba seguro de que había empinado el codo más de la cuenta, porque hablaba muy alto.

–Sí, lo tenemos –farfulló Tash.

–¿Y me lo vais a contar? –A Jonathan parecía hacerle gracia la situación.

–Sí, Tash va a ir a ver al abogado que le buscaste, voy a concertar una cita mañana. –Alguien que trabajaba con Jonathan le había recomendado encarecidamente uno–. Luego venderá la casa y se vendrá a vivir a Edgar Road. ¡Una idea excelente!

–Sí, ya es hora de que me las arregle sola –dijo Tash.

Lanzó una carcajada. Nunca he entendido la relación que tienen los humanos con el alcohol. Es decir, me gusta la hierba gatera tanto como al que más, pero siempre la consumimos dentro de un orden.

–Muy bien, ¿pero hay alguna casa disponible en esta calle? –preguntó Jonathan.

–Ni idea –dijo Claire–. Pero es una calle larga.

A mí la idea me entusiasmó. Sería estupendo tener a Tash cerca y yo dispondría de otro hogar en Edgar Road, casi como en los viejos tiempos.

–Bueno, suena bien. Mira, Tasha, ¿estás segura? –preguntó Jonathan amablemente–. Aún es pronto.

–Sí, lo estoy. Dave no va a volver. –De repente rompió a llorar, dando muestras del repentino cambio de emociones que era normal entre los humanos. George le lamió la cara y Tash se echó a reír como para confirmar mi opinión–. Ay, George. Me encanta este gatito. Y tú también, Alfie –dijo, como si lo hubiera pensado mejor. Pero no me sentí ofendido. Me había acostumbrado a que George le cayera bien a todo el mundo y que yo quedara en segundo término. Pensaba que me molestaría, pero la verdad es que me alegraba mucho, porque yo también estaba bajo el hechizo de George.

–Bueno, bueno, entonces todo está bien, y por supuesto te ayudaré en todo lo que necesites –dijo Jonathan–. Pero lo que necesitáis las dos en este momento es beber un buen vaso de agua y luego a la cama.

Llevé a George a la cama y dejé que Jonathan se encargara de las mujeres. Me complacía que Tash pensara en su futuro, a pesar de sus lágrimas. Y sentí lo mismo por mí. Estaba dando pasitos cortos. Nunca olvidaría a Snowball, pero la vida seguía. Cuando sufría quería que el tiempo se detuviera, pero era inútil: la vida no se detenía.

Sin embargo, deseaba ver a Dave para frotarlo de arriba abajo con mi pellejo. Por hacerle daño a una de las mujeres más adorables que conocía.

Capítulo décimo cuarto

Hoy ha sido un gran día para nosotros. Claire iba a llevar a George al veterinario para vacunarlo, lo que significaba que por fin le permitirían salir solo. Aunque le tengo auténtica fobia al veterinario, quería ir con él, pero por desgracia no me invitaron. Había procurado no compartir con George mi aversión a estos especialistas. Los veterinarios tienen buenas intenciones, pero se meten en lugares donde, francamente, no tienen nada que hacer. Pero le dije que todo iría bien y, cuando lo dejé, estaba emocionado porque iba a ver el mundo exterior. Tenía ganas de sacar a mi pequeño a la calle: ardía en deseos de enseñárselo a mis amigos y llevarlo a dar una vuelta por el barrio.

La buena noticia era que mientras estuvieran en el veterinario, la gatera permanecería abierta. Era muy importante que contara a mis amigos gatos lo que había descubierto sobre los carteles de las farolas. Era un giro preocupante de los acontecimientos y sabía que los carteles seguían estando en la mente de todos. También quería conocer a los nuevos gatos de Edgar Road. Desde que me convertí en padre, apenas había tenido tiempo para mí mismo, y ahora me daba cuenta de lo valioso que era. Poder hacer lo que me apeteciera, algo que había dado por sentado antes, era ahora un lujo. Estaba tan ocupado cuidando de George que no me ocupaba de mí, y ya había pasado mucho tiempo sin ser el gato urbanita que era.

Fui en busca de Tiger, que salió en cuanto di un zarpazo a la trampilla de su gatera, que era nuestra forma de llamar. Estaba terminando de atusarse los bigotes.

–¿He interrumpido tu comida? –pregunté.

–No, solo estaba tomando un tentempié –respondió. A Tiger le gustaba su comida, aunque desde que éramos amigos la había forzado a hacer más ejercicio y ahora era menos perezosa que antes.

–Tengo que hablar contigo acerca de los carteles de los gatos, pero creo que deberíamos ir a buscar a los demás para hablar con todos a la vez –dije.

–¿De veras? ¿Sabes algo? –Tiger estaba interesada.

–Sí, lo he deducido, tengo muchas cosas que contarte.

Eché a andar con Tiger a mi lado. A lo lejos vi a Elvis y a Rocky, y con ellos se encontraba uno de los nuevos gatos. Estaba emocionado, Tiger tenía razón, lo que me gustaba era la curiosidad que siempre sentía por las personas y los gatos que no conocía. Me alisé el pelaje y me acerqué. Fue inevitable advertir en seguida que la nueva gata era preciosa. ¡Puede que mi corazón perteneciera a Snowball, pero mis ojos seguían sabiendo dónde posarse! Vi que Tiger me miraba de reojo y pensé que quizá estuviera celosa; era algo posesiva conmigo, aunque yo no creía que pensara en mí de esa forma. ¿O sí? Le lancé una mirada tranquilizadora. Quiero decir que en aquellos momentos no podía pensar en otra gata e iba a ser así durante mucho tiempo. Quizá para siempre.

–Alfie, Tiger, qué bien que hayáis llegado. Alfie, te presento a Pinkie, una de las nuevas vecinas de las que te hablé –dijo Rocky.

–Mucho gusto en conocerte, Pinkie –ronroneé. Era de un color parecido al mío, pero con un bonito rostro redondo y un brillante cuello rosa.

–Lo mismo digo, Alfie –respondió sonriendo. Era impresionante–. Hola, Tiger, me alegra verte de nuevo. –Qué modales tan exquisitos, pensé. Tiger emitió un sonido pero no dijo nada.

–¿Eres nueva en la zona? –pregunté.

–Sí, mi familia humana se fue a un sitio llamado «extranjero», no pudieron llevarme consigo y me buscaron un nuevo hogar.

–Qué horror –dije–. Aunque yo lo sé todo sobre eso, ya que he sufrido algo parecido.

–Sí, Elvis ya me ha contado algo de tu vida. Pero la señora con la que vivo es muy buena y tiene muy buen gusto para la comida.

–Bueno –interrumpió Tiger–. Tenemos temas más importantes que la comida. Adelante, Alfie, cuéntales lo que sabes de las fotos de los gatos.

–Ooooh, ¿sabes algo? –preguntó Nellie, acercándose. Levanté los bigotes cuando todos los gatos se volvieron hacia mí.

–Sí, sé algo. Las fotos de las farolas no son de un concurso de belleza. Significa que se han perdido.

–¿Perdido? –preguntó Rocky. Parecía conmocionado.

–Sí, los dueños han puesto fotos preguntando si alguien ha visto a sus gatos. Lo que significa que no están en casa. –Me sentí como un entendido en la materia al verlos pendientes de mis palabras–. A mí me pasó una vez, cuando Jonathan y los demás creyeron que me había extraviado. Pero todo fue un malentendido, como sabéis, porque estaba en el veterinario. Así que tenemos que averiguar si esos gatos se han perdido de verdad o si se han ido de sus casas por voluntad propia.

–¿Quieres decir que estaban hartos y escaparon? –preguntó Nellie.

–¿A buscar un nuevo dueño? –sugirió Pinkie.

–Pero parece que son muchos –señaló Rocky.

–Tienes razón. Es muy probable que sea un caso de gatos perdidos, pero tenemos que averiguar el motivo. Después de todo, puede que hayan encontrado mejores hogares. A veces pasa. –Yo era fiel a mis familias, pero porque me trataban bien y no todos los humanos eran así.

–Entonces ¿tendremos que estar ojo avizor? –preguntó Elvis.

–Sí –respondió Tiger–. No creemos que haya motivo para preocuparse, pero necesitamos estar pendientes de la situación y reunirnos de vez en cuando. Es de rigor.

–Tiger tiene razón –dije.

–¿Sabes dónde he conocido a Pinkie, Alfie? –dijo Elvis, cambiando de conversación con aire orgulloso. La verdad es que me había prestado muy poca atención. Me pregunté si serían pareja, aunque no me lo parecía, porque Pinkie era demasiado joven y guapa para él.

–¿Dónde? –pregunté. Vi que Tiger se hacía la distraída y fingía que no escuchaba.

–En mi frigorífico.

–¿En tu frigorífico? –pregunté sin dar crédito a sus palabras.

–Es que me gustan los frigoríficos –dijo Pinkie–. Cuando me mudé aquí, mi dueña no me dejaba salir, pero cuando pude, entré en casa de Elvis por error.

–Bueno, es la puerta de al lado –dijo amablemente Elvis.

–Bueno, el caso es que el frigorífico estaba abierto y no puedo resistirme a un frigorífico abierto.

–Sí, entonces mi dueña cerró la puerta y ella quedó atrapada dentro. Por suerte, se había olvidado de guardar la leche, así que cuando la abrió, Pinkie salió de un salto. Le dio un buen susto a mi dueña, ¿sabes? –dijo Elvis riéndose.

–Toma, vaya historia. ¿No te parecen fríos los frigoríficos? –pregunté.

–Por supuesto, pero no me propongo pasar mucho tiempo dentro. Es lo que puedes encontrar en ellos lo que cuenta. –Dijo esto como si fuera lo más normal del mundo.

–El caso es que la acompañé a casa y ahora somos amigos –terminó Elvis. Tiger dio un suspiro que sonó algo así como «pues qué bien».

–Bueno, encantado de conocerte, aunque quizá deberías mantenerte lejos de los frigoríficos, pueden ser peligrosos –advertí–. Y si te quedas encerrada en uno, puede que lleguemos a ver un cartel con tu foto.

–Pues como le decía a Pinkie, Alfie está soltero –interrumpió Rocky.

–¿Qué? –dije.

–Ya sabes, Pinkie es nueva en el barrio, tú eres un chico soltero, podríais salir juntos los dos. Es una idea.

¿Así que mis amigos trataban de emparejarme? ¿Ese había sido su plan todo este tiempo?

–Lo siento, Pinkie, pero aún tengo el corazón destrozado a causa de mi última relación. No puedo pensar en salir con otra gata. –Me sentía avergonzado hasta la punta de los bigotes. Era una situación muy embarazosa.

–Alto ahí –exclamó Pinkie–. Gracias, chicos, por pensar en mí, pero te diré una cosa, Alfie, verás, si he de ser sincera, no eres mi tipo.

–Ah, ¿no? –Tiger se había enderezado y parecía interesada.

–No, me gustan las parejas más viriles, no sé si me entendéis.

Me sentí ofendido. ¿Más viriles? ¡Por la Gran Sardina! ¿A qué se refería? Tiger trataba de contener la risa, pero no podía, y Rocky y Elvis tampoco podían disimular sus sonrisas.

–Bueno, yo creo que soy muy varonil, o por lo menos creo que estoy en la misma onda. Y estoy seguro de que podemos ser amigos –dije, haciendo acopio de toda la dignidad que me quedaba–. Pero tengo que volver. Tengo que cuidar de un gatito. No olvidéis estar atentos a esos gatos de los carteles.

Dejé a mis amigos donde estaban y me fui a casa. ¿No era suficientemente viril, por los bigotes de...? Me erguí cuan alto era y avancé pavoneándome, para que se supiera lo macho que podía ser.

Cuando llegué, la casa estaba tranquila y aproveché que estaba solo mientras los demás seguían en el veterinario. Fui de una habitación a otra, disfrutando del silencio y el espacio. Como en los buenos tiempos, cuando Claire y Jonathan iban a trabajar y yo tenía toda la casa para mí. Aunque nunca deseé que la vida volviera a ser igual que antes (no podía imaginar la vida sin Summer ni George), un poco de paz sentaba bien.

Pensé en los gatos perdidos. Tenía la sensación de que estaba ocurriendo algo extraño y de que allí había un misterio que resolver. Me parecía mucha casualidad que cuatro gatos hubieran decidido abandonar sus casas, o sea que era imposible. A lo mejor era que sus dueños eran malas personas, o que les daban una comida horrible, o que los hacían dormir en un cobertizo. Cualquiera de esas razones era motivo suficiente para huir.

Estaba dormitando en la cama de Claire cuando oí abrirse la puerta. Me desperecé, bostecé y me lamí las zarpas antes de bajar la escalera.

–Muy bien, George, ya estás en casa –decía Claire con voz amable. La rejilla del transportín estaba abierta, pero George se negaba a salir. Me adelanté y le acaricié el hocico para que supiera que estaba allí.

–No me gusta el veterinario. ¿Por qué no me dijiste de qué se trataba? –se quejó.

–Porque todos tenemos que ir. Es lo que llamamos un mal necesario. Y ahora que ya te han vacunado, no tendrás que ir tan a menudo, en realidad muy poco, si te conservas sano y te alejas de los problemas.

–¿En serio? Pero ¿tendré que volver? –Me miró con los ojazos llenos de terror.

–Me temo que todas las mascotas tienen que hacerlo de vez en cuando, pero escucha: se vuelve más fácil con el tiempo. –La verdad es que no, lo digo con el corazón en la mano, pero quería ser optimista–. Y lo bueno es que ahora podrás salir a la calle y eso te encantará. –Aunque de repente empecé a inquietarme. Fuera había peligros de todas clases y no quería ni pensar en lo que podía pasarle a mi criatura–. Pero no saldrás sin mí o sin un humano, todavía no. ¿Lo prometes?

George me miró con aquellos grandes ojos que me derretían el corazón.

–Lo prometo, papá.

¿Había algo más dulce que esa palabra?

–Me encanta oír a Summer cuando me llama papi –dijo Jonathan esa noche, mientras cenaba con Claire. Los pequeños estaban en la cama, al igual que Tash, así que solo estábamos los tres en la cocina.

–Lo sé. ¿Y sabes una cosa? También te encantará cuando te lo diga nuestro siguiente hijo.

–Claire... –El tono de Jonathan tenía un matiz de advertencia. Sabía que este tema distaba de haberse resuelto, pero con todo lo que había pasado con Tash, había quedado en segundo plano, o eso creía yo.

–Mira, Jonathan, voy a ser categórica en esto. Mañana tenemos que ir a la agencia de adopción y después nos asignarán una asistente social. Es pronto, ya lo sé. Tenemos un largo camino que recorrer, pero me niego a desanimarme. –Claire parecía muy dispuesta y yo sabía que no se podía discutir con ella cuando estaba así.

–Bueno, ¿qué tal está Tash? –Jonathan parecía coincidir conmigo en que una discusión con Claire era una pérdida de tiempo en aquellos instantes, y llegó a la conclusión de que era preferible cambiar de tema.

–Quería hablar contigo de ella. La abogada es magnífica, gracias, y ha sugerido que Tash compre su parte de la casa a Dave. Dijo que sería un buen negocio, porque la compraron hace mucho y los precios en esa zona se han disparado, así que su idea es que ella le compre la casa a él y luego, si no quiere vivir en esa zona, que la alquile.

–Tiene sentido –dijo Jonathan–. Sería una buena inversión para Elijah y para sí misma.

–Al principio pensé que quería luchar con Dave, ya sabes, porque él creía que ella le daría la mitad del dinero y ella creía en sus promesas confusas de pagar la manutención del niño. Y sobre todo porque él no ha hecho ningún esfuerzo por ver a su hijo desde que se fue. Pero ahora Tash solo quiere mudarse. Así que la abogada será firme pero justa con Dave.

–Bien por ella. Y si él hace algo, iré a verlo. O quizá sea preferible que la abogada le escriba una carta. Nunca me llevé muy bien con Dave, pero tampoco creía que fuera un imbécil. ¿Qué tal si le buscamos casa a Tash?

–Bueno, hay un piso al final de la calle, parecido al viejo piso de Polly, que sería perfecto para ellos dos. Los inquilinos actuales se irán dentro de un mes.

–¿Estás segura de que no los has echado a patadas? –preguntó Jonathan, enarcando una ceja.

–No, aunque admito que estuve preguntando. En realidad fui a ver a los espías de los visillos. –Así llamaba a los dueños de Salmon, Vic y Heather Goodwin.

–¡Caray! ¡Si has hecho eso, es que tienes verdaderas ganas de que se instale allí! Aunque sería estupendo tenerlos al final de la calle. ¿Qué opina Tash?

–No se lo he mencionado. Quería hablar contigo antes.

–Bien, querida, creo que es una gran idea. Puede quedarse aquí hasta que esté lista para mudarse a otro lado, a Edgar Road o a cualquier otra parte.

–Qué comprensivo eres, Jonathan, seguro que te portarás inmejorablemente con la adopción. –La sonrisa de Jonathan se desvaneció rápidamente, pero Claire no insistió.

–Por cierto, Heather y Vic estaban hablando de otra cosa. ¿Sabes esos carteles de gatos que han puesto en las farolas de la calle?

–Esto es Londres. Por desgracia siempre hay fotos de gatos por ahí. Veo muchas camino del metro. Puede que los hayan atropellado o que se hayan escapado –dijo Jonathan.

–Lo sé, pero últimamente hay muchas. Bueno, Heather y Vic van a mencionarlo en la próxima reunión del barrio, dado que les parece un poco siniestro. –Sentí que me temblaba el pellejo. Esperaba que no fuera algo malo, pero fue inevitable pensar que a lo mejor tenían razón.

–Bueno, ya sabes cómo son esos dos, estoy seguro de que no hay nada por lo que preocuparse –respondió Jonathan.

–Ojalá tengas razón, cariño. –Claire parecía preocupada y aquello me inquietó aún más. Tenía la sensación de que estábamos en un momento decisivo; tenía que asegurarme de que los gatos del barrio tuvieran los ojos y los oídos bien abiertos.

Claire quería acostarse pronto para leer el último título que había recibido del club del libro, así que después de comprobar que George estaba profundamente dormido, me senté con Jonathan a ver una película. Más bien él vio una película y yo me quedé engolfado en mis meditaciones.

–Caray, Alfie, sé que no hay forma de parar a Claire cuando toma una decisión, pero no me veo capaz de adoptar a nadie. –Parecía triste y creo que lo entendí. Jonathan era un hombre encantador y honrado, pero a veces tenía que luchar con sus sentimientos.

Me acurruqué sobre él para darle a entender que podía, aunque estaba seguro de que aquello no iba a bastar. Tendría que ocurrírseme otro medio. Presentía que se acercaban cambios y de repente me sentí agotado. Un corazón roto, en cualquiera de sus formas, paga su precio, y ahora parecía que sus efectos se dejaban sentir en todas las personas que amaba.

Capítulo décimo quinto

–¿Qué es esto? –George me miró sin comprender mientras apoyaba las zarpas en el césped con cautela.

–Es hierba –respondí–. Puedes andar sobre ella.

–¡Es suave y está mullida y un poco húmeda! –exclamó. Ver las cosas a través de sus ojos abría los míos a lo que yo ya daba por hecho. Quizá esa era la razón de tener hijos y mascotas. Desde luego, hacía que todo tuviera más sentido. Le sonreí con indulgencia. ¿Podía ser más adorable?

–Está muy bien para pisarla y si está húmeda es porque aún está tierna, aunque cuando llueva también se mojará.

–¿Así que es segura y no como un baño?

Educar a George era toda una faena doméstica. Lo vi dando saltos sobre nuestro pequeño tramo de césped. Se le permitía salir de la casa, pero solo al jardín, hasta que se acostumbrara a la zona. Claire y Jonathan habían hablado de comprarle una correa (sinceramente, los gatos no somos perros), una idea horrorosa, ya que yo podía hacer ese trabajo igual de bien. Intenté decirle esto a Claire maullando muy fuerte y mirándola con reprobación, pero, como dijo Jonathan, cuando ella toma una decisión...

George se echaba de espaldas y rodaba por la hierba. Qué contento se ponía con aquellos placeres tan sencillos; era otra de las cosas que me encantaban de él. Recordaba la época en que lo único que quería era sentarme en un regazo cálido o relajarme al sol, pero aquellos días sencillos terminaron prematuramente cuando mi primer dueño murió siendo yo aún muy joven. Ahora quería aquella sencillez para George, y protegerlo de las complejidades de la vida. Fue entonces cuando me di cuenta de que era, definitivamente, un padre.

–Hola, Alfie –oí decir a Tiger cuando saltó la cerca para entrar en nuestro jardín.

–¡Tiger! –exclamé, encantado de verla.

–Sé que a los humanos podría disgustarles, pero tenía que venir a verte.

–No les importará, saben que somos amigos. Creo que ni siquiera les importaría verte dentro de casa; Snowball venía de visita constantemente.

–Sí, bueno, eso era diferente. El caso es que quería conocer a George, y además tengo algo que contarte.

Al oír otra voz, George se acercó a nosotros un poco asustado y se escondió entre mis patas.

–Eh, George, no tienes por qué temer nada. Esta es Tiger, mi mejor amiga –anuncié, sintiéndome orgulloso de mi papel.

–George, estoy encantada de conocerte –dijo Tiger.

George se adelantó y ofreció a Tiger su inclinación de cabeza más adorable.

–Hola. –Qué dulce era...

–¡Vaya, eres guapísimo! –Tiger se acercó al gatito y lo frotó con el cuello. Nunca la había oído hablar con tanta ternura. Desde luego, a mí no me hablaba de aquel modo, lo puedo asegurar. Solo había pasado unos segundos en su compañía y ya estaba loca por él.

–¿Eres mi mami? –preguntó George–. No creo que lo seas, pero te pareces un poco a ella.

Tiger me miró y me di cuenta de que a los dos se nos ablandaba el corazón un poco más; lo vi en los ojos de mi amiga.

–No, George, pero ayudaré a Alfie a cuidar de ti, si estás de acuerdo. –Tiger abrazó a mi pequeñuelo. A George pareció encantarle y estiró las patas en la hierba.

–¿Tienes gatitos? –preguntó.

–No, nunca he tenido un gatito propio, pero quizá tú puedas serlo. –Tiger me miró esperanzada.

–Eh, eso ni se discute, Tiger. Somos una familia y en las familias todos cuidan de todos. Eso es lo que intento enseñar a mis humanos y lo que actualmente enseño a George.

–¡Ahora tengo mami y papi! –exclamó George. Miré a Tiger y sentí una inesperada oleada de emoción.

–Bueno, está bien, George, cuando te permitan salir más lejos, te ayudaré a conocer la zona y a los otros gatos. Con Alfie, naturalmente. Y si estás de humor para cazar, te llevaré. –Nunca había visto a Tiger tan emocionada–. ¡Oh, piensa en todas las cosas que podemos hacer!

George dio un bote y salió corriendo hacia el otro extremo del jardín, donde había visto un pájaro que volaba bajo. Miré a Tiger.

–¿Crees que querrá cazarlo?

–Es algo natural en nosotros los gatos, Alfie. Que a ti no te guste no significa que el pequeño no quiera hacerlo –dijo Tiger.

–No es solo eso. Cuando tuve que ir de caza, fue porque era la única forma de conseguir comida, aunque en realidad no me gustaba. No soy esa clase de gato, así que es una suerte que estés aquí.

–¡Ayayay! –George quiso subirse a un arbusto y se dio una costalada, aplastándose la cola y cubriéndose de flores. Tiger y yo sonreímos con comprensión, pero dejamos que se pusiera en pie él solo. El instinto me incitaba a correr hacia él cuando caía, pero tenía que aprender a aterrizar con propiedad.

–Alfie, es un encanto –dijo Tiger–. Ahora sé exactamente a qué te referías.

–¿Verdad que sí? A propósito, ¿qué era lo que tenías que contarme? –pregunté, al recordarlo de repente.

–Bueno, no quería preocuparte, pero cuando estaba dando mi paseo matutino oí que Polly, en el momento en que salía de casa, gritaba a Matt. Echó a andar por la calle muy aprisa y murmurando para sí. Parecía muy enfadada.

Miré pensativo a Tiger y le agradecí que me lo hubiera contado. Era la segunda semana que Polly iba al trabajo y Matt se quedaba en casa, y aunque no había podido visitarlos para ver cómo les iba, había oído a Claire y a Jonathan decir que a ambos les resultaba difícil aquella situación.

–Gracias, Tiger. Iré a verlos. ¿Algún otro cotilleo?

–Bueno, los gatos te añoran tanto como antes, pero pronto podrás llevar a George contigo y será como en los viejos tiempos. Hace un par de días que no ponen más carteles, lo cual es bueno, así que es posible que todo ese asunto de los gatos desaparecidos quede en agua de borrajas.

–Menos mal. –Ya tenía bastantes preocupaciones con mis humanos y con George; no me apetecía preocuparme también por otros gatos.

–Lo más divertido es que Salmon anda enamoriscado de esa tal Pinkie. ¡Ya sabes, la que dijo que no le parecías muy machote! El caso es que no deja de buscar excusas para verla y no estoy segura de que ella comparta su entusiasmo. Incluso te diría con toda certeza que no, porque se esconde cuando él se acerca, pero ver sus amagos de coqueteo es lo más divertido que hay en este mundo. Creo que ahora está demasiado asustada para venir a juntarse con nosotros.

–Ja, le está bien empleado por rechazarme –dije.

–Creía que no estabas interesado –dijo Tiger, entornando los ojos.

–No lo estoy, pero nadie la obligaba a no reconocer mi atractivo.

–Ay, Alfie, qué vanidoso eres. Por favor, no le enseñes ese rasgo a George.

Ambos volvimos la cabeza hacia el pequeño, que estaba observando su reflejo en la puerta de cristal, y se acicalaba y se miraba desde todos los ángulos posibles.

–Amiga mía, creo que es demasiado tarde para eso. –Tiger se echó a reír y se despidió de nosotros cuando Claire, Summer y Elijah salieron corriendo al jardín. Summer cogió a George en brazos y lo estrechó con fuerza. Sinceramente, a veces me preocupaba que le impidiera respirar.

–Eli –dijo Summer.

–¿Sí? –respondió el pequeño. Estaba acostumbrado a recibir órdenes arbitrarias de la niña y no parecía importarle mucho.

–Mima a Deorge ahora. –Empujó al gatito hacia Elijah, que lo acarició obedientemente. Sonreí, George ronroneó y me sentí contento.

Un poco más tarde dejé a George, que seguía jugando con Summer; mejor dicho, Summer le estaba poniendo la ropa de sus muñecas. El chiquitín no parecía muy emocionado, pero yo tenía que irme a ver a Matt, y sabía que quedar bajo las órdenes de Summer lo mantendría alejado de los problemas durante un rato.

Hice señas a Claire para que me dejara salir. A pesar de que George ya estaba vacunado, sus salidas estaban aún bajo control y la gatera no siempre estaba abierta. A mí ya no me preocupaba quedarme fuera: siempre me vería alguien si me sentaba en el alféizar de la ventana de la cocina o del salón. Aunque no era tan útil como la gatera, tampoco estaba tan mal. Tenía amigos que se negaban a usar la gatera y preferían que sus dueños les abrieran la puerta para entrar y salir, como si fueran sus mayordomos. Lo cual entendía actualmente, ya que era estupendo tener a los humanos pendientes de uno.

Anduve despacio hasta la casa de Matt y Polly. Era primera hora de la tarde, así que sabía que Polly estaría en el trabajo y los niños en la escuela; al menos estaba seguro de que Henry estaría en clase. Entré en la casa y encontré a Matt sentado a la mesa de la cocina, solo, con el ordenador abierto delante de él. No parecía encontrarse muy bien. No se había afeitado, lo que no era propio de él; normalmente iba tan arreglado como yo.

–Miau –dije en voz alta. Dio un ligero respingo, levantó la cabeza y sonrió tristemente.

–Alfie, ¿cómo estás?

–Miau.

–Hace siglos que no te veo. Oye, toma algo de atún. –Me relamí los bigotes; no solo tenía hambre, sino que sería estupendo comer sin temer que George me robara la comida.

Cogió un cuenco, abrió una lata y la vació en él, dejándolo en el suelo. Luego me trajo algo de agua. Menudo festín.

–Debe de ser raro verme aquí en pleno día –dijo mientras me miraba comer. En mis largos años de experiencia con humanos había aprendido a no interrumpirlos cuando necesitaban hablar. Si continuaba comiendo en silencio, sabía que diría todo lo que necesitaba decir–. Pero no me acostumbro –prosiguió–. Echo de menos el trabajo. Me siento inútil, Alfie. No me malinterpretes, me encanta pasar más tiempo con los niños, pero bueno, no me siento yo mismo. –Bastaba mirar alrededor para darse cuenta de que no era el de antes. Los platos del desayuno todavía estaban en el fregadero y había migas por todo el suelo de la cocina; normalmente la casa estaba inmaculada. Polly nunca habría permitido que estuviera así.

–Miau –admití.

–Ya sé que siempre está todo impecable y Polly es mucho más ordenada que yo. No te preocupes, lo limpiaré antes de ir a buscar a los niños al colegio. ¡No necesito dar más motivos a Polly para que me riña! No he fregado los platos y la cocina está hecha una pena, pero es que estoy buscando trabajo, ¿sabes? Y, además, las faenas del hogar son más duras de lo que creía. El otro día traté de vaciar la aspiradora y lo desparramé todo por el suelo de la cocina. Sinceramente, no estoy hecho para esto. –Parecía muy preocupado.

Se derrumbó en la silla de la cocina. Yo me limpié rápidamente y salté sobre sus rodillas. Lo miré, tratando de decirle que no se rindiera. Era un hombre fuerte y aquello solo era temporal. Conseguiría cogerle el tranquillo a la aspiradora, de eso estaba seguro. Me acarició y yo ronroneé para darle apoyo. No sé si lo entendió.

–Y de momento no hay ningún empleo disponible. He presentado solicitudes en un par de sitios, pero sé que no son los indicados y que probablemente no me acepten. Maldita sea, con lo bien que iban las cosas, ¿cómo es que me ha estallado todo encima? No lo entiendo, Alfie, y ahora parece que todo se desmorona. –Tenía lágrimas en los ojos y de súbito comprendí la gravedad de su situación.

Tuve ganas de llorar, como cuando se fue Snowball. Era muy triste y como si mis peores temores se confirmaran otra vez. Lo único que quería era felicidad para mis familias, pero estábamos consiguiendo todo lo contrario. Matt parecía muy desgraciado, no se parecía en nada al hombre que había conocido. Resultaba curioso cómo podía la vida cambiar tan de repente. Un hombre bien plantado, inteligente, que reía todo el tiempo y nada lo perturbaba, y ahora parecía un alfeñique. Entonces supe por qué Polly y él habían discutido. Pero quería decirle que si limpiaba la casa y cuidaba su aseo personal, se sentiría mejor. Eso lo había aprendido de Claire. Entonces tuve una idea. Salté al escurreplatos y maullé con fuerza, una y otra vez. Finalmente, Matt sonrió.

–Está bien, Alfie, llenaré el lavavajillas y limpiaré. Tienes razón, al menos así Polly no me gritará. –Le hice compañía mientras barría y fregaba la cocina. Aunque se notaba que no estaba hecho para aquello, como él mismo había dicho, al menos Polly y los niños tendrían una casa limpia a la que volver.

Se duchó antes de ir a recoger a los niños a la escuela. Mientras lo veía afeitarse y ponerse unos vaqueros y una camiseta, noté que poco a poco recuperaba su atractiva personalidad anterior. Sonrió ante su reflejo.

–Gracias, Alfie, has conseguido animarme un poco.

Me froté contra sus piernas para hacerle saber que le agradecía el cumplido y luego me fui a casa para estar con mi gatito.

Claire se encontraba ante el fregadero cuando aparecí en el alféizar de la ventana. Le di tal susto que sufrió un sobresalto. Se echó a reír mientras yo esperaba al lado de la puerta trasera, que no tardó en abrir.

Entré y encontré a Summer en la trona, delante de la mesa de la cocina, comiendo zanahorias, o mejor dicho, chupándolas y tirándolas al suelo. Me pregunté dónde estaría George; no lo veía por ningún sitio.

–¿Miau? –pregunté a Claire.

–Ah, sí, Alfie, mira, tenemos que tener mucho cuidado, pero no tuve corazón para moverlo. –La miré con aire interrogante y la seguí hasta el cuarto de la colada. La portezuela de la lavadora estaba abierta y se veía ropa dentro y, encima de todo, profundamente dormido, estaba George. Sentí un escalofrío: ¿y si ponían en marcha la máquina? Maullé para protestar. ¡Era peligroso! ¿No se daba cuenta Claire?

–No te preocupes, Alfie, siempre miro antes de poner en marcha la lavadora, y a partir de ahora me fijaré aún más. Creo que trataba de alejarse de Summer. Pero parece tan cómodo ahí..., incluso le hice una foto. No me atrevo a subirla a Facebook, no vaya a ser que alguien llame a la Sociedad Protectora de Animales, pero se la enseñaré a Jonathan.

Volví a maullar en señal de protesta.

–Estará bien, Alfie, no te preocupes. –Puede que tuviera razón, pero no estaba contento y no era propio de Claire ser tan descuidada. Aquel no era sitio para un gatito; ¿y si lo lavaban y se ahogaba? Ya sé que Claire dijo que tendría cuidado, pero ¿y si aquel mismo día le daba a Jonathan por dedicarse a hacer la colada? Me quedé frente a la lavadora, vigilando y esperando a que George despertara. No pensaba correr ningún riesgo.

¡Porras! Desperté de golpe cuando algo pesado aterrizó en mi cabeza. Levanté la vista y vi que era George.

–Hola, papi –dijo.

–Cada día pesas más –me quejé. Bajó de un salto. Vaya forma de vigilar, ¡me había dormido! Aunque nadie habría puesto la lavadora conmigo allí delante.

–Me gusta la nueva cama –dijo.

–No, George, no es tu nueva cama y no debes meterte ahí. Si alguien pusiera en marcha la lavadora, tendrías problemas. –Ya sé que parecía un disco rayado, pero eso era la paternidad. Había descubierto que tenía que repetir las mismas cosas una y otra vez.

–Bueno, pero es que me quedo mirando mi reflejo en la puerta.

Ay, señor, quizá Tiger tuviera razón: mi pequeño era tan vanidoso como yo.

–Puede que sí, pero no es seguro. Ahora prométeme que no volverás a entrar ahí sin decírmelo antes.

–Parece que el mundo está lleno de normas –protestó George–. A lo mejor no consigo recordarlas todas.

–Bueno, así es la vida. Y en todo caso, son por tu bien. Ahora ve a beber agua, tienes que mantenerte hidratado.

–Otra norma –murmuró mientras iba a beber agua, esquivando por los pelos una zanahoria voladora que iba derecho hacia él–. Córcholis –exclamó.

–Summer, deja de tirar comida –dijo Claire con voz enfadada. Miré a Claire con comprensión. Esto de ser padre no era fácil. No era nada fácil.

Capítulo décimo sexto

Había una actividad incesante en la casa. Tash iba a mudarse por fin a Edgar Road. Llevaba un mes viviendo con nosotros, pero Claire le había encontrado un piso. Era una planta baja con dos habitaciones; pequeña pero con un jardín trasero. Aunque su antigua casa estaba patas arriba, Claire y Jonathan iban a ayudarla. Es lo que hacen los amigos.

–Soy incapaz de verme viviendo allí de nuevo, pero tengo que pensar en Elijah –había dicho Tasha una tarde, hablando de su domicilio anterior.

–Exactamente –dijo Jonathan. Los tres estaban sentados a la mesa de la cocina, cenando y hablando del futuro de Tasha–. Y tiene sentido comprarle su parte a ese imbécil, alquilar la casa; y mantenerla como una inversión.

–Y si alquilo el piso de esta calle, tendré suficiente para pagarlo y aún me quedará dinero. Aunque no ando muy sobrada en este momento, ya que sigo pagando la hipoteca y la casa, estando vacía, no produce beneficios.

–Podemos ayudarte, Tash –había dicho Claire–. Lo importante es conseguir una nueva casa para Elijah y tú, al menos durante un tiempo. Y luego ya verás cómo se va arreglando todo.

–Qué buenos habéis sido conmigo. –En ese momento, salté al regazo de Tash–. Y tú, Alfie. Alfie y yo ya éramos buenos amigos, pero últimamente la desgracia nos ha unido más –dijo con sonrisa triste.

Le froté la mano con el hocico: desde luego que sí. Al igual que yo, Tasha estaba recuperando poco a poco la personalidad de siempre. No en todo momento, pero había algún atisbo, y eso era lo más que podíamos esperar en aquellos primeros días. No dormía tanto como al llegar y había dejado de llorar tan a menudo. Y lo más importante, Elijah estaba contento; era tan dócil como Summer era marimandona.

Horas más tarde estaba relajándome en casa con George. Jonathan había ido a la antigua casa de Tash a organizar la mudanza, Tasha había llevado a Elijah al piso nuevo para que se fuera acostumbrando, y Claire estaba limpiando la casa. Después iríamos todos al piso de Tash, pero Claire había dicho que Tash y Elijah necesitaban pasar un tiempo a solas. La buena noticia era que a George ya se le permitía salir, siempre que fuera sujeto con algo, una cuerda o una correa; no parecía importarle, aunque eso era porque aún no sabía muy bien qué significaba. Yo era muy protector, pero pensaba que Claire debería dejarlo salir conmigo. Estaba seguro de que estaba preparado para hacerlo y solo tenía que encontrar la manera de explicárselo. Y estaría con Tiger o conmigo todo el tiempo, porque yo había decidido ya que esa sería la norma.

Sonó el timbre de la puerta y Claire fue a abrir. Polly estaba en el umbral con los niños.

–Hola, Pol, pasa –dijo Claire, indicándoles con un gesto que entraran. Martha y Summer corrieron en seguida escaleras arriba, y George detrás de ellas. Le encantaba que las dos niñas lo mimaran y a veces lo aterrorizaran. Henry entró en la salita y trató de encender la televisión.

–Henry, te pasas todo el tiempo viendo la tele, vete a jugar –dijo Polly con un suspiro.

–No voy a jugar con ellas. ¡Son chicas! –dijo Henry. No podía reprochárselo; no solo eran unas mandonas, sino que les gustaba jugar a los vestiditos y siempre querían vestir a Henry de princesa. Polly se encogió de hombros y le encendió la tele.

–No tengo fuerzas para discutir –le dijo a Claire cuando entraron en la cocina. Le hice un arrumaco a Henry y me fui a la cocina.

Claire puso a hervir agua y Polly se sentó.

–¿Te encuentras bien, Pol? Pareces agotada –dijo Claire.

–Dios mío, ¿por dónde quieres que empiece? Trabajar a jornada completa es agotador y más cuando es la primera vez que lo hago. Y luego llego a casa y parece un campo de batalla, casi siempre. Pero procuro no reñir a Matt, porque bastante desgraciado se siente ya. Tengo la sensación de que me va a estallar todo encima. Los pobres niños están en medio del fuego cruzado. Es decir, trato de no gritar a Matt, pero francamente, Claire, llego a casa y no ha hecho nada, aunque se comporta como si no hubiera parado de correr. Y luego dice que la búsqueda de empleo le ocupa todo el tiempo, ¡aunque solo ha presentado solicitudes en dos empresas! ¿Qué narices se supone que tengo que hacer? –Parecía aterrorizada.

–Oye, solo es algo temporal, representa una enorme adaptación para los dos.

–Lo sé y no puedo decirle esto a Matt, pero me encanta mi trabajo. Me siento como una adulta y me gusta mucho más de lo que creía. Pero echo de menos a los niños. Cuando llego a casa, solo quiero jugar con ellos y pasar un rato agradable con mi marido, pero entonces tengo que limpiar y ordenarlo todo para el día siguiente, además de andar con pies de plomo con Matt. Siento que lo estoy haciendo todo yo.

–Lo sé, cariño, y lo haces, pero es posible que Matt esté algo deprimido. Jonathan podría ir a hablar con él, no sobre nada en particular, solo para ver cómo está.

–Eso estaría bien. Jonathan podría llevarlo alguna noche al pub.

–Ya lo organizaré yo. Aunque no digo que vaya a ser de mucha utilidad. ¡Jonathan no sabe mucho de faenas domésticas!

–Merece la pena intentarlo –dijo Polly. Yo ronroneé para dar a entender que estaba de acuerdo–. ¡Oh, Alfie, echo de menos verte todos los días!

–Esta noche, para animarnos, vamos a ir al piso de Tasha. Frankie se reunirá allí con nosotros. Ha conseguido una niñera, tomaremos champán y lo celebraremos a pesar de todas las desgracias.

–Me pintaré los labios y sonreiré. Lamento hablar solo de mí misma cuando Tash lo está pasando tan mal.

–No seas tonta, todo el mundo tiene problemas. Pero quiero asegurarme de que la primera noche que pasa en el piso no le resulte demasiado horrible.

–Ya lo sabes, ¿no?, que influye en la vida personal. No concibo la idea de perder a Matt, pero tengo la sensación de que si no hacemos algo, podría pasar.

–No pasará, pero así aprendemos a valorar lo afortunadas que somos por tener cerca a alguien a quien queremos, aunque nos vuelva locas –dijo Claire sonriendo.

–Es verdad, pero ojalá las cosas fueran como antes –dijo Polly suspirando–. Solo quiero que sea más feliz. No me importaría el desorden si lo viera contento. Bueno, sí me importaría, pero quizá no tanto.

–Lo conseguirás. Aún es pronto, cariño, pero trata de ser paciente.

Yo estaba de acuerdo con Claire: con un poco de suerte se acostumbrarían pronto y luego todo el mundo volvería a ser feliz. Incluso más feliz, en el mejor de los casos. Suspiré para mí: cuántos aspectos de la vida escapaban a nuestro control. Era un poco como George, pensé al verlo bajar las escaleras con un sombrero amarillo que le caía sobre los ojos. Sacudía la cabeza con empeño. Claire y Polly estallaron en carcajadas y la pobre criatura acabó dándose de cabeza contra la pared. Sin dejar de reír, se acercaron a George y le quitaron el sombrero con delicadeza.

–Ay, qué golpe, qué golpe –dijo tristemente. Parecía un poco aturdido.

–¿Qué te han estado haciendo esas niñas? –preguntó Polly, dándole un abrazo. El gatito se acurrucó en su regazo y no tardó en ronronear. Ojalá todos los problemas de la vida pudieran solucionarse con tanta facilidad.

Más tarde dejamos a Jonathan cuidando de Summer y George, y fuimos a buscar a Polly para ir al nuevo piso de Tash. Le había dicho a George que él se quedaría en casa con Jonathan. Cuando Claire me vio caminando por la calle a su lado, sonrió con benevolencia.

–Tú también mereces salir una noche –dijo. Mientras recorríamos la calle, aproveché la oportunidad para buscar más carteles de gatos. Vi uno cuando ya estábamos cerca del nuevo piso de Tasha. Esta vez la foto era de una gata siamesa, tenía aspecto de mala, pero era muy atractiva. Me detuve a mirarla.

–Oh, no –dijo Claire–. Otro gato que ha desaparecido.

–¿No te parece que últimamente se ven más de lo habitual? –preguntó Polly.

–Eso parece. Bueno, eso es lo que Heather y Vic dijeron, pero no sé..., como dice Jonathan, esto es Londres y los gatos se pierden o se escapan de casa. –Sintió un escalofrío–. Aunque Alfie y George no, afortunadamente.

–No lo sé. Bueno, sé que Heather y Vic son unos pelmas, pero me pregunto si no tendrán algo de razón –dijo Polly.

Me sentí más aliviado. Vic y Heather eran insoportables, pero si alguien podía llegar al fondo del misterio de los gatos desaparecidos era aquel matrimonio: después de todo, eran expertos en meter la nariz en los asuntos ajenos.

Llegamos a la puerta de Tash. Claire y Polly llevaban botellas de champán y aperitivos, y Polly parecía ahora mucho mejor que por la tarde. Se había pintado los labios y sonreía, tal como había dicho. Cuando Tash abrió la puerta, el piso me recordó inmediatamente al lugar en que conocí a Polly y Matt. No era su antigua casa, pero era muy parecida. Entré y me froté contra las piernas de Tash.

–¿Estás bien? –preguntó Claire mientras seguían a Tash a la pequeña cocina.

–Bueno, resulta raro estar aquí, pero Elijah se siente a gusto. Se ha ido a la cama sin protestar; qué buen niño es.

–Sí, has tenido suerte con él, es el mejor niño del mundo –dijo Claire.

–Bueno, sobre todo si lo comparamos con nuestros demonios de hijas –apostilló Polly riendo–. Y también es mucho más tranquilo que Henry.

–Ha heredado la flema de su padre; esperemos que no herede también su sangre de horchata y sus demás defectos... Lo siento, no quería empezar quejándome. –Por el rostro de Tash pasó un destello de ira. Claire la abrazó.

–Vamos, vamos, quéjate lo que quieras.

–Y mientras tanto yo descorcharé el champán –dijo Polly–. ¡Tengo ganas de beber! ¿Copas? –Mientras Tash abría un armario y sacaba las copas, Polly descorchó la botella.

–Lo tienes todo ya muy organizado –dijo Claire.

–Bueno, gracias a tu Jonathan. Esto es mucho más pequeño, así que solo cogimos lo que necesitaba. Pude desempaquetarlo casi todo mientras Elijah dormía la siesta –explicó Tash.

–¿Puedo hacerte una pregunta? ¿Y Dave? –preguntó Polly, un poco incómoda–. Es decir, ¿sabe que te has mudado?

–Todavía no se lo he dicho. Además, él ya se ha ido a vivir con la otra mujer. Dijo que iba a irse con su madre, pero cuando ella llamó para ver a Elijah, se le escapó.

–Entonces ¿tienes buena relación con su madre? –preguntó Polly.

–Sí, está furiosa con él. Siempre nos hemos llevado bien y le he dicho que puede venir a ver a su nieto siempre que quiera. Pero ¿qué pasa con esa otra mujer? –Rompió a llorar–. Lo siento, pero aún no soporto la idea de que haya otra mujer alrededor de mi hijo. –Mientras Claire la consolaba, sonó el timbre. Polly abrió y reapareció con Franceska.

–Oh, Tasha –dijo. Llevaba bolsas llenas de comida del restaurante. Aunque estaba preocupado e inquieto por Tash, el olor de las sardinas me distrajo. Tuve que sacudir la cabeza para concentrarme y me froté contra las piernas de Tash.

–¡Hombres! –exclamó Polly, dando una copa de champán a cada una–. No sugiero que brindemos por ellos, porque, admitámoslo, por el momento ninguna de nosotras es feliz al ciento por ciento, así que quizá sería mejor brindar contra ellos.

–No me hagas hablar –dijo Franceska poniendo cara seria. ¡Oh, no, también ella no!

–¿Qué pasa, Frankie? –preguntó Polly.

–No, esta noche no. Estamos celebrando la nueva casa de Tasha, así que volvamos al brindis.

–Santo Dios, me encanta brindar contra los hombres –dijo Tash, tratando de reír mientras daba un sorbo–. Y oídme, al menos vosotras os podéis sentir satisfechas, ninguno de vuestros hombres es tan espantoso como Dave, ni por asomo.

–¿Podemos brindar por eso? –preguntó Franceska sin mucha seguridad, y todas rieron.

Me concentré en mis sardinas con alivio. Estaba muy bien pasar una noche fuera y no tener que cuidar de George, aunque lo echaba de menos y sentía preocupación. Esperaba que Jonathan lo estuviera cuidando bien. Las mujeres parecían estar pasándolo en grande, después del inestable comienzo. Los hombres pasaron a ser un tema tabú, así que hablaron del nuevo trabajo de Polly, de los planes de adopción que tenía Claire, del nuevo restaurante de Franceska y Tomasz, y de las ideas de Tash para convertir el nuevo domicilio en un hogar. Cuando Polly prometió ayudarla con la decoración interior, la conversación fluyó fácilmente, con muchas risas, que crecieron conforme bebían más champán. Parecía que estaban vaciando las botellas a un ritmo alarmante, lo que estaba bien, porque al menos así no lloraba ninguna.

Al acabar la velada, todas se despidieron de Tash con un beso, Franceska tomó un taxi para volver a su casa y Claire y Polly echaron a andar conmigo, haciendo eses y dando traspiés. Ninguna de las dos parecía capaz de andar en línea recta, así que tuve que esquivarlas para que no me pisaran. Cuando llegamos a casa, corrí escaleras arriba y encontré a George profundamente dormido en mi cama. Sentí un gran alivio y un brote de amor, y me acurruqué a su lado. Me quedé dormido abrazando a mi gatito, contento porque, al menos esa noche, las mujeres habían vuelto a ser felices... o al menos más felices que últimamente.

Capítulo décimo séptimo

Estaba emocionadísimo. Por fin dejaban salir a George más allá del jardín, sin correa y sin humanos, aunque por supuesto le advertí que no fuera a ninguna parte sin mí. Preguntó «por qué» un millón de veces, pero mal que me pese ya me estaba acostumbrando a eso. Era una ocasión memorable que llevábamos tiempo esperando, debido a la conducta hiperprotectora de Claire.

La gatera había quedado oficialmente abierta. Jonathan estaba encantado, aunque dijo que yo tenía la costumbre de pedirle que la abriera siempre que estaba viendo un programa de televisión. Lo dijo como si yo lo hiciera a propósito. Bueno, el caso es que era libre de nuevo. Estaba ansioso por presentar a George a mis amigos, a mi calle y al gran espacio exterior, al mundo que había más allá de nuestro pequeño tramo de césped. También tenía intención de ir a ver a Matt, para que George supiera dónde vivían, y luego, si teníamos tiempo, le enseñaría el piso de Tasha, aunque ella no tenía gatera, así que solo podríamos visitarla si estaba en casa y nos veía. Era un poco como en los viejos tiempos con Franceska y los chicos. Vaya, libertad otra vez... Juré no volver a darla por sentada nunca más.

Esperaba con ganas nuestra primera excursión y me había tomado más tiempo de lo normal para acicalarme. No estaba seguro de por qué, pero los humanos siempre se atildan como figurines para las ocasiones especiales, y aquella, la primera salida de George, era sin duda una ocasión especial. Traté de asegurarme de que él también presentara su mejor aspecto, aunque era tan mono que no tenía ninguna necesidad de preocuparme. Salí el primero por la gatera, con George detrás. Aún estaba un poco inseguro, aunque iba mejorando. Había crecido mucho en el tiempo que llevaba con nosotros, y aunque aún era un gatito, era suficientemente grande para correr, saltar y trepar.

Parpadeó cuando el sol le dio en los ojos. Era un precioso día despejado para emprender su primera aventura.

–Bien, quédate cerca de mí y no te preocupes, no dejaré que te pase nada –dije. Era mi mejor arenga.

–Lo sé, papá –respondió. Nos deslizamos por debajo de la verja y nos dirigimos a la parte delantera de la casa.

–Antes de empezar, tengo que darte una lección sobre caminos. –Mientras íbamos por la acera, por la calzada pasaban muchos coches a gran velocidad–. Mira, esos coches son peligrosos. –Habían estado a punto de atropellarme varias veces cuando empecé a salir, hacía ya mucho tiempo–. No cruces la calle a menos que esté despejada en ambos sentidos –proseguí con gran seriedad.

Recorrimos Edgar Road de cabo a rabo. Señalé la casa de Salmon y dije que había que evitarla a toda costa, aunque no se veía al inquilino por ninguna parte, gracias a la Gran Sardina. Nuestra primera parada fue en casa de Tiger; la esperamos en su jardín delantero, al lado de su arbusto favorito. George se metió debajo y se puso a jugar con las hojas. Tiger salió al poco rato.

–Ah, hola, esperaba que ya estuvierais aquí –dijo sin hacerme caso y dando un abrazo a George. La miré indignado. Tener un gatito significaba que tenía que acostumbrarme a que no me hicieran caso, pero no iba a permitir que Tiger me tomara por el pito del sereno.

–Hola, mamá Tiger –dijo George, con tanta dulzura que pareció que Tiger iba a echarse a llorar.

–Bien, vamos, tenemos que enseñarle el barrio a George –dije. Se me había pasado el enfado.

–De acuerdo, pero mira, George, todavía eres muy pequeño, así que si te cansas, tenemos que saberlo –dijo Tiger, con tono cariñoso y preocupado. Levanté los bigotes; ¿qué le había pasado a mi Tiger?

–Lo haré, vamos, vamos. –George estaba tan emocionado que echó a correr en la dirección que no debía.

–George, por aquí –dije, y dio media vuelta para unirse a nosotros. Nos dirigimos lentamente hasta la zona de reunión de los gatos. Señalé la casa de Polly y Matt, y expliqué que el piso de Tash estaba en la otra dirección, aunque no sabía cuánto estaría aprendiendo George con todo aquello. Estaba tan enfrascado en mirar todo lo que tenía a su alrededor que dudaba que me estuviera escuchando.

–Apuesto a que te alegras de que Tasha se haya mudado a Edgar Road –dijo Tiger cuando nos detuvimos a observar a George, que se había quedado mirando una planta que había crecido demasiado.

–Sí. No solo es una de mis personas favoritas, sino que me gusta echarle un ojo de vez en cuando –dije.

–Me gusta Elijah –dijo George–. Es simpático.

–Me encanta lo bien que se llevan todos los niños –musité al ponernos en marcha, dando gracias al cielo porque el pequeño estuviera escuchando, a pesar de todo.

–¿Alguna noticia nueva sobre las fotos de gatos? –preguntó Tiger.

–Delante del niño no –dije en voz bajísima.

–¿Qué has dicho? –preguntó George.

–Nada –respondimos Tiger y yo al mismo tiempo. La miré preocupado.

Me alegré de que todos nuestros amigos estuvieran ya reunidos. Nellie tomaba el sol, Elvis estaba sentado a la sombra y Rocky se limpiaba las zarpas. Corrí emocionado a saludarlos.

–Mirad, he traído a George de visita –dije sin respiración.

–¿Dónde? –preguntó Rocky, levantando la cabeza.

–Ahí. –Me volví, pero no vi a George ni a Tiger por ninguna parte–. Estaba ahí hace un instante. –Lleno de pánico, volví sobre mis pasos. Encontré a Tiger vigilando a George, que se había encaramado a la puerta de una verja, delante de la casa de alguien.

–¿Qué ha pasado? –pregunté con inquietud.

–Cuando echaste a correr, George decidió subirse ahí. Dice que le gusta estar en las alturas.

–George, baja ahora mismo –ordené.

–No. Mira, hay un animal extraño en el jardín. –Subí de un salto a la otra puerta y miré. El extraño animal era un cachorro que estaba ladrando a George y ahora a mí–. Voy a entrar a verlo.

–¡Ni se te ocurra! –grité, más fuerte de lo que pretendía. George dio un brinco, pero, por suerte, se quedó en el larguero de la puerta–. George, hay que evitar los perros a toda costa. Y ahora baja. –Lo dije con la máxima seriedad que pude. Salté al suelo y George me siguió de mala gana.

–Bien, este es George –dije por segunda vez cuando volvimos y nos reunimos con los demás.

–Ooooh, qué adorable. Soy Nellie –ronroneó Nellie. Se acercó a George y le hizo unos mimos.

–Encantado de conocerte, George, soy Elvis. –Elvis parecía fascinado.

–Yo soy Rocky, encantado de conocerte. –Rocky dejó de mirarse las zarpas y se acercó a saludarnos.

–Córcholis, todos sois gatos –dijo George–. ¡Y sois muchos!

–Por supuesto que sí –dijo Rocky–. Y Alfie tenía razón, es una criatura preciosa. –Los tres gatos quedaron inmediatamente atrapados por el encanto de George; se notaba, podría jurarlo.

–Ven conmigo, George, te enseñaré el arbusto que atrae a las mariposas –dijo Nellie.

–¿Qué son mariposas? –preguntó.

–Sígueme y lo sabrás.

Me senté y miré con orgullo a la pareja que se alejaba. Es realmente mi hechura, pensé mientras lo veía dar saltos. Por supuesto, no llegó a cazar ninguna mariposa, pero nadie ha atrapado ninguna hasta la fecha, y yo he estado jugando a eso mucho más tiempo. Nos gustaba perseguir cosas, normalmente sin mucho éxito, aunque una vez pillé una mosca en casa. Jonathan estuvo encantado conmigo, hasta que se dio cuenta de que había sido por pura casualidad.

–Qué joven más simpático –me dijo Elvis–. Mira, ahí viene el otro nuevo vecino que te mencioné, Tinkerbell.

–Esperaba que no fuera otro de sus intentos de buscarme novia. Ya sé que estaba sobrecargado de trabajo, pero aún pensaba en Snowball en los pocos momentos libres que tenía, normalmente antes de acostarme por la noche. Pero cuando estuve frente a Tinkerbell, me di cuenta de algo extraño.

–Pero si eres gato –dije con algo de confusión.

–¿Nos han presentado? –gruñó Tinkerbell. No solo era macho, sino además grande, por lo menos abultaba el doble que yo. Incluso me sentí en peligro.

–Lo siento, soy Alfie y he oído hablar de ti, pero como te llamas Tinkerbell, supuse que eras gata.

–No, soy macho. –Levantó los bigotes–. Te lo explicaré: mi dueño quería una gata, así que cuando me compraron, me pusieron un nombre de chica. Para ser sinceros, preferiría no hablar del tema. Si eres de la pandilla, puedes llamarme Tinks.

–Encantado de conocerte, Tinks. –Le dirigí mi mirada más amable–. Y perdona el malentendido. No quería ser grosero, es que mi amigo Elvis parece que quiere buscarme una novia y...

–Ah, sí, ya he oído que eres el del corazón destrozado. Pero no hay que darle más importancia, estoy muy contento con mi nombre y mi sexualidad, muchas gracias. Y ahora que ya hemos aclarado eso, podemos ser colegas.

–¿Qué significa eso de buscarle novia a mi papá? –No había oído acercarse a George, pero estaba detrás de mí, con Tiger y Nellie.

–Bueno, joven George, es que pensamos que a Alfie podría gustarle tener otra novia, y así tú tendrías otra mamá –explicó Rocky.

–Oh, no, gracias –dijo George–. Tiger es mi mamá.

–Ayayay –dijeron Tiger y Nellie al mismo tiempo, y juro que nunca había visto a Tiger tan emocionada. Incluso Tinkerbell se ablandó. Aquella criatura estaba dotada para ganar en cualquier concurso de encanto, de eso estaba seguro.

–Por la Gran Sardina –dijo Rocky riendo, dirigiéndose a Tiger y a mí–, vosotros ya sois como un matrimonio, así que supongo que tiene su lógica. –Le lancé una mirada asesina.

–Bien, George, aquí todos somos amigos, así que si necesitas algo, solo tienes que pedirlo –dijo Elvis.

–Pero no vengas nunca solo a este lugar –advertí–. Todavía no. Tenemos que acompañarte o Tiger o yo.

–Como si supiera el camino –respondió George con aire inocente.

Aparte de que George hubiera estado a punto de saltar al jardín de aquel perro –y me aterrorizaba pensar en las posibles consecuencias–, nuestra primera salida fue un gran éxito. Mi niño fue admirado por todos y me sentí muy orgulloso. Pero, por desgracia, se estaba haciendo tarde y no había tiempo de pasar por casa de Matt y Polly. Tendríamos que dejarlo para otro día.

–Francamente, Alfie, pareces el gato que robó la pescadilla –dijo Tiger al dejarnos en casa.

–Tengo a George y eso es mejor que cualquier pescadilla –respondí.

Capítulo décimo octavo

Al volver a la relativa seguridad del hogar, me tendí en el sofá para echar una breve siesta mientras George se iba a jugar con Summer. La niña se había enfadado al ver que no estábamos cuando llegó de la guardería. Se puso a patalear con los brazos cruzados y a decir «Alfie malo», lo cual me pareció un poco injusto. Pero a Claire le hizo gracia, así que solo emití un ligero maullido de queja. Luego me fui a disfrutar de mi merecido descanso. Mientras me amodorraba, pensé en la desenvoltura con que George había afrontado el paseo y me satisfizo que los otros gatos lo hubieran acogido con tanta cordialidad. Aunque en el fondo sabía que iba a ser así, seguía siendo gratificante verlos admirar a mi pequeño. Me quedé dormido pensando en qué parte de aquel triunfo se debía solo a mí.

Me despertó un alboroto. Solo quería echar una breve siesta, pero me la habían interrumpido de golpe. Era Summer, estaba gritando y, francamente asustado, me levanté de un salto. Tanto Claire como yo corrimos a su cuarto.

–¿Qué pasa, pequeña? –preguntó Claire.

–Deorge, ahí arriba –dijo Summer, señalando al techo. Todos miramos y vimos a George acurrucado encima del armario de Summer.

–Seguramente ha subido solo –dijo Claire, abrazando a su hija–. No pasa nada, solo está jugando. –Acarició el cabello rubio de Summer y el lloriqueo empezó a remitir.

–No, Deorge atrapado –gritó Summer, metiéndose el dedo pulgar en la boca.

–¿Atrapado? –Claire lo miró con expresión dubitativa. Aunque era una mujer alta, estirando el brazo no llegaba al techo del armario. George me miró y se llevó una zarpa a los ojos. Ah, pensé, ha llegado ahí con facilidad. Supuse que había saltado a la cómoda y desde allí al armario, pero para bajar no se sentía tan seguro. Después de todo, estaba muy arriba para ser un animal tan pequeño. Miré a Claire, luego a Summer y finalmente a George. A pesar de que no me gustaban las alturas y las patas me dolían por culpa de todo el ejercicio que había hecho aquel día, tendría que solucionar el asunto. Salté sobre la cómoda y luego al techo del armario, colocándome al lado de George.

–Mira, Sum, no pasa nada, Alfie lo ayudará a bajar –dijo Claire. Summer parecía ya menos preocupada.

–Hola, papá –dijo George con toda tranquilidad.

–George, tienes que tener cuidado. Estás atrapado aquí. ¿Por qué has saltado tan arriba, si luego te atemoriza bajar? –pregunté, tratando de no parecer enfadado. Al fin y al cabo, todos hacemos cosas estúpidas. Yo también había hecho unas cuantas.

–Oh, no estoy atrapado –respondió George–. ¿Por qué crees eso?

–Bueno, Summer ha dicho que lo estabas y cuando te he mirado, te has llevado la zarpa a los ojos.

–Vamos, papá, era para decirte que había subido aquí para esconderme de Summer. Quería que fuera su bebé, trató de meterme en su cochecito como si fuera una muñeca y no me gustó. Puedo bajar, pero no quiero.

–Vaya, ¿y qué hacemos ahora? Claire cree que estás atrapado y ahora yo estoy aquí, aunque no me gustan nada las alturas. Tienes que bajar conmigo.

–Solo si me prometes que no dejarás que me meta en el cochecito.

–Está bien, bajamos de aquí y nos vamos directamente a la planta baja. De todas formas, es tu hora de merendar. –George me miró confuso.

–¿Lo prometes? –dijo.

–Sí. Y ahora baja. –George saltó con facilidad; yo envidié su juventud y agilidad mientras lo seguía con precaución. Luego ambos bajamos la escalera antes de que Summer pudiera protestar.

Al caer la noche, George, agotado tras el ajetreo del día, se quedó inmediatamente dormido en mi cama. Summer estaba ya en la suya, así que me senté con Claire y Jonathan en la salita.

–¿Qué tal está Tash? –preguntó Jonathan.

–La verdad es que no muy mal, es como si fuera una persona diferente desde que se mudó. Creo que está empezando a sentirse como era antes. La abogada ha resultado ser una bendición y ha puesto a Dave en apuros. Lo ha amenazado con llevarlo a juicio si no se aviene a pasar una pensión a Elijah. Le han concedido una hipoteca por la casa a Tash, así que todo está resuelto, aunque ha sido muy triste. Estuvieron juntos mucho tiempo y todo se ha venido abajo de repente. Creo que aún lo echa de menos, pero es muy valiente. Y con su trabajo y su hijo se mantiene ocupada.

–Bueno, el domingo tenemos día familiar, así que podrá pasar el día con nosotros, ¿no? –Erguí los bigotes. Me encantaba el día familiar; una vez al mes, todas mis familias se reunían y tenía a toda la gente que quería en el mismo lugar. A veces ocurría más a menudo, pero si no era así, siempre tenía ese día fijo en mi calendario.

–Sí, estará con nosotros y con todos los demás, algo que todos necesitamos. Lo digo porque parece que Polly y Matt apenas se hablan, y Frankie dice que los niños y ella solo ven a Tomasz el día familiar. Será bueno para todos los niños, y quieren que la reunión sea en nuestra casa porque todos quieren ver a George.

–Ese minino es una atracción estelar –dijo Jonathan riendo.

–Nunca imaginarías lo que ha hecho esta tarde... –Claire le contó a Jonathan el episodio del armario, que a Jonathan le pareció muy gracioso. Claire se apretó contra él y le dio un beso en la mejilla. Yo estaba en el sillón sin quitarles ojo.

–Bueno, supongo que va siendo hora de irse a la cama –dijo Jonathan.

–Todo va a ir bien, ¿verdad? –preguntó Claire de repente. Yo no sabía exactamente a qué se refería, pero por la cara que puso, estaba seguro de que Jonathan sí.

–Pues claro, cariño –respondió, aunque no parecía muy convencido.

El domingo, cuando todo el mundo vino a casa para celebrar el día familiar, creo que casi entendí a qué se había referido Claire aquella noche. En cuanto llegaron todos, George fue, efectivamente, la atracción estelar. Ronroneó y se pavoneó mientras todos le hacían fiestas, luego me saludaron a mí como si de pronto recordaran que yo también existía, pero yo ya tenía madurez suficiente para hacerme cargo de la situación. Y a partir de ahí todo fue de mal en peor. Tras un breve y más bien tenso almuerzo, todos los adultos, lejos de hablar entre sí, parecían sumidos en sus meditaciones. Había tres grupos. Uno lo formaban los niños, cosa lógica, y ahora incluía a George. Por suerte, Aleksy, el de más edad, estaba a cargo de él, así que sabía que mi pequeñín estaba en buenas manos, y ya vendría a buscarme si me necesitaba. Los hombres habían ocupado la salita y las mujeres se habían hecho con la mesa de la cocina. Así que acabé yendo de un grupo de adultos a otro.

Los hombres estaban más callados de lo normal.

–¿Nos pasa algo? –preguntó finalmente Jonathan, después de haberse hartado del silencio incluso él, que solía sentirse a gusto con la calma y la tranquilidad.

–Yo no estoy en mi mejor momento –admitió Matt–. Echo de menos trabajar. Esto de hacer de amo de casa no va conmigo. Y sí, ya sé que hablo como un tipo sexista, mi mujer no para de decírmelo. Y no es por los niños, me encanta estar con ellos, pero preferiría estar trabajando. Lo echo de menos. Recordad que me encantaba lo que hacía.

–¿Y no has tenido suerte en la búsqueda de empleo? –preguntó Tomasz con ojos desbordantes de compasión.

–Sí y no. Tengo un par de reuniones a la vista, pero nada concreto, ahora mismo no hay gran cosa. Todos mis contactos me están buscando algo, pero dicen que he de tener paciencia. –Movió la cabeza con resignación.

–¿Y económicamente estáis bien? –preguntó Jonathan. Parecía preocupado.

–Sí, el trabajo de Polly ha sido un salvavidas. Le encanta su trabajo, pero sé que volver a casa para encontrarse con un marido gruñón no es muy divertido para ella. Últimamente está siempre cansada, porque trabaja todo el día y ha de volver corriendo para ver a los niños. Cuando ya los hemos acostado, casi todas las noches tiene que trabajar. No pasamos mucho tiempo juntos... Soy desgraciado porque echo de menos el trabajo, ella es desgraciada porque yo lo soy, y encima soy un inútil con la colada y esas cosas. –Rio con un rictus de tristeza.

–Bueno, por lo que a mí respecta, estoy trabajando demasiado y Franceska no se siente contenta –dijo Tomasz–. De hecho, hoy me ha dicho que se va a ir con los niños a Polonia a pasar las vacaciones escolares, porque de todas formas nunca me ven. Ya sé que trabajo demasiado, pero los restaurantes van muy bien ahora, y aunque tengo un encargado, no puedo darle el control todavía. –Tomasz parecía sentirse culpable.

–Amigo mío, tienes que confiar en los demás. No puedes hacerlo todo tú, ¿qué pasará cuando tengas diez restaurantes repartidos por todo el país? –dijo Jonathan.

–Ya sé que no es fácil, pero si consigo que estos dos vayan bien, creo que podré moderarme y dejar que otros hagan más trabajo, ¿verdad?

Todos se encogieron de hombros.

–Pero tú al menos estás bien, ¿no, Jonathan? –preguntó Matt.

–¿Quién iba a pensar que esto se convertiría en una sesión de terapia de grupo? Rápido, será mejor que hablemos de fútbol –sugirió Jonathan.

Tras este deprimente interludio, me fui a la cocina.

–Así que le dije que o formalizaba lo de la manutención del niño o lo denunciábamos a la Agencia de Ayuda a la Infancia y lo demandábamos para arreglar también lo de la casa. He sido más que razonable, pero él se está portando de un modo espantoso. En cualquier caso, tenemos cita en el despacho de un mediador. Parece gracioso, ¿verdad? Significa que tengo que volver a verlo, cosa que me da pánico, pero tengo que hacer lo mejor para Elijah.

Bebí un trago de agua antes de ir a sentarme con Franceska. Si iba a marcharse, quería pasar un rato con ella.

–Espero que sirva para algo –dijo–. Os tengo que contar una cosa. Voy a irme a Polonia a pasar el verano con los niños, sin Tomasz.

–Alabado sea Dios, eso suena magnífico –dijo Claire.

¿En serio, Claire? A mí no me parecía tan estupendo, todo un verano separada de su marido, por no mencionarme a mí. La echaría muchísimo de menos.

–Sí, bueno, Tomasz está tan ocupado que pensé que podríamos ir a ver a la familia y pasar las vacaciones con ellos, y los chicos no recuerdan mucho su país, así que será bueno para ellos. Tomasz no está contento, pero es todo trabajo, trabajo, trabajo.

–Puede que sea eso lo que Matt y yo necesitamos, unas vacaciones –musitó Polly.

–¿Puedes pedirlas? –preguntó Claire.

–No, imposible, soy muy nueva en el trabajo. Y de todas formas, no estoy segura de que Matt quisiera irse de vacaciones, no tiene empleo y está muy deprimido. No, la verdad es que sé que no podemos. Quizá el año que viene. –Sonrió–. En fin, Claire, al menos tú estás bien. –Me maravilló la diferencia con la que hablaban hombres y mujeres. Estaban diciendo más o menos lo mismo, pero de distinta manera.

–Oh, sí, estamos bien –dijo Claire con un largo suspiro.

–Cambiando de conversación –dijo Tash–. ¿Conocéis a esa pareja de mirones que tenemos en el barrio?

–Ah, sí, madre mía, Vic y Heather –gruñó Polly.

–Sí, los de los jerséis iguales. –Tash se echó a reír–. Me acorralaron el otro día, hablando de los gatos que habían desaparecido. Al parecer, ya han denunciado seis desapariciones en los alrededores.

Erguí las orejas.

–Lo sé, hemos visto las fotos en las farolas. Es muy triste. Imagina que Alfie o George se perdieran. –Sentí un escalofrío cuando Claire dijo aquello.

–Bueno, al parecer creen que se trata de algo siniestro –prosiguió Tash–. Quieren celebrar una reunión un día de estos.

–Oh, no, una reunión no. –Polly se llevó las manos a la cabeza.

–Sus reuniones duran días –explicó Claire.

–Pero esos gatos, ¿nadie sabe qué les ha pasado? –preguntó Franceska.

–No. Jon cree que no les gustaban sus dueños y decidieron cambiar de aires.

–Matt dijo que quizá haya un secuestrador de gatos por aquí, como aquel chico de *Chitty chitty bang bang* –dijo Polly.

Me llevé las zarpas a las orejas.

–Chist, Polly, no digas esas cosas delante de Alfie –dijo Claire–. Y eso es ridículo. Además, si alguien quisiera llevarse nuestros gatos, le daríamos su merecido. –Claire me miró mientras hablaba y me sentí un poco más tranquilo.

Aquel asunto de los gatos perdidos no auguraba nada bueno, lo sentía en el pelaje. Pero de momento no podía hacer nada, así que subí la escalera para ver a los niños, siguiendo el rastro de sus risas. Al menos ellos se lo estaban pasando bien, así que me uní al grupo de los menores mientras buscaba un plan para solucionar los problemas de mis atribulados adultos y arrinconaba el problema de los gatos.

Capítulo décimo noveno

Nunca llueve a gusto de todos. Mi primera dueña, Margaret, lo decía mucho. Yo no siempre entendía lo que significaba, pero creo que con el tiempo he caído en la cuenta. Después de la celebración del día familiar, pasé mucho tiempo intranquilo. Estaba inquieto por todas mis familias, incluida Tasha, que de un tiempo a esta parte estaba hecha un mar de lágrimas, porque lo de la mediación había acabado como el rosario de la aurora. Ahora hablaba de dejar a Dave limpio y sin blanca, significara esto lo que significase, y decía que sus padres iban a pagarle las costas procesales para conseguirlo. Se negaba a entregar el dinero de la compra de la casa, que la abogada retenía en una cuenta hasta que todo estuviera arreglado, y las cosas se habían puesto feas. Jonathan dijo que intervendría si Dave se acercaba a ella, pero por suerte Tasha no le había dicho a su ex dónde vivía y, de todas formas, según decía, era demasiado holgazán para hacer nada. Ahora todo estaba en manos de la ley y Tasha se negaba a hablar con él, o a tener nada que ver con él, si no era a través de los abogados. Me resultaba complicado seguir el ritmo de los acontecimientos, dado que yo solo era un gato, pero me esforzaba. Ah, y sus intentos por ver a Elijah eran muy tibios y esto enfadaba a todo el mundo. Todos queríamos a Elijah y yo no entendía que un padre no hiciera todo lo posible por ver a su hijo. Miradnos a George y a mí.

Y además estaba lloviendo, no figurada, sino literalmente. Mientras George y yo estábamos sentados en el alféizar de la ventana viendo deslizarse por los cristales las salpicaduras de la lluvia, no dejaba de preocuparme por todos y por todo.

Me sentía inútil e impotente. No podía ayudar a Tasha, aunque saber que tenía una abogada, además de a Claire y Jonathan, me hacía sentir mejor. Tampoco podía ayudar a Matt y Polly, que apenas se hablaban cuando los veía. No podía ayudar a Franceska y a Tomasz, que iban a estar un tiempo separados. Aunque Aleksy y Tomasz el pequeño estaban emocionados ante la perspectiva de las vacaciones, temía la posibilidad de que Franceska no volviera. Perderlos para siempre me resultaba inconcebible. Y al parecer, tampoco podía ayudar a Claire y a Jonathan, que la noche anterior, sin ir más lejos, habían tenido una trifulca de padre y muy señor mío.

–¿Tenías que decirle eso al asistente social? –había gritado Claire. Estaban sentados en la salita.

–Solo dije que en mi familia no había antecedentes de actividades criminales ni de demencia... –Jonathan se esforzaba por no sonreír–. ¡Era una broma!

–¡Y luego dijiste que no estabas seguro en el caso de mi madre! ¿De veras te parecía divertido?

–Bueno, a veces se enfada y parece estar como un cencerro –dijo Jonathan, estallando en carcajadas.

–Para ti todo esto no es más que una broma, ¿verdad? Que consigamos un niño, un hermano para Summer, otro hijo para nosotros. A veces no te comprendo.

–Pues claro que no, solo era una broma idiota, Claire. El asistente social tiene que saber que tenemos sentido del humor, ¿qué más quieres?

–Pues a mí no me hace ninguna gracia.

Claire había dormido en el cuarto de invitados, la habitación que Tash acababa de dejar libre. Sé que lloró hasta quedarse dormida porque dormí con ella, dejando solo a George por primera vez desde que entró en nuestra casa, aunque fui a verlo con regularidad, lo que quiere decir, naturalmente, que yo no podía pegar ojo.

El ambiente había estado tenso todo el día, un poco como la situación existente entre Polly y Matt. Hasta ahora, Claire había rechazado todos los esfuerzos de Jonathan por reconciliarse y cuando se marcharon al trabajo y llevaron a Summer a la guardería, fue un alivio que se fueran con la tensión a otra parte.

–¿Qué le pasa a la gente? –me preguntó George, dando zarpazos a una gota de lluvia y devolviéndome al presente.

–Ay, querido muchacho, ¿por dónde empiezo?

Me puse a contarle todo lo que sabía. Como yo cada vez tenía más miedo, traté de rebajar la temperatura de la situación para no herir su sensibilidad. Sí, mi niño necesitaba saber cómo funcionaban los humanos, sobre todo si iba a hacerse cargo de todo después de mí, pero era tan joven aún que tenía que protegerlo. Mientras pensaba en cómo arreglar los problemas de cada uno –desde Tash, que de repente había caído del principio de mi lista de preocupaciones y estaba ahora entre los últimos puestos, hasta Matt y Polly, Franceska y Tomasz y ahora Claire y Jonathan–, George bajó de un salto del alféizar y echó a correr. Salí de mi abstracción y fui a buscarlo.

Cuando George vino a vivir a nuestra casa, Claire no le permitía ir a todas partes. Todas las puertas de las habitaciones estaban cerradas, al igual que la del cuarto de baño y el lavabo de abajo, así que estaba confinado básicamente en la cocina-comedor y en la salita. A pesar de que en la escalera había una barrera de seguridad, podía subir por ella, pero al llegar arriba quedaba confinado en el pasillo. Sin embargo, ahora que era un poco mayor, no se molestaban en cerrar las puertas, suponiendo que ya sabía lo que hacía (no lo sabía) y que nunca se quedaba a solas (sí se quedaba). Pero tenía más libertad, y como ahora disponía de más sitios para esconderse, me costaba mucho más encontrarlo.

No estaba en la cocina. Sabía que no había salido porque no había oído la trampilla de la gatera, así que eché un rápido vistazo en el cuarto de la colada, sobre todo en la lavadora, antes de subir al piso de arriba.

–George –grité, pero no hubo respuesta. Traté de contener el pánico mientras inspeccionaba los dormitorios, diciéndome que no podía andar muy lejos; después de todo solo era un cachorro: la puerta del cuarto de baño general estaba cerrada, y también la del baño del dormitorio de Jonathan y Claire, de modo que al menos no tenía que preocuparme por si había vuelto a caerse en el inodoro. Aun así, no podía evitar el pánico. Sabía que estaba por allí, pero como no podía verlo, era un miedo irracional del que no podía librarme. Entré en el cuarto de invitados.

–George –grité de nuevo. Oí un rumor ahogado. Lo rastreé hasta el armario, donde Claire guardaba parte de su ropa, y vi que la puerta estaba entreabierta. Introduje la pata para abrirla un poco más y vi a George recostado sobre los jerséis de Claire, que estaban amontonados al fondo del armario.

–¡George, estaba preocupado! Te he estado llamando. ¿Por qué no me has respondido?

–Pero, papá, si hubiera respondido no estaríamos jugando al escondite, ¿verdad?

–¿Al escondite?

–Sí, los niños me enseñaron el otro día, es muy divertido. Una persona busca y las otras se esconden.

–Sí, gracias, ya sé cómo se juega, pero el caso es que nosotros no estamos jugando al escondite, yo estaba sentado en el alféizar contigo y de repente ya no estabas.

–Bueno, quizá debería habértelo dicho. –Había desconcierto en sus hermosos ojos–. Bueno, y ahora ¿por qué no te escondes tú? –No parecía arrepentido, ni siquiera consciente del miedo que me había causado.

–No me apetece en absoluto. –Todavía estaba temeroso por mis familias; ahora que había encontrado a George, tenía que recuperar la calma.

–Por favor, papá, ¡es el mejor juego del mundo! –Tenía los ojos dilatados, desbordantes de esperanza, y sonreí sin poder evitarlo. Recordé cuando Aleksy jugó conmigo por primera vez a aquel juego..., qué divertido fue. ¿Cómo no iba a acceder? Además, estaba lloviendo, así que no podíamos hacer otra cosa.

–Está bien, cuenta hasta diez y me escondo.

–¡Pero si no sé contar!

–Bueno, pues dame algo de tiempo. –No estaba seguro de que yo mismo supiera contar. Después de todo, no era una habilidad muy útil para un gato.

Fui al cuarto de Summer y decidí meterme en su caja de juguetes, que estaba llena hasta los topes de animalitos de peluche. Según mis cálculos, si George tardaba cien o doscientos años en encontrarme, al menos estaría cómodo.

Desperté al cabo de un rato. George me lamía la cabeza. Abrí los ojos y me desperecé.

–Lo siento, me quedé dormido.

–¡Recórcholis, eres muy bueno escondiéndote! –exclamó–. Ahora yo, ahora yo. –Echó a correr. Me sentía algo mejor después de la cabezada que había dado, pero no me di prisa en salir de la caja de juguetes. Oí a George corriendo escaleras abajo, así que esperé un poco en el descansillo. Vi que la lluvia había amainado y subí al alféizar para ver un fragmento de cielo azul entre las nubes. ¿Y si daba un breve paseo por la calle? Estaría bien hacer algo de ejercicio y podríamos pasar a ver a Matt... De repente, oí un fuerte golpe y di un respingo.

–Aaaay. –El grito había salido de la garganta de George. Hablando con franqueza, debía dejar de distraerme tanto, ¿qué clase de padre era? Corrí escaleras abajo y entré en la cocina. Me detuve al ver que uno de los armarios estaba abierto, su contenido desparramado por el suelo y George asomando por la boca de una bolsa de plástico, enredado en las asas.

–George, ¿qué has hecho? –pregunté, tirando de la bolsa con la zarpa–. Las bolsas son peligrosas, tienes que tener cuidado –le reprendí. Aunque la boca era muy ancha y se había colado por ella, así que no había necesidad de preocuparse tanto. Y es que a los gatos nos gustan las bolsas; cuando yo era pequeño, solía meterme en las bolsas de la compra de Margaret.

–Quise moverla y caí dentro –respondió. Sinceramente, aquella criatura se estaba volviendo un poco rebelde–. ¡Pero me gusta!

–Esa no es la cuestión. ¿Qué es todo este desorden? –pregunté, señalando las cajas y los paquetes desparramados por el suelo.

–Conseguí abrir el armario, lo cual me pareció una operación muy inteligente, y quería esconderme, pero para que el escondite fuera mejor, decidí sacarlo todo y esconderme al fondo, y luego no supe cómo poner las cosas otra vez en su sitio...

–Por la Gran Sardina, George el de las operaciones inteligentes. –Me puse a pensar en cómo podría devolver las cosas al armario, pero entonces me di cuenta de que era imposible, así que lo dejé todo como estaba, sabiendo que a quien reñirían sería a mí. Aunque no estaba contento con George, también estaba enfadado con Claire y Jonathan. En casi todos los armarios habían puesto aquellos cierres de seguridad que impedían que los niños los abrieran, pero ¿por qué no habían puesto ninguno en aquel concretamente? Os lo digo yo: la paternidad estaba de capa caída en los tiempos que corrían.

Después de poner un poco de orden estaba agotado, pero George no dejaba de dar saltos, con ganas de jugar. Tenía demasiada energía, así que decidí que podíamos arriesgarnos a salir. Le abrí la trampilla de la gatera para que pasara.

–¡Está todo mojado! –chilló cuando pisó el primer charco y una gruesa gota de agua le cayó en la cabeza.

–Bueno, mira, iremos a ver a Matt, ¿quieres?, te llevaré por la parte de atrás. –Lo conduje por encima y por debajo de las cercas, siempre avanzando hacia la casa de Polly y Matt. Por suerte, era una ruta libre de perros. Aunque a George seguía sin gustarle la lluvia, esperaba que el ejercicio lo calmase un poco. A veces resultaba un pequeñín muy agotador.

Entramos por la gatera y cuando nos estábamos escurriendo el agua en la cocina, apareció Matt, hablando por teléfono. Nos sonrió.

–Polly, cálmate. Ya te he dicho que no pasa nada. Recogeré a los niños, les pondré el pijama y, si no están muy cansados, aún estarán despiertos cuando llegues a casa. –Escuchó unos momentos–. De acuerdo, te quiero.

Cortó la comunicación y nos miró.

–Estáis un poco mojados. Quedaos aquí hasta que estéis secos. –Puso a hervir agua y yo me sacudí el pellejo. George fue a recostarse en el sitio más cálido que encontró–. Bueno, pues encantado de veros, chicos. Esto de tener una casa a mi cargo es algo aburrido, por si queréis saberlo. No sé cómo se las apañaba Polly, pero ella nunca se quejaba... Echo de menos el trabajo, echo de menos tanto la presión como el trabajo propiamente dicho. –Me acerqué a él y le froté la pierna, pero con cuidado, para no mojarlo mucho–. Gracias, Alfie. De todas formas, trato de hacerlo lo mejor que puedo. Me encanta pasar más tiempo con los niños, eso lo disfruto un montón, y está bien verlos hacer cosas que antes no veía porque no estaba aquí. Pero la puerta del colegio me da algo de miedo, con tantas mujeres apelotonadas allí. Y en la actualidad siguen siendo mayoritariamente mujeres, y no lo digo en plan sexista. Hoy me han invitado a ir a tomar café, pero tenía demasiado miedo, así que puse una excusa. ¡Si no tengo cuidado, me arrastrarán a las reuniones de padres y profesores!

–¿Miau? –No sabía de qué estaba hablando, no tenía ni la menor idea.

–Necesito encontrar un trabajo, de veras que sí. Quiero decir que podría haberme gustado esto de ser amo de casa, pero no es lo mío, y echo de menos a Polly. Echo de menos estar juntos sin discutir. Sinceramente, creo que si tuviera un empleo, no discutiríamos tanto.

Se sentó con su té y George se puso a perseguir su sombra por el suelo de la cocina.

–Ojalá la vida fuera así de sencilla, ¿verdad, Alfie? –dijo Matt, mirando a George. Ronroneé para darle la razón. Ojalá tuviera que preocuparme únicamente por mi sombra, pero no, tenía todo el peso del mundo sobre mis hombros. O al menos todo el peso de Edgar Road.

Nos quedamos con Matt hasta que tuvo que salir para ir al supermercado antes de recoger a los niños. George nos distrajo mucho, era un poco exhibicionista y enseñó a Matt que podía saltar a las encimeras y trepar por las persianas de la cocina..., un alarde que estuvo a punto de acabar mal. Pero al menos nos hizo reír a los dos. Estaba bien ver a Matt sonreír; en ese momento entendí por qué la gente ve vídeos de gatos en Internet durante horas: era mejor que la hierba gatera para levantar el ánimo. Matt estaba encantado cuando nos fuimos; sonreía, parecía más animado y la casa estaba impecable. A lo mejor estaba a punto de cambiar y, al parecer, lo habíamos animado entre los dos.

Al salir nos encontramos con Tiger delante de la casa. La lluvia había cesado y casi hacía sol.

–Hola, chicos, ¿cómo estáis? –preguntó, dando a George un abrazo aparatoso.

–Agotados y con ganas de echar una siesta –dije. Yo realmente estaba hecho polvo. También quería tiempo para pensar en mis humanos, pero con George era imposible.

–¡Pero yo quiero jugar! –dijo George. Aún seguía lleno de energía.

–Eh, Alfie, yo puedo cuidar de él. Lo llevaré al parque o a algún otro sitio y luego lo acompañaré a casa. –Tiger me miró esperanzada. ¿Una oferta para hacer de niñera? ¿Cómo iba a negarme, sobre todo sabiendo que Tiger no dejaría que a George le pasara nada?

–Muy bien. Ahora, George, sé bueno con Tiger y nos vemos más tarde. –Le di un abrazo de despedida y me fui a casa a disfrutar de un merecido descanso.

Disfruté de mi siesta, aunque no me relajé del todo sabiendo que George estaba fuera. Sabía que estaba seguro con Tiger, pero a pesar de todo... y es que hasta entonces no había estado fuera sin mí. Cuando oí la trampilla de la gatera, eché a correr hacia la puerta de atrás. Asomé la cabeza y vi a Tiger enfrente sentada con George. Sonreí; qué mono estaba. La verdad es que los dos hacían muy buena pareja: mi hijo y mi mejor amiga.

–Hola, Alfie –dijo Tiger.

–¿Se ha portado bien? –pregunté.

–De maravilla. Y nos lo hemos pasado estupendamente –respondió Tiger.

–¡Oh, papá, me encanta el parque! Trepamos a un árbol y nos burlamos de un perro gordinflón. ¡Ha sido fantástico! –George estaba lleno de entusiasmo. Yo respiré de alivio porque se encontraba bien y al mismo tiempo me sentía emocionado por verlo tan contento.

–Vamos, entra, es hora de la merienda. Gracias, Tiger, muchas gracias.

–¿Puede mamá Tiger entrar en casa con nosotros? –preguntó George. El corazón se me derritió. Miré a Tiger y advertí que ella también estaba emocionada.

–Me temo que no, ahora tiene que irse a su casa, pero la verás pronto. Gracias de nuevo, Tiger.

–Un placer. Siempre que quieras algo de tiempo para ti, ahí estaré –respondió Tiger, despidiéndose a continuación. Me aparté para que George pudiera cruzar la gatera.

–Te he echado de menos –dije, y era cierto. Lo cual no dejaba de ser curioso: necesitaba tiempo para mí de vez en cuando, pero cuando lo tenía, echaba de menos al pequeñajo. ¿Era eso la paternidad? Supuse que sí, porque estaba seguro de haber oído a mis humanos decir algo parecido.

–Yo también, papá. ¿Qué hay para merendar?

Ya al anochecer me encontraba acurrucado en el sillón, con George a mi lado. Fuera estaba oscuro; Jonathan veía las noticias en la televisión y Claire se acercó para estar con él. Me sentía inquieto; habían sido muy educados el uno con el otro mientras Summer estaba delante, pero ahora que estaba en la cama, no sabía yo por dónde iban los tiros.

–Hola –dijo Jonathan–. ¿Estás bien?

–Sí, acabo de hablar con Tash. –Claire tomó asiento–. Parece que todo se está arreglando. Creo que Dave ha captado el toque de atención. No está segura, pero se ha disculpado y dijo que quería ser un buen padre para Elijah. Van a reunirse este fin de semana, con la madre de Dave, y parece muy esperanzada.

–No volverá con él, ¿verdad? –Jonathan parecía preocupado y yo sinceramente esperaba que no.

–No, creo que su comportamiento, el adulterio, el abandono del domicilio, por no mencionar las mentiras y la conducta que ha tenido desde entonces, harán que ella no vuelva a confiar en él, pero Tash es una buena madre y quiere lo mejor para su hijo. De momento eso significa tener a su padre cerca, aunque sea un inútil.

–Estoy de acuerdo, aunque tampoco soy un gran admirador de Dave. Pero estoy de parte de Elijah, por supuesto. –Jonathan rozó el brazo de Claire.

–Jonathan, tenemos nuestros propios problemas, lo sé, y tenemos que averiguar la forma de solucionarlos, así que este fin de semana me gustaría ir a ver a mis padres con Summer, y quiero que tú también vengas.

–Muy bien. Pero ¿a qué viene esto?

–No voy a fingir. Me iría bien un cambio de aires, pero también... Papá es trabajador social, ya lo sabes, y nos va a ayudar con la adopción..., solo nos explicará cómo funciona y qué tenemos que hacer si decidimos seguir adelante con ella. Pensé que te sería útil hablar del tema con él.

–¿Quieres decir que tu padre va a convencerme de que lo haga? –dijo Jonathan con irritación.

–No, le dije que me resultaba todo un poco confuso y le expliqué cómo te sentías tú, y dijo que si hablaba con nosotros del proceso, y de las opciones disponibles, quizá dejáramos de discutir y tomáramos una decisión con la que ambos estuviéramos satisfechos. –Me sentí orgulloso de la sensatez con que hablaba Claire.

–Bueno... –Jonathan aún no parecía tenerlas todas consigo.

–Mira, ya sé que soy una cabezota y lo mismo le pasa a papá. Yo elegí el día de nuestra boda, también fui yo quien decidió el momento de tener a Summer, sé cómo soy, y bueno, creo que es más probable que papá esté de tu parte que de la mía.

–No se trata de tomar partido, ya lo sabes. Es que no sé si puedo hacerlo. –Jonathan parecía más triste que enfadado–. Ojalá tuviera tu fe, entonces sí aceptaría.

–Y de eso trata este fin de semana. De charlar, de cambiar de aires y de poder tomar una decisión juntos. Además, papá y mamá se mueren por ver a Sum.

–¡Caray! Es lo más sensato que te he oído decir últimamente –dijo Jonathan.

–Es por mi padre. Me ha echado un buen sermón. En fin, ¿podemos ir?

–¿Y qué pasa con Alfie y George?

–Frankie dijo que podían quedarse con ellos. Podemos dejarlos al irnos y recogerlos al volver, o ya los traerá Tomasz. Los niños quieren pasar tiempo con Alfie, y por supuesto con George, antes de irse de vacaciones.

Vaya, vaya, de modo que iba a pasar el fin de semana con mi familia polaca, aquello era genial, y George iba a pasar su primer fin de semana fuera de casa. ¡Y veríamos a Dustbin! Ya estaba emocionado.

–Entonces lo tienes todo arreglado. –Vi que Jonathan enarcaba las cejas.

–Lo siento, ya sé que soy una mandona. Pero tú ya lo sabías cuando te casaste conmigo.

–Cierto, lo sabía. Mira, Claire, en cuanto a la adopción…

–Sé que te preocupa no ser capaz de querer a un niño que no hayas concebido tú.

–Sí, eso es.

–Pero yo creo que sí puedes.

Sentí un escalofrío. Miré a George, encogido a mi lado. No podía quererlo más, aunque no lo había engendrado yo. Miré a Jonathan y a Claire, que parecían sumidos en sus reflexiones. Yo había adoptado a George, ¿no? Cierto que había sido una adopción forzosa al principio, y sin embargo… Ahora lo quería tanto que estaría destrozado sin él. Necesitaba que Jonathan lo entendiera. Seguro que era la respuesta. Tenía que entender que si yo podía querer a George, él podría querer a un niño adoptado. El único problema era que no estaba seguro de cómo hacérselo comprender…, al menos por el momento.

Capítulo vigésimo

–¡Oh, mamá, mira, George está jugando con la sardina! –exclamó con júbilo Tomasz el pequeño. Le había dicho a George que con la comida no se jugaba, pero le encantaba ver cómo le resbalaba entre las zarpas y luego la perseguía por la cocina (aunque, por supuesto, no estaba viva) y saltaba sobre ella. A los chicos les pareció divertidísimo. Aleksy se reía con tantas ganas que no podía ni hablar.

–George, cómete el pescado, no es un juguete –lo riñó Franceska, guiñándome un ojo. Ella misma cogió la sardina, la partió y se la puso en el cuenco. George se la comió obedientemente. Habíamos llegado hacía un rato, poco después de que los niños volvieran de la escuela. Estaban emocionados, no solo porquc nos íbamos a quedar con ellos, sino porque era el comienzo de las vacaciones de verano. La semana siguiente se iban a Polonia y estaba triste por ello, pero no quería empañar aquel fin de semana. Quería que lo pasáramos tan bien como fuera posible.

Merendamos y luego los niños pusieron una película, *La Guerra de las Galaxias*, de la que no entendí nada, pero era muy espectacular. Había muchos relámpagos de colores en la pantalla. George saltó sobre el mueble de la tele y dio zarpazos para atrapar los flashes hasta que Aleksy lo apartó de allí.

–Tendrás serios problemas si la rompes –dijo, poniendo voz a mis pensamientos. George me miró y quise reprochárselo con la mirada, pero entonces sonrió de ese modo tan adorable que solo él sabía. Eran sus primeras vacaciones y quería gozar de ellas.

Cuando terminó la película llegó Tomasz el grande.

–Ah, los gatos, mis niños, qué bonito es llegar a casa y ver que estáis todos. –Sonrió ampliamente y besó a todos, y por último a su mujer.

–*Kochanie*, he traído champán del restaurante para beberlo nosotros esta noche.

–¿Qué celebramos? –preguntó Franceska. Tomasz el grande parecía un poco triste, pero no dijo nada. Era otro momento de «no hablemos delante de los niños».

–Bien, chicos, hora de irse a la cama –dijo Franceska.

–Oh, mamá –exclamó Aleksy. Hablaba ya como un niño inglés, aunque sabía que Tomasz el grande y Franceska estaban enseñando polaco a sus hijos–. ¿Podemos quedarnos un poco más con Alfie y George? –suplicó.

–Media hora –concedió la madre–. Tomasz, pondré la mesa mientras pasas un rato con los niños. –Me pareció advertir que Franceska no estaba contenta, aunque la verdad es que estaba distraído, porque Aleksy me cogió en brazos mientras los dos Tomasz, el grande y el pequeño, se ponían a jugar a la pelota con George. Aleksy me llevó a su cuarto. Aleksy había sido mi primer amigo niño y habíamos pasado muchas cosas juntos. Yo fui su primer amigo en Inglaterra y lo había ayudado un par de años antes, cuando sus compañeros de escuela se metían con él y lo intimidaban. Confiaba en mí, y mientras me dejaba sobre su cama, supe que íbamos a tener una charla.

–Estoy preocupado, Alfie. Mamá y papá casi no se hablan y ahora nos vamos a Polonia a pasar las vacaciones sin él. Voy a echarte de menos, y a la casa, pero a mi padre lo echaré de menos mucho más. –Parecía triste mientras me acariciaba. Me acurruqué encima de él y ronroneé para que supiera que lo comprendía–. Tengo miedo de que nos quedemos en Polonia. Es decir, mamá, cuando le pregunto, dice que volveremos, pero ¿y si no es así? ¿Y si nuestros padres se separan como los de Elijah y los padres de mi amigo Justin? Quiero a mamá y a papá, y sé que no vemos lo suficiente a papá estos días porque está demasiado ocupado, pero tienen que arreglarlo. –Puso la mano sobre la cama y parecía tan triste que me dio mucha pena. Aleksy tenía diez años, pero era sensato y maduro, pensé, un poco como yo. Le hice cosquillas con el rabo, lo que normalmente le hacía reír, y luego levanté la pata para que chocara esos cinco–. Te asegurarás de que todo sale bien, ¿verdad, Alfie?

–Miau. –O sea: naturalmente que sí. No tenía ni idea de cómo, pero lo haría. Palabra de gato.

–Me emociona la idea de ir a Polonia. No recuerdo mucho de allí y Tommy no recuerda nada en absoluto. Iremos a ver a la familia y mamá dice que será estupendo, pero yo quiero volver a casa y estar con los dos, con mi madre y con mi padre. Confío en ti, Alfie.

–Miau. –Por la Gran Sardina, más responsabilidades.

Cuando los niños se fueron a la cama, Tomasz nos hizo salir a la parte de atrás. Franceska y él hablaban pronunciado solamente una palabra cada vez, y yo sabía que aquello no era buena señal. Él iba a bajar al restaurante en seguida, para comprobar que todo estaba bien. Prometió a Franceska que no tardaría, pero ella le respondió con un gruñido.

–Está oscuro –dijo George, moviéndose cautelosamente por el patio–. ¡Auuh! –chilló–. ¿Qué es eso?

–Tu sombra, George. No te preocupes, estoy aquí. –Me sentía valiente. Después de todo, había estado en aquel patio cientos de veces, y sí, daba un poco de miedo, y había algunas criaturas repugnantes por allí, pero Dustbin no andaría muy lejos y él cuidaría de nosotros.

–¡Auuh! –chilló de nuevo–. ¿Qué es eso? –Una figura venía hacia nosotros.

–George, es mi amigo Dustbin. –Dustbin salió de detrás de un cubo, lamiéndose los bigotes.

–Bonita sorpresa, Alfie. –Miró a George–. ¿Y este quién es?

–Es George, mi gatito.

–Cuando los niños volvieron de tu casa el otro día, oí que hablaban de alguien llamado George. No sabía que fueras un gatito. Encantado de conocerte, George. –La voz de Dustbin se iba suavizando según hablaba; ni siquiera él era inmune al encanto del pequeñuelo.

–No nos dejan estar fuera mucho rato –expliqué–. Pero aquí estamos seguros, ¿verdad?

–No te preocupes, Alfie, no dejaré que le pase nada a tu hijo. ¿Vendréis a verme mañana?

–Sí, maullaré para que nos dejen salir después del desayuno y hablaremos largo y tendido para ponernos al día.

–Lo espero con ganas, ¡y también espero conocer un poco más a ese pequeño!

Tomasz el grande salió de nuevo, dejando una bandeja llena de comida para Dustbin, antes de llevarnos escaleras arriba. Vi que George seguía temblando.

–Tranquilo, Dustbin es buena gente –dije.

–Lo sé, pero estaba tan oscuro... y qué raro olía ese patio. Dustbin también olía raro. –No podía discutírselo. No olía precisamente a rosas, pero tenía un corazón de oro.

George y yo nos instalamos en mi cama, en la salita, mientras Tomasz y Franceska se bebían el champán que él había subido del restaurante, aunque ninguno de los dos parecía disfrutarlo. Apenas pronunciaron palabra, hasta que finalmente los dos se pusieron a hablar a la vez en polaco, de modo que no entendí ni torta. No parecían muy contentos, de eso sí me di cuenta. Me dormí preocupado por ellos y sintiéndome mal por Aleksy. Y por mí mismo... Después de todo, había prometido solucionarlo.

Al día siguiente por la mañana hacía un sol esplendoroso mientras George y yo esperábamos a salir al patio. A la luz del día George se sentía más confiado y corrió derecho hacia Dustbin.

–¡MIAU! –exclamó, pillando por sorpresa a Dustbin, que soltó lo que llevaba en la boca. Era un ratón muy grueso o quizá fuera una rata. George dio un salto hacia atrás, el roedor saltó hacia él y, antes de que me diera tiempo a reaccionar, Dustbin ya lo había atrapado de nuevo y apartado de su camino.

–Recórcholis, qué cerca ha estado, ¿verdad? –dijo Dustbin cuando fui a consolar a George.

–¿Qué era? –preguntó George con los ojos muy abiertos.

–Era una rata pequeña. No tienen buen aspecto, ¿verdad?, pero mi trabajo es mantenerlas lejos del restaurante.

–Pero ¿qué hacen? –preguntó George.

–Buena pregunta. Parece que lo único que hacen es comer desperdicios y propagar enfermedades.

–¿Entonces son peores que los perros? –inquirió George.

–No exactamente, pero sí son igual de malas. –Dustbin estaba teniendo mucha paciencia con él; era agradable comprobarlo.

–Pero ¿sabéis una cosa? –dijo el pequeño–. Me han entrado ganas de saltar encima de ella, tenía esa sensación dentro de mí.

–Es tu instinto felino –explicó Dustbin–. Los gatos son cazadores natos, está en tu naturaleza y por eso sentiste esas ganas de hacerlo.

–Papá, ¿tú también cazas? –preguntó George.

Dustbin intercambió una mirada conmigo.

–Verás, George, no soy muy bueno cazando. Hubo un momento de mi vida en que tuve que hacerlo, ya te lo contaré todo más adelante, pero ahora, bueno, trato de no reincidir. –Vi que Dustbin esbozaba una sonrisita sarcástica, pero no me llevó la contraria.

–Pero ¿yo puedo hacerlo? –preguntó George.

–Mira, ven conmigo y te enseñaré cómo se hace –se ofreció Dustbin–. Pero quiero que entiendas que para mí es una especie de oficio. No es algo por lo que vosotros, los gatos domésticos, tengáis que preocuparos.

–¡Gracias! ¿Puedo, papá? –preguntó, mirándome esperanzado.

–Por supuesto, George. –Me senté en el peldaño de la puerta para ver cómo mi pequeño cazaba con Dustbin. Y he de admitir que se le daba mucho mejor que a mí. Mi pequeño tenía un talento innato.

–Y bien, Alfie –dijo Dustbin cuando estuvimos todos sentados al sol en la puerta trasera del restaurante–. ¿Cómo va tu corazón roto?

–Bueno, ahora que lo mencionas, aún escuece un poco. –Señalé a George–. Me mantiene ocupado y supongo que esa debió de ser la idea de Claire, pero hay momentos en que siento unos pinchazos de añoranza. Aún me pregunto qué estará haciendo Snowball... –Miré al cielo con nostalgia, aunque no estaba seguro de por qué.

–Que sepas que lo estuve pensando la última vez que viniste de visita –dijo Dustbin–. Es como si le dieras un trozo de tu corazón a todo aquel que amas, y unas veces están cerca y otras no. El caso es, Alfie, que tú tienes un corazón muy grande, con pedazos suficientes para todos. –Me sentí emocionado al oírle hablar de aquel modo, pues pensé en aquellos a quienes quería y que se habían llevado pedazos de mi corazón consigo: Margaret, Agnes y Snowball. Sabía que Dustbin tenía razón.

–Para ser un gato salvaje, eres muy sabio –dije, conmovido y lleno de cariño por él.

–Para eso están los amigos.

–Pues yo no lo entiendo –dijo George, mirándonos con desconcierto.

–Eres demasiado joven –dijimos los dos adultos al mismo tiempo.

Pasamos un rato estupendo con Dustbin y le puse al tanto de las fotos de gatos de las farolas. Lo hice mientras George estaba distraído, ya que no me gustaba hablar de estas cosas delante de él. No quería asustarlo.

–Interesante –dijo Dustbin al cabo de un rato–. Me pregunto qué estará pasando. No es posible que hayan decidido irse de casa todos a la vez.

–Eso pienso yo. Mis humanos me han tenido más preocupado de lo habitual con sus problemas, pero esto también está empezando a preocuparme. ¿Y si se cumplen los peores temores y se trata de un peligro real para todos los gatos del barrio? Ninguno de Edgar Road ha desaparecido todavía, pero los casos que conocemos se han producido demasiado cerca para estar tranquilos.

–¿Sabes, Alfie? Voy a hacer algunas pesquisas por ahí. –Dustbin tenía una sorprendente red de contactos gatunos que normalmente sabían o podían descubrir cualquier cosa; en el pasado me habían ayudado ocasionalmente.

–Te estaría muy agradecido si lo hicieras. –Aún no estaba seguro de cuál era el objeto de los carteles de los gatos, ni si debía preocuparme, pero que Dustbin investigara no iba a hacernos ningún daño.

Cuando volvimos a entrar en la casa, Tomasz el grande se llevó a los niños a comer para que Franceska pudiera preparar el equipaje. George y yo la seguimos a su habitación, donde había dos maletas sobre la cama, una grande y otra pequeña.

–Es mucho más fácil hacer el equipaje de los niños que el mío –suspiró, empezando a guardar ropa en la maleta más grande.

–Miau –dije, poniéndome a su lado. La seguí a su armario y luego, con un fardo de ropa, otra vez a la cama.

–¿Dónde está George? –preguntó. Miré alrededor; no se veía por ninguna parte. Oh, no, otra vez jugando al escondite no. Empecé a buscar por la habitación mientras Franceska seguía guardando ropa en la maleta. De repente, todas las prendas salieron volando por los aires.

–¡Aaaah! –gritó Franceska cuando George salió de un salto de la maleta–. ¡Qué susto me has dado! –Se echó a reír. George ronroneó de júbilo y me sentí aliviado de que estuviese bien, aunque el muy bandido lo había desordenado todo. Después de aquello, siguió metiéndose en la maleta como si fuera un juego nuevo. Al final, Franceska nos encerró a los dos en la salita, diciendo que si nos quedábamos en el dormitorio no terminaría de hacer el equipaje antes de que llegaran los niños. Di a George una buena reprimenda; aunque él se había limitado a jugar, yo había puesto mis esperanzas en pasar un rato con Franceska.

–Bueno, ya he terminado –dijo al poco rato, y entró en la salita, cerró la puerta tras ella y se recostó en el sofá–. Tener un gatito es como tener un hijo, no puedes correr ningún riesgo –añadió. Ronroneé para darle la razón mientras saltaba a su regazo–. Te echaré de menos, Alfie. Ya sé que solo serán unas semanas, pero será el periodo más largo que estaré sin verte desde que nos conocemos. –Me acarició el pelaje y me rascó la cabeza, cosas que me encantan. Me acurruqué más en su regazo, esperando que también echara de menos a su marido–. Naturalmente, echaré de menos a Tomasz –prosiguió, como si me hubiera leído el pensamiento–. Pero trabaja tanto que apenas lo veo. Le he dicho cientos de veces que tiene que pasar más tiempo con su familia. El tiempo pasa volando y los niños crecen muy aprisa... –Maullé para decirle que sí, que todos los niños crecían, incluso George parecía crecer a un ritmo alarmante. A menudo me preguntaba dónde estaría el diminuto gatito que había conocido–. Supongo que volveremos a vernos antes de que te des cuenta, pero por si no volvemos a estar solos este fin de semana, ten cuidado y sé bueno. –Me estampó un beso en la cabeza. Solía hablarme mucho cuando estábamos los dos solos. Me gustaba pensar que yo era uno de sus mejores amigos; yo casi tenía demasiados para contarlos.

–Mamá, mamá, mira lo que traemos, ¡un Happy Meal! –Tomasz el pequeño entró corriendo en la salita con una caja en la mano–. ¡Tiene un juguete dentro!

–¿Los has llevado al McDonald's? –preguntó Franceska con cara de sorpresa.

–Mamá, pedimos a papá que nos llevara, nunca habíamos ido y todos nuestros amigos sí –dijo Aleksy. Parecía angustiado: era un niño tan sensible que no le gustaban las discusiones.

–Está bien, pero os diré que vuestro padre es un blando. No es bueno para vosotros, pero no pasa nada. Tomasz, supongo que fue una concesión especial.

–Eso ha sido, *kochanie*, y los habría llevado a cualquier sitio que hubieran querido ir. Os voy a echar mucho de menos a todos, ya lo sabes. –Parecía un poco deprimido.

–Desde luego que lo sé, y nosotros también te echaremos de menos a ti. –Franceska parecía tratar ahora a su marido con más cariño que en las últimas semanas. Me pregunté si era sincera o si lo haría por los niños–. Pero luego comeremos comida sana, no más basura –sonrió.

–¿Pizza? –preguntó Tomasz el pequeño.

–He dicho sana –dijo Franceska, echándose a reír.

–¿Pizza vegetal? –sugirió Aleksy y rieron todos.

El resto del fin de semana pasó sin pensar. Aleksy y Tomasz el pequeño construyeron para George una pista de carreras de obstáculos que encantó a mi niño. Tenía túneles, saltos, balones y coches de juguete, y George disfrutó siendo el centro de atención, cosa que siempre era de todas formas, mientras los niños cronometraban su avance. No estuvo exento de incidentes; en un momento dado, se quedó atrapado en uno de los túneles, que estaba hecho de cartón y era un poco estrecho. Pero tras mucho tirar y empujar, al final salió de allí completamente ileso. Franceska estaba de mejor humor también, y Tomasz estuvo con nosotros, lo cual fue para mí una prueba de que no necesitaba estar en el restaurante todo el tiempo.

Cuando aquella noche nos despedimos, me sentí triste. Los echaría mucho de menos a todos, incluido Dustbin, que había vuelto a prestarme una gran ayuda.

Estaba bien saber que iba a llegar al fondo del misterio de los carteles de los gatos. A Aleksy, por supuesto, lo echaría muchísimo de menos, aunque también a Franceska y a Tomasz el pequeño. Cuando todos ellos se fueran a Polonia, se llevarían consigo un pedazo de mi corazón. Solo esperaba, con todas mis fuerzas, que volvieran con ese pedazo antes de que pasara demasiado tiempo.

Capítulo vigésimo primero

Polly estaba allí cuando Tomasz el grande nos llevó a casa. Matt y Jonathan habían ido al pub. Matt ya no buscaba trabajo y a Polly le preocupaba que siguiera deprimido. Claire pensó que una visita al pub les vendría bien a Jonathan y a él.

Instalamos a los niños ante el televisor. Claire dijo que no le gustaba utilizar el aparato como si fuera una niñera gratuita, pero desafiaba a cualquier madre normal a que dijera que no hacía lo mismo. Los niños se peleaban por tener a George y tuvieron que turnárselo. A George no le importaba que lo pasaran de mano en mano..., como siempre, le encantaba ser el centro de atención. Polly, Claire y yo nos instalamos en la cocina; todas las puertas estaban abiertas, así que podíamos oír a los niños, pero al menos también podíamos disfrutar de un rato entre adultos.

–¿Qué tal van las cosas con Matt y el trabajo? Tengo la impresión de no haberte visto en años –dijo Claire.

–Es por mi empleo. Sinceramente, me gusta, pero querría trabajar menos horas. Sin embargo, no puedo, necesitamos el dinero y, de momento, tengo dos grandes proyectos en marcha, y por supuesto todo tiene que estar terminado para ayer, así que trabajo casi todas las noches. Tengo la sensación de que casi no veo a los niños y, cuando los veo, estoy tan hecha polvo que me limito a sentarme ante la tele con ellos.

–¿Como ahora, como yo, quieres decir? No te castigues, Polly…, necesitas un descanso. No es que seamos malas madres, es que hay que aflojar la cuerda.

–Tienes razón. Estar allí, hacer aquello. Ya sé que a veces puedo ser dura conmigo misma, pero es difícil no sentirse culpable, ¿verdad? –Cuando Polly tuvo la depresión posparto tras tener a Henry, pensaba que no era una buena madre para él y sé que aún se castiga por ello, pero es una madre excelente: lo veo cada día.

–Pero ¿estás disfrutando de tu trabajo?

–Me encanta. Y me gusta que aprecien lo que hago. Ya sé que parecerá tonto, pero me siento orgullosa de mí misma. No creo que pueda estar sin trabajar otra vez. Pero no sé qué me deparará el futuro. Ojalá Matt encontrara un empleo, no porque yo quiera dejar el mío, que para ser sincera, no me apetece en absoluto, sino porque detesta estar tanto tiempo en casa. No soporto verlo tan desdichado.

–Pero tú no puedes impedirlo, ¿verdad? Es decir, que no puedes hacer nada, aparte de apoyarlo. Y pronto encontrará un trabajo, Pol. Lo está buscando, ¿no?

–Sí, y trato de ser optimista, pero su enfoque, por el momento, es diametralmente opuesto al mío. Ya sabes lo contento que solía estar, pero ahora siempre anda cabizbajo y triste. –Suspiró–. En fin, ¿qué tal el fin de semana?

–Bien y mal. Papá me lo expuso todo desde otra perspectiva. Si queremos un niño cuanto antes, tendremos que aceptar que no sea un bebe. El proceso es muy largo, aunque gracias a papá y a sus contactos, tendríamos parte del camino hecho. Pero en cuanto nos den el visto bueno, si es que nos lo dan, si queremos un recién nacido o un niño pequeño, entonces comenzará la espera. Yo creo que un chico con algunos años estaría bien, iría a la escuela y sería un hermano mayor para Summer, igual que Henry, quizá, pero Jonathan cree que a él le resultará aún más difícil querer a un niño mayor que a un recién nacido.

–¿Esa es la razón que da?

–Tiene su lógica. Bueno, para él la tiene, solo porque así es como se siente. Cree que si quiere tanto a Summer es porque la concebimos entre los dos. Le da miedo no sentir lo mismo por un niño adoptado y no quiere un niño que viva con nosotros sintiéndose un segundón.

–En cierto modo, es un punto de vista tierno –señaló Polly. Yo opinaba lo mismo. Jonathan tenía una faceta sensible, solo que estaba medio enterrada por sus trajes de diseño y su arrogancia.

–Desde luego. No le gustaría tratar al niño de forma diferente, pero lo más importante es que no le gustaría sentir algo diferente por él, aunque no se diera cuenta. Dijo que para él era importante amar a los niños por igual, y si no es así, no se sentirá a gusto consigo mismo.

–Entonces ¿qué vais a hacer? –preguntó Polly.

–Hemos acordado esperar a que nos den el visto bueno antes de tomar una decisión, pero para ser sincera, está bastante asustado y, por decirlo de algún modo, no estamos en nuestro mejor momento ahora mismo.

–Por Dios bendito, siempre discutiendo. –Polly recorrió la mesa con la mirada.

–Sí, todo el mundo. ¡Y a Tash, que es la única cuya relación está realmente rota, es a la que mejor le va!

–Me alegro por ella. Ha sido muy fuerte mientras ha durado su calvario. Es sorprendente.

–Sí, bueno, esa es la cuestión. Me gustaría presentarle a alguien, es un colega de Jonathan, así que he pensado en organizar una cena. Aquí, el próximo sábado por la noche. ¿Puedes conseguir una niñera? –preguntó Claire.

–Puedo, pero ¿estás segura de que es buena idea buscarle pareja? No ha pasado tanto tiempo desde que rompió con Dave.

–No, y puede que sea un desastre, pero está encerrada en ese piso desde que se mudó, solo nos ve a nosotros y necesita una inyección de seguridad. Puede que la cosa acabe en lágrimas, pero si lo vemos por el lado bueno, seguramente serán mías. –Claire se echó a reír y Polly le sonrió.

–Muy bien, creo que estás loca, pero vendré. Bueno, vendremos. ¿Qué opina Jonathan?

–¡Que soy una marimandona y por razones egoístas! Pero, por extraño que parezca, creo me quiere por eso.

–¿Y Tash? –Polly golpeó la mesa con un dedo–. Seguro que tendrá algo que decir.

–Bueno, no es que diera saltos de alegría cuando lo oyó, pero finalmente estuvo de acuerdo conmigo en que una noche fuera, con compañía y comida, le sentará bien.

–Así que la convenciste.

–Por supuesto. –Claire sonrió y dio a Polly un apretón en el brazo–. Saldremos de esta; nuestro pequeño grupo siempre sale a flote.

–¡Miau! –exclamé, saltando sobre la mesa. Gracias a la Gran Sardina, por fin algo de optimismo, aunque sabía que al final sería yo el que lo arreglaría todo.

–¡Mami, mami! Summer no quiere soltar a George y me toca a mí. –Martha apareció en la puerta con aire enfadado.

–Venga –dijo Claire–. Vamos a arreglar eso. –Las dos mujeres sonreían al dirigirse a la salita. La tele, al parecer, no lo solucionaba todo.

Jonathan llegó muy tarde del pub. Claire había esperado despierta y yo también. George dormía a mi lado, roncando ligeramente. Me encantaba oír los sonidos que hacía durmiendo: podía mirarlo durante horas. Bueno, al menos hasta que yo también me quedaba frito.

–Hola, Jon, ¿qué tal la noche? –preguntó Claire cuando él se acercó a darle un beso.

–Bien. Intenté venir a casa hace siglos, pero Matt no me dejaba –dijo Jonathan.

–No pasa nada. ¿Pero se encontraba bien?

–La verdad es que no, pero creo que se recuperará, solo necesita tiempo. Bien, mañana me espera una jornada muy ajetreada, así que será mejor que me vaya a dormir. –Sin esperar respuesta de Claire, se fue escaleras arriba. Claire parecía un poco triste mientras ponía la cocina en orden. Luego subió también a su dormitorio.

–George –dije, dando un suave codazo al pequeño. Había pensado en dejarlo dormir allí, pero yo quería mi cama. Abrió un ojo y me miró–. Hora de irse a dormir.

–¿Papá? –dijo, estirando las patitas.

–¿Sí?

–¿Por qué todo el mundo es tan desdichado?

–¿A qué te refieres? –pregunté, sintiendo un escalofrío; ¿había captado mi pequeño la tensión?

–He pasado un fin de semana estupendo, pero saltaba a la vista que Franceska y Tomasz estaban tristes, y Polly parecía desgraciada, y Claire hablaba de que todos se separaban. Tash también. Acabo de conocer a estas personas, pero ¿qué pasará si no se ponen mejor? –Parecía muy triste, y sin embargo mi corazón se deshacía por él, de lo orgulloso que me sentía. Estaba aprendiendo a ser un gatito muy sensible: de tal palo, tal astilla, como decía Jonathan.

–George, por favor, no te preocupes, vamos a solucionarlo todo entre los dos. Mi trabajo consiste a menudo en ayudar a mis familias, y tienes razón, ahora nos necesitan más que nunca, pero ya veremos cómo lo arreglamos. Confía en mí.

–Confío en ti, papá –dijo George, levantándose para irse a su cama.

Acurrucado cerca del pequeño George, me puse a pensar. Había prometido a Aleksy y a George que todo se arreglaría, pero no tenía ni idea de por dónde empezar. Siempre hay obstáculos que vencer, pero en esta ocasión parecían muy numerosos. Algo que mis familias tenían en común era que todos se querían, y sabía que nunca se separarían del todo, pero también me daba cuenta de que necesitaban ayuda. Urgentemente. Una vez más, mi lista de preocupaciones había crecido.

También tenía que ocuparme de mi propio corazón –aunque este asunto había quedado relegado al final de la lista– y de George –que necesitaba guía y muchos cuidados–, así como de todos mis humanos, o al menos de los adultos. Los niños, en principio, estaban bien. Aunque Aleksy se daba cuenta de que algo iba mal entre sus padres, ¿cuánto tiempo pasaría hasta que todos los niños se vieran afectados por la atmósfera enrarecida que se respiraba en sus respectivas casas? Los niños, como los gatitos, se dan cuenta de todo, incluso de las minucias. Así que tenía que proteger a los niños y arreglar los problemas de los adultos, y había prometido a Aleksy y a George que encontraríamos la forma de conseguirlo pronto.

Traté de dormir, pero el cerebro me daba vueltas.

Franceska se iba a ir muy lejos, así que, ¿cómo narices iba a conseguir que Tomasz el grande se diera cuenta de que trabajando tantas horas por su familia corría el peligro de perderla? ¿Cómo conseguir que Polly y Matt se dieran cuenta de que debían encontrar una solución con lo que tenían a mano? Habían intercambiado los papeles, pero no estaban totalmente satisfechos con aquello. Y Claire y Jonathan, bueno, en cierto modo eran los que más me preocupaban. Estaban muy distantes, a pesar de los esfuerzos del padre de Claire por meterles algo de sentido común en la sesera. Jonathan seguía pensando que no podría querer a un hijo que no hubiera concebido él, y yo pensaba que aquello era una tontería: fijaos en mis sentimientos por George, caramba. No era realmente hijo mío, pero no podía quererlo más de lo que lo quería. ¿Por qué Jonathan no podía verlo así? ¿Por qué Claire era incapaz de hacérselo comprender? De nuevo, todo recaía sobre mí. Tenía una pesada carga sobre mi pequeño lomo gatuno y un largo y duro camino por delante para asegurarme de que todos fueran felices. Y encima, estaba el misterio de los gatos perdidos. Si había algo siniestro en marcha, teníamos que llegar al fondo de todo. Y pronto.

Los bigotes me dolían de pensar en posibles soluciones, pero de alguna forma tenía que encontrar la mejor.

Capítulo vigésimo segundo

Franceska se había ido y Tomasz había pasado por casa para tomar una cerveza con Jonathan y de paso saludarnos. Parecía muy perdido sin su mujer. Matt seguía lejos de conseguir un empleo y se sentía inútil. Polly había adoptado una rutina; hacía malabarismos para combinar el trabajo con los niños, y en mi opinión lo estaba haciendo muy bien, pero seguía sin hablar claro con Matt sobre el asunto del trabajo porque temía su reacción. Claire y Jonathan habían celebrado muchas reuniones con un asistente social y les habían dicho que pronto sabrían si los consideraban aptos para adoptar o no. Esto pareció ensanchar el abismo que ya había entre ellos y estaban muy alejados el uno del otro. Yo estaba al tanto de todo, pero seguía sin saber qué hacer.

Tash iba a venir a cenar aquella noche con todos ellos y con un amigo y colega de Jonathan al que yo no conocía, y esperaba que la cena me inspirara. Como el pequeño George no dejaba de preguntar si las cosas iban a ir mejor, yo eludía responder del mejor modo que podía, diciéndole que pronto iría todo bien y que estaba trabajando en ello. Pero la verdad es que no tenía la menor idea de nada.

–Tiger, esto es diferente –dije.

–Siempre es diferente, Alfie. Recuerda lo que has hecho hasta ahora. Has estado en más líos de los que sé contar, desde quedarte atrapado en un árbol hasta encontrarte al borde de la muerte. ¿No crees que ahora que tienes que ocuparte de George sería mejor que te distanciaras y dejaras que los humanos resolvieran sus propios problemas? –Tiger hablaba con sensatez, pero eso no iba a detenerme. No era de esa clase de gatos.

–Si hago esto es por George. Bueno, por él y por los niños. Los adultos tienen que darse cuenta de que están en peligro de naufragar por completo. Pero parece que solo consigo unirlos cuando soy yo quien está en peligro, ya lo sabes.

–Sí, pero ¿qué vas a hacer esta vez? ¿Pegarte fuego a lo bonzo? Ya te has arriesgado demasiadas veces y creo que has llegado al límite. –Tiger se mostraba inflexible.

No le faltaba razón. Había pasado muchos apuros en mi vida y quizá no había muchas más cosas a mi alcance. ¿Cuántas más vidas podía permitirme perder si solo tenía siete? Tenía que idear una forma menos peligrosa de arreglar las cosas.

–Muy bien, tienes razón, así que dejaremos pasar algún tiempo para ver si se arreglan solos. Pero si no se arreglan..., tendremos que idear un plan.

–Trato hecho –dijo Tiger–. ¿Y qué pasa con los gatos perdidos? –Qué lista era. Me conocía demasiado bien.

–He pedido a Dustbin que haga averiguaciones. Tengo la esperanza de que sea algo raro, pero no grave. Lo único que podemos hacer es esperar a ver cómo se desarrollan los acontecimientos.

–Miau, miau, miau. –Levanté la cabeza y vi a George colgado de una rama por las patas delanteras.

–He querido cazar un pájaro –dijo–, pero ahora voy a caerme.

Por la Gran Sardina, mi pobre pequeño.

–Quédate donde estás, George, voy en seguida –grité, lleno de pánico. Tiger me fulminó con la mirada.

–No pasa nada –dijo con calma–. George, puedes dejarte caer tranquilamente. Hay hierba debajo y, si te sueltas, aterrizarás sobre las patas. –George nos miró inseguro y me di cuenta de que, en realidad, Tiger tenía razón: no estaba lejos del suelo. Tenía que aprender a no asustarme tanto.

–Tiger tiene razón, George, no te pasará nada y nosotros estamos aquí. –Finalmente, George se soltó y aterrizó sobre las cuatro patas.

–Anda, qué divertido, ¿puedo hacerlo otra vez? –preguntó riéndose.

–Otro día –dijimos Tiger y yo al unísono. Le sonreí y ella me devolvió la sonrisa; éramos buenos en eso de la paternidad, pensé, mientras sentía un brote de afecto por Tiger. Pero no podía pensar en aquello; tenía entre las zarpas asuntos de más enjundia y no podía permitir que se me ahumara el pescado en aquellos momentos.

Hablando de pescado, George y yo volvimos a casa poco después para comernos la cena de sardinas. Le dije que primero se lavara bien: iban a venir visitas y teníamos que estar presentables. Claire estaba muy guapa cuando se puso a cocinar la comida que había preparado a lo largo del día. Llevaba vestido y tacones altos, y el cabello recogido en un moño. Se había puesto algo de maquillaje, pero aun así parecía natural. Canturreaba mientras iba de aquí para allá. Oí a Jonathan en el piso de arriba. Estaba bañando a Summer y preparándola para ir a dormir, y parecía de mucho mejor humor mientras reía con su hija. Oímos chapoteos en el agua y chillidos de júbilo de la niña. Siempre me ponía nervioso cuando venían visitas. Dado que era un gato sociable, disfrutaba en compañía de la gente, y también daba por hecho que no discutirían aquella noche, porque no solían hacerlo en público. Así que esperaba una velada agradable y armoniosa con amigos y al menos yo pensaba que eso era lo que prescribía el veterinario.

Tash llegó la primera. Llevaba tejanos, una camiseta con algo parecido a las lentejuelas y zapatos de tacón alto. George saltó sobre ella, Tash entregó a Claire la botella de vino que llevaba y cogió en brazos al gatito.

–Tranquilo, George –dijo sonriendo. El pequeño alucinaba con su camiseta. Estaba hecha como de espejitos y supe que George trataba de verse reflejado en ellos. Tash lo acarició antes de dejarlo suavemente en el suelo y coger la copa de vino que le alargaba Claire.

–¿Estás bien?

–Estoy nerviosa. No solo por esta noche y porque quieres presentarme a un tipo que no conozco, sino porque Elijah está con *él*.

–Lo sé, cariño, pero también está con la madre de Dave. –Uno de los requisitos oficiales para poder visitar al niño por la noche era que tenía que ser en casa de la madre, porque Tash parecía creer que Dave podía poner a su hijo en peligro si ella no estaba presente. Yo no sabía mucho de esas cosas, pero la situación parecía ser favorable para la madre de Dave, que adoraba a su único nieto.

–Lo sé y menos mal que tienes a Pat. La pobre mujer se siente culpable por su hijo, aunque no dejo de decirle que es importante que sepa que ella podrá ver a Elijah siempre que quiera. En todo caso, tengo que dejar de ser tan tonta.

–Y en cuanto a esta noche, solo se trata de una cena entre amigos. Sí, resulta que va a venir un soltero al que no conoces, pero ¿qué es lo peor que puede pasar?

–¿Que me emborrache y haga el ridículo?

–Tash, tú no haces eso, es más probable que lo haga yo, y ahora siéntate y serénate.

Fui a sentarme en el regazo de Tash y cuando me acarició, noté que se calmaba. Le ronroneé «bienvenida» cuando me sonrió. Jonathan entró en la cocina. Estaba muy guapo con sus vaqueros y una camisa limpia y planchada.

–Hola, Tasha –dijo dándole un beso en la mejilla. Luego besó a Claire, sacó una cerveza del frigorífico y se quedó indeciso–. ¿Puedo hacer algo, querida? –preguntó.

–No, todo está controlado. –Y lo estaba, porque Claire se organizaba muy bien en estos acontecimientos. La mesa estaba puesta con velas y cubertería, pero no abarrotada; las copas de vino resplandecían y la comida olía deliciosamente, aunque estaba seguro de que no era pescado.

–Pues háblame de ese chico –dijo Tash–. ¡Sé que en teoría no me estáis emparejando, pero me siento como si lo hicierais!

–¡Tash, di que sí, que te están buscando pareja, mi guapa esposa sabe lo que hace! –Jonathan se echó a reír. Vi que Claire sonreía, algo raro últimamente, pero aquella noche era un excelente ejemplo de lo muy unidos que podían estar–. Bueno, Max tiene cuarenta y cuatro años, está divorciado, tiene un hijo que va a la universidad, porque lo tuvo muy joven, y ha estado casado veinte años. No hubo ningún drama, parece que su mujer y él se distanciaron y eso es todo.

–¿Y trabaja contigo?

–Sí, tiene las mismas cuentas de clientes que yo. Buen trabajo, buen tío y bastante gracioso. Le gusta jugar al golf, pero trato de no echárselo en cara. –Yo no sabía qué era el golf, pero Jonathan era un hombre exclusivamente de fútbol, y tanto si lo veía en casa como en el pub, siempre estaba con una cerveza en la mano. Quizá el golf fuera algo parecido.

–Parece estupendo, pero no estoy segura de que quiera salir con alguien, quizá sea demasiado pronto –dijo Tash.

–Qué tontería –dijo Claire–. No te estoy diciendo que te cases con él, pero no te hará daño conocer a otras personas o tener una cita. Después de todo, una mujer tiene que comer.

–Bueno, chicas, ¿no se os olvida algo? Puede que a Tash no le guste él –se burló Jonathan.

–Oh, claro que le gustará, es muy guapo –dijo Claire. Jonathan, bromeando, la miró con cara de ofendido.

George sonreía cuando me reuní con él en un blando sillón que había en un rincón del comedor. Sabía lo que estaba pensando: que era una delicia ver a todo el mundo riendo y relajado por una vez. Nos interrumpió el timbre de la puerta y, cuando George y yo nos disponíamos a observar el desarrollo de los acontecimientos, empecé a sentirme optimista. Quizá Tiger tuviera razón y todo se arreglara solo.

Bueno, Claire no había exagerado. Max era muy guapo; era alto, con el cabello grisáceo, y tenía una sonrisa encantadora. Me gustó en seguida, sobre todo cuando nos acarició a George y a mí. Vi que a Tash también le había gustado; no dejaba de ruborizarse ni de toquetearse el pelo. Polly y Matt estaban de buen humor e incluso se trataban con afecto. Normalmente eran los más cariñosos en público, siempre se cogían de la mano o se abrazaban o se daban esos besos que se ven en las películas, pero últimamente lo habían hecho muy poco. Así que verlos de nuevo prodigándose atenciones me enternecía el corazón. Aunque no se daban besos de película, Polly no dejaba de coger el brazo de Matt, y él tenía la mano en su pierna cuando no estaba sujetando un tenedor. Había más risas y alegría que en los últimos meses y creo que más que en todo el tiempo que George llevaba con nosotros.

Era inevitable maravillarse, porque aunque hacía tan poco tiempo que estaba con nosotros, no podía recordar la vida sin él. No había olvidado a Snowball, pero era como si George perteneciera a mi vida más que nadie, y más que nada, en toda mi historia. Era como si el tiempo sin él hubiera pertenecido a un gato diferente. ¿Verdad que suena a locura?

–Bien, Claire, tenemos que ir a esa cena con mis jefes la semana que viene, ¿puedes ocuparte de los niños? –preguntó Polly.

–Por supuesto. ¿Qué noche? Me encantaría, si Jon puede quedarse en casa.

–El jueves.

–Sin problema –dijo Jonathan.

–Será un poco raro. Cuando yo trabajaba, Polly tenía que soportar cenas a menudo, pero ahora yo soy el cónyuge que tiene que agradar a sus jefes. No estoy muy seguro de hacerlo tan bien como lo hacía ella –dijo Matt, pero no había resentimiento en su voz.

–Les gustarás, pero estoy de acuerdo en que será raro. Por Dios, a la de cenas de empresa que he tenido que ir contigo durante todos estos años.

–Lo sé, y siempre resplandecías. No importa, lo haré lo mejor que pueda –dijo Matt, dándole un beso en la mejilla.

–Bueno, ya encandilas a todas las mamis de la escuela con las que antes me codeaba yo –comentó Polly para pincharle.

–¿Encandilarlas? –respondió Matt–. Tengo que dejar que me desuellen para que me permitan respirar de vez en cuando. No solo dan miedo, sino que no paran de invitarme a tomar descafeinados y a sesiones de pilates. –Se echó a reír y todos lo corearon.

–¿A qué te dedicas, Matt? –preguntó Max. Contuve la respiración.

–En este momento, a nada. Bueno a nada no, soy amo de casa. Antes trabajaba en una agencia de diseño digital, pero quebró. Y a pesar de las numerosas solicitudes que he presentado, aún no he encontrado nada.

–Pues tendrás que apuntarte a eso de pilates, amigo –bromeó Jonathan.

George se había quedado dormido a mi lado, pero yo estaba concentrado en la conversación. Al parecer, el hermano de Max era copropietario de una compañía afín a aquella en la que trabajaba Matt y este había oído hablar de ella. Y aunque Max no sabía si había algún puesto libre, dijo que preguntaría con mucho gusto. Matt parecía muy complacido y pensé en lo pequeño que era el mundo. Mientras Tash flirteaba, Claire y Jonathan parecían contentos y Matt y Polly afectuosos, me pregunté si lo habrían arreglado todo sin mi ayuda. Por una vez. Con ese precioso pensamiento rondándome la cabeza, me quedé dormido.

Desperté cuando Tash y Polly vinieron a despedirse de nosotros. George no se movió, pero yo decidí seguirlas fuera, para asegurarme de que todo iba bien. Creo que nadie se dio cuenta de que salí por la puerta de la calle, de tan entusiasmados y nerviosos como estaban. Mientras me encontraba allí, vi que Matt y Polly se alejaban cogidos de la mano, y una ola de calidez me recorrió de arriba abajo. Luego Max se ofreció a acompañar a Tash a casa, y despidió al taxi que lo estaba esperando. Max habló con el taxista y echó a andar con Tash hacia la casa de esta, en dirección opuesta a la que habían tomado Matt y Polly. Yo fui tras ellos.

–Sé que ha sido un poco abrupto, pero esta noche me lo he pasado bien. Así que si quieres ir a cenar algún día... –oí decir a Max. Llegué a la conclusión de que me gustaba; no solo era guapo, también era muy amable.

–Me encantaría –dijo Tash. Apenas podía borrar la sonrisa de su rostro y estaba guapísima a la luz de la luna. Max se detuvo y sacó el teléfono para que Tash le diera su número. Satisfecho, volví a casa.

Me lancé en tromba hacia la gatera.

–¡Ay! –exclamé, rebotando hacia atrás. Otra vez había olvidado que cerraban la trampilla por la noche. ¿Cuándo aprendería? Me entró un poco de miedo. ¿Y si me había quedado fuera para toda la noche? ¿Y si George despertaba y yo no estaba allí? Salté al alféizar de la ventana de la cocina y respiré de alivió al ver a Jonathan allí. Tenía una copa en la mano y miraba el fregadero.

–¡Miau! –grité todo lo fuerte que pude, golpeando el cristal con la ya magullada cabeza.

–Por todos los... –Jonathan dio un respingo y soltó la copa. Corrí a la puerta trasera–. ¡Me has dado un susto de muerte, Alfie! –exclamó Jonathan. Pasé por su lado, mirándolo con mucha seriedad. Que te quiten la libertad y verás cómo te sientes, quise decir; pero naturalmente no dije ni pío, porque soy un gato.

Capítulo vigésimo tercero

Vic y Heather habían convocado una reunión de los comités de vigilancia del barrio. Miré por la ventana de la salita y vi cómo se congregaba gente en la casa. Polly y Claire acudieron; Polly dijo que Matt estaba tan deprimido que no creía que pudiera aguantarlo, así que Claire se ofreció a ir con ella por solidaridad. Tash no pudo ir porque tenía que cuidar de Elijah y a todos les hizo gracia que se sintiera un poco decepcionada. Pero, según le dijeron, en el futuro habría muchas más reuniones a las que podría asistir. A pesar del clima jocoso, yo sabía que el tema de la reunión podía serme de utilidad, así que también me sentí algo decepcionado porque no pude estar presente.

Me entristecí un poco cuando vi entrar en la casa de los Goodwin a Polly, que todavía llevaba puesto su traje del trabajo, y a Claire, que iba con vaqueros y un jersey. Lo único que podía hacer era sentarme con Jonathan y esperar a que Claire regresara. Summer estaba en la cama, George dormía en el sillón y Jonathan y yo nos sentamos juntos en el sofá a ver las noticias. En ellas no se mencionó a ningún gato, por lo que vi, así que no creía que el tema de los carteles en las farolas hubiera alcanzado todavía tintes trágicos, aunque seguía pareciéndome preocupante. A pesar de que había aumentado el número de carteles, ninguno de nuestros conocidos se había esfumado, así que la cosa no tenía mucho sentido. Aún no sabía nada de Dustbin y me pregunté si Edgar Road, por alguna razón incomprensible, estaría resguardada de lo que estaba pasando, fuera lo que fuese. Porque esa era la cuestión, qué estaba pasando. En cualquier caso, estaba seguro de que lo comentarían en la reunión, así que ya me enteraría después.

Jonathan se quedó dormido en el sofá, como de costumbre, y roncaba y babeaba un poco, aunque cuando despertaba, negaba haberse quedado dormido. Tras echar un vistazo a George, que también estaba profundamente dormido, fui a estirar las patas al jardín. Cuando salí por la gatera, me sorprendió ver a Tiger en los peldaños de atrás. Su piel brillaba a la luz de la luna y parecía muy seria.

–¿Qué haces aquí? –pregunté.

–Menos mal que has salido, pensé que tendría que arriesgarme a entrar.

–Tiger, te lo he dicho otras veces. ¡Estoy seguro de que a Claire y a Jonathan no les importaría! –Quizá Jonathan renegara un poco, pero la sangre no llegaría al río. Además, en aquel momento dormía como un lirón.

–Llevo siglos esperando y cogiendo frío, pero tenía que venir a verte. –Los ojos de Tiger brillaban de miedo.

–¿Qué pasa, Tiger?

–Los carteles de las farolas. Decididamente, se trata de algo muy grave.

–Ah, temía que lo fuera. Por eso los Goodwin han organizado la reunión.

–Sí, así es. ¡Mis dueños estaban nerviosos, diciéndome que tuviera cuidado y que quizá tendrían que impedirme salir a la calle! Y eso no es lo peor. Esta noche han puesto un cartel nuevo y es…

–Vamos, Tiger, escúpelo. –Tiger solía ruborizarse cuando estaba inquieta. Procuré ser paciente, aunque no era uno de mis puntos fuertes.

–¡Pinkie! En el cartel estaba Pinkie.

–¿Estamos seguros de que no está metida en un frigorífico? –pregunté, aunque tenía un mal presentimiento.

–Ha desaparecido, Alfie. Su cartel está en una farola. Por fin, después de mucho hablar sobre si era un problema serio o no, alguien que conocemos ha desaparecido, un gato de Edgar Road. Ya es hora de abordar este problema de frente. Creo que está pasando algo malo y tú sabes que no me gusta dramatizar. Pero no puedo sentarme a ver cómo desaparecen nuestros amigos. –Nunca había visto a Tiger tan afectada.

–Cálmate, Tiger. Bien, vamos a reflexionar. Pinkie no se iría de su casa así como así…, le gustaba su dueña.

–Exacto. Era muy feliz allí.

–De acuerdo, tienes razón, algo está pasando. Tengo que pensar en ello y he de hablar con Dustbin. Le expuse el problema, pero con Franceska y los niños en Polonia, no he vuelto a verlo. Tengo que encontrarlo, pero ¿qué hago con George? Está demasiado lejos para ir los dos andando.

–¿Qué te parece si yo cuido de George y vas tú? Iría contigo, pero uno de los dos tiene que ocuparse del gatito.

–Muy bien. Y no te preocupes, Tiger. Alfie se encarga del asunto.

–Ay, Alfie, es que no quiero que a ninguno de nosotros le pase nada.

–Eh, tranquila –dije con toda la seguridad que pude reunir–, no lo permitiré.

Entré en casa con las patas temblorosas. Este último suceso me había dejado más preocupado de lo que estaba dispuesto a admitir. El drama nos había salpicado por fin y ya no podíamos hacer oídos sordos al problema. Jonathan estaba demasiado cansado para esperar despierto, así que llevé a George a la cama y, aunque traté de pasar en vela el tiempo que faltaba, el sueño me venció. Antes de que Claire regresara ya estaba profundamente dormido.

Fue una suerte que Claire decidiera hablar de la reunión con Jonathan durante el desayuno.

–Ya sé que esa gente está loca de remate, pero parece que están desapareciendo muchos gatos. Los Goodwin han preparado una hoja de cálculo y todo. ¿Y sabes una cosa, Jon? Son demasiados, incluso para Londres.

–¿Estás de broma? –dijo Jonathan, mordisqueando una tostada–. ¿Y qué va a arreglar una hoja de cálculo? –Seguro que Jonathan solo se había fijado en eso.

–Bueno, han localizado las calles en las que desaparecieron los gatos y parece que forman un triángulo a nuestro alrededor. También han reunido a los dueños y todo el mundo está buscando. Jon, tienes que admitir que son demasiados para haberse escapado de casa o algo así. –Claire parecía preocupada y yo pensé en la pobre Pinkie–. Y por una vez, los Goodwin hacen algo útil y no se limitan a entrometerse.

–Sí, parece que han descubierto algo importante. ¿Y qué harán a continuación?

–Nos han pedido a todos que inspeccionemos la zona, que busquemos algo sospechoso y tratemos de mantener a salvo a nuestros gatos.

Jonathan la miró.

–No creerás que van a llevarse a Alfie o a George, ¿verdad? –Finalmente parecía tomárselo en serio–. ¿Lo han denunciado a la policía?

–Sí, pero no creo que unos mininos desaparecidos sean una prioridad, pero si podemos llegar pronto al fondo de todo esto, no tendrán la oportunidad de llevarse a nuestros gatos. Todos nos preguntamos si no deberíamos impedir que salieran de casa.

–Pero Claire, Alfie no soportaría una cosa así. Bueno, tal vez lo hagamos como último recurso.

–Pues o esto se soluciona o no habrá más remedio.

–Está bien, llamaré a Matt y después del trabajo iremos a echar un vistazo por los alrededores.

No parecía un plan maestro, pero al menos era algo. No quería estar encerrado en casa… ¿Cómo iba a ayudar a los gatos y a mis familias entonces?

–George, estate quieto y ven aquí –gritó Claire. Había estado limpiando cuando Jonathan se había ido al trabajo y George había aprovechado la oportunidad para jugar. El pequeño, que ya conocía el armario donde se guardaban las bolsas de plástico del supermercado, había llegado a la conclusión de que eran sus objetos favoritos. En aquel momento estaba dentro de una y patinaba por todo el suelo de la cocina. Summer lo perseguía riendo, pero Claire estaba enfadada.

–Es peligroso –insistió. Yo sabía que no lo era, había agujeros en la bolsa y podía respirar, ¡confundirme a mí con un padre negligente! Claire acabó por atraparlo y lo sacó de la bolsa–. Cuando Jonathan llegue a casa, le diré que ponga un cierre de seguridad en ese armario, George. Así que se te acabaron las bolsas. –George parecía desilusionado. Me hice el firme propósito de contarle después lo divertidas que podían ser las cajas. A Claire se la veía nerviosa cuando dejó a George en el suelo y fue a vestir a Summer. Iba a salir a pasar el día con Tash y los niños, ya que las dos tenían el día libre. Tash había salido la noche anterior con el atractivo Max y Claire quería saberlo todo. Yo también, pero por desgracia no podía ir con ellas, porque tenía que ir a ver a Dustbin, mientras Tiger se ocupaba del pequeño en mi ausencia.

–Ojalá pudiéramos ir con ellas –dijo George.

–Bueno, no nos dejarán. Significaría tener que ir en el cochecito de Summer o algo peor –musité mientras me dirigía a la salita, desde cuya ventana podía ver desfilar el mundo.

–Adiós, Alfie; adiós, George –gritó Claire al poco rato. Me recosté en el sofá pensando en echar una siesta, y de repente me levanté sobresaltado. Algo iba mal. No estaba seguro de qué era, ni si lo estaba imaginando, pero algo no iba bien. Fui a buscar a George. Registré toda la casa, pero no lo encontré. Lancé un suspiro. Siempre le daba por jugar al escondite conmigo y nunca me avisaba, y aquello era muy irritante. Así que lo busqué en todos los sitios donde se escondía normalmente, pero no vi el menor rastro del travieso pequeñuelo. Cuando estuve seguro de que no estaba en la casa, salí al jardín. Debía de haber salido mientras yo estaba en la salita. Pero ¿qué clase de padre era yo, por la Gran Sardina? Busqué entre los arbustos, pero tampoco estaba allí, así que traté de no dejarme vencer por el pánico y fui a buscar a Tiger. Por suerte, la encontré en el jardín delantero de su casa.

–¿Qué quieres decir con que se ha ido? –preguntó Tiger.

–Claire salió y no puedo encontrarlo por ninguna parte. –Oh, aquello era un horror. Sentí auténtico miedo al pensar en los carteles de las farolas. ¡Mi George!

–¿Estás seguro de haber mirado por todas partes? –preguntó Tiger. También parecía asustada.

–Naturalmente que sí, lo comprobé y lo volví a comprobar. ¿Tú no lo has visto? –Estaba frenético.

–No, Alfie, si hubiera salido, no habría venido aquí. Vamos al parque, le encanta el parque. –Tiger mantenía la calma, algo que a mí me resultaba difícil. Sentía algo que no había sentido nunca: miedo total. Siempre me asustaba un poco cuando estaba escondido, pero en la casa tenía más confianza. Sin embargo, fuera... podía pasarle cualquier cosa.

–¡Le he dicho mil veces que no salga nunca sin mí! –Sabía que no tenía que haberlo perdido de vista, pero no esperaba que fuera tan irresponsable. ¿No le había advertido de los peligros de salir solo? Por supuesto que sí..., una y otra vez.

Fuimos al parque en silencio y a buen paso. Nunca me había sentido así. Era tan joven... y aún no sabía cómo cruzar las calles solo. Había peligros por todas partes, y aunque yo le había enseñado mucho, no era suficiente.

No estaba allí.

Volví a casa desesperado. Quería llorar, las patas traseras me dolían de tanto correr y seguía sin encontrar a mi niño. Los gemidos se me escapaban involuntariamente.

–Mira, Alfie, tú espera aquí y yo iré a ver si lo han visto los demás. –Tiger estaba inquieta, pero hacía todo lo posible por disimularlo.

–Tiger, no sé qué haría sin ti.

–Volveré en seguida –dijo, y echó a correr. Yo me quedé en el jardín delantero y recé al dios de los gatos para que me devolviera a mi niño sano y salvo. Habíamos inspeccionado el parque, cada árbol, cada arbusto y cada arriate, cualquier posible escondite, pero ni rastro. ¿Dónde diantres podía estar? Prometí que si volvía sano y salvo a casa, nunca más volvería a quitarle los ojos de encima, ni por un minuto. ¿Cómo pude ser tan irresponsable?

Pasaron siglos hasta que Tiger regresó. Parecía desanimada.

–Ni rastro. Por la Gran Sardina, ahora sí que estoy preocupada de verdad. Aunque si hubiera salido a la calle, alguien lo habría visto. No tiene sentido –explicó, y tuve que darle la razón–. Ni siquiera Salmon, y lleva siglos vigilando. Dijo que vio a Claire salir con el cochecito infantil, pero nada más. Los otros gatos lo están buscando en estos momentos.

–¿Qué ha podido pasar? Es como si se hubiera desvanecido en el aire. ¿Y si los carteles de los gatos son secuestros y alguien se lo ha llevado? –Estaba tan histérico que creía que el corazón iba a parárseme para siempre–. No soporto la idea de que alguien haya podido llevarse a mi niño.

–Ay, Alfie, no sé qué decir... –de repente enmudeció–. Mira. –Me volví y vi llegar a Claire y Tash. Claire empujaba el cochecito de Summer y Elijah caminaba a su lado, cogido de la mano de su madre. Cuando vi a George, sentado descaradamente en el regazo de Summer, sentí que me deshacía por dentro. Traté de normalizar el ritmo de mi respiración mientras se acercaban, pero el corazón estaba a punto de salírseme del pecho.

–Hola, Alfie, ¿estabas buscando a George? –dijo Claire–. El muy granuja se escondió en el cochecito, en mi bolso de mano. –Levantó a George–. Íbamos a ir al local de juegos infantiles, pero con él fue imposible. Ahora quédate aquí, George. Tenemos que volver para que no se nos amotinen los niños. –Movió la cabeza, me acarició y se fue.

Cuando se fueron, Tiger y yo nos miramos. Entonces me encaré con George.

–No vuelvas a hacerme una cosa así –dije enfadado. No me había sentido tan enfadado y al mismo tiempo tan aliviado en toda mi vida.

–¿Por qué?

–Estábamos muertos de preocupación –intervino Tiger–. George, no puedes irte con los humanos, y si te vas, tienes que avisar a Alfie.

–¿Por qué?

–Porque nos preocupamos por ti y te queremos –repuse–, pero ahora mismo estoy muy enfadado. ¿En qué estabas pensando? –No quería asustarlo contándole lo de los gatos desaparecidos, era demasiado pequeño para eso, pero tenía que ser consciente de los peligros. La paternidad no era tan fácil como parecía.

–Dijiste que te habría gustado ir con ellas y enterarte de todo lo de Tash y aquel hombre. Y a propósito, pasó una velada encantadora, la llevó a un sitio llamado restaurante francés, bebieron algo llamado champán y pasaron una velada chachi, y van a verse otra vez, aunque ambos convinieron en que había que tomarlo con calma. Tash no sabe si está preparada, aunque confiesa que se lo pasó muy bien.

Por mucho que me gustara lo que George acababa de contar, seguía enfadado y asustado. Aunque estaba encantado por Tash y era estupendo que George hubiera recordado la conversación con tanto detalle, no pensaba decírselo.

–Sé que dije que quería ir, pero también dije que no podíamos ir. No podemos ir a todos los sitios que nos gustan, por mucho que lo deseemos. –Una vez me metí en una bolsa y fui a la orilla del mar con mis familias, pero no iba a contárselo a George–. Es peligroso, es imprudente y tu madre y yo estábamos muertos de preocupación. Ahora entrarás en casa y te quedarás dentro, y pensarás en tu conducta –dije irritado.

–Pero si estoy arrepentido –dijo George, tratando de engatusarme.

–No, George, mereces un castigo. Vamos, entra. Y nunca, nunca más vuelvas a salir sin decírmelo antes.

Lo llevé a la parte trasera y Tiger nos siguió. Le dije a George que entrara por la gatera, pero Tiger se quedó conmigo.

–No sabes el alivio que siento –dijo–. Me he sentido fatal todo el tiempo que hemos creído que se había perdido.

–Lo sé, para mí ha sido tan horroroso que no tengo palabras para explicarlo.

–Creo que lo entiendo. Yo también le quiero, ya lo sabes.

–Sé que somos sus padres y es como en mis familias. He visto cómo se preocupan los padres y ahora lo entiendo. Aunque me preocupo mucho por mis humanos, no se parece en nada a lo que siento por George.

–Porque es tu niño –dijo Tiger–. En fin, será mejor que vaya a decirles a los demás que ha aparecido y está a salvo. Seguro que aún lo siguen buscando.

–Estupendo. Y otra cosa, Tiger: no es mi niño, es *nuestro* niño.

Tiger me dio un abrazo y se fue. Entré a ver al niño en cuestión, acribillado por mil emociones encontradas.

George se comportó de forma impecable el resto del día. No se acercó a nada que no debiera y me preguntaba antes de hacer cualquier cosa. Ojalá siempre fuera tan bueno, aunque me temo que eché un poco de menos sus travesuras. Cuando llegó Summer a casa, cogió a George y lo llevó al piso de arriba para jugar a vestirlo.

Le probó sombreros, pañuelos y vestidos de muñeca, lo cual creo que constituyó un castigo más que suficiente. Sin embargo, la idea de que hubiera podido perderse me obsesionaba. Tenía que desentrañar cuanto antes el misterio de los gatos desaparecidos.

Capítulo vigésimo cuarto

No podía esperar más. Aquella mañana, tras dejar a George al cuidado de Tiger, fui a ver a Dustbin. Tiger era una buena madre y me sentía afortunado por tenerla. Cuando volví la vista atrás, vi que los dos me miraban y sentí que se me encogía el estómago. Tenía que hacer aquello por todos mis amigos, pero sobre todo por Tiger y por George. Fui a toda la velocidad que me permitían las patas, pues conocía el camino y los peligros que acechaban, que normalmente solo eran los coches y quizá algún perro. Entré en el patio de Dustbin por la parte de atrás, sin ninguna dificultad, satisfecho conmigo mismo por haber tardado tan poco tiempo.

–Hola, Alfie –dijo Dustbin–. Qué sorpresa tan agradable.

–Bueno, Dustbin, puede que no sientas lo mismo cuando te diga por qué estoy aquí. –Lo puse al corriente de las últimas noticias–. Así que parece que el tema de los gatos de los carteles es mucho más grave de lo que pensamos al principio. No quiera la Gran Sardina que haya más gatos en peligro.

–Sí, Alfie, parece que tenemos que solucionar esto antes de que se nos vaya de las zarpas. Esta tarde iré a hablar con mis colegas otra vez y les diré que es urgente.

Estoy seguro de que entre todos los gatos conseguiremos más información. Mientras tanto, vigila bien y comunícame cualquier noticia que haya en cuanto puedas.

–Creo que organizaré una red; de ese modo, cuando no pueda venir yo, enviaré a Tiger o a algún otro. No puedo dejar solo a George, de veras, me dan escalofríos cuando pienso que puede pasarle algo.

–Sí, bueno, puede que tarde algún tiempo, pero estoy en ello y te iré a buscar si me entero de algo.

–Pero ¿sabes dónde vivo?

–Sí, una vez seguí a Tomasz para enterarme. –Levanté los bigotes–. Sí, bueno, quizá fui un poco entrometido. Quería saber dónde vivías. Y hablando de otra cosa, echo de menos a los niños.

–Yo también. Ojalá volvieran a casa. Y ojalá todos los gatos perdidos vuelvan a sus casas también. Oh, Dustbin, ojalá las farolas vuelvan a ser solo farolas. –Mis ojos estaban llenos de preocupación, pero Dustbin me daba tranquilidad, más que ningún otro.

La vida tiene una curiosa tendencia a dar giros imprevistos; el tiempo pasa, las cosas cambian. Todo el mundo está triste y de pronto llega la felicidad, y luego, bueno, ¿por dónde empiezo?

Tash estaba en nuestra casa cuando volví de ver a Dustbin. Cotilleaba sobre Max, con el que había vuelto a salir. No podía creer lo feliz que parecía. Pensaba que a lo mejor había dejado de querer a Dave antes de que Dave la dejara, pero no se había dado cuenta, y aunque era cautelosa, empezaba a comprender que merecía la felicidad. Y como le dijo Claire, cuando menos se espera salta la liebre, así que hay que aprovechar la ocasión en cuanto se presenta. Además, como Max también era padre, entendía su necesidad de anteponer a Elijah a todo lo demás. Me sentí muy esperanzado, aunque me preocupaba que volvieran a hacerle daño. No era de extrañar, porque yo era un gato que se preocupaba por todo.

–Bueno –dijo Tash–, el caso es que es un hombre magnífico, no me presiona en absoluto. Pero ¿sabes?, pase lo que pase, me ha hecho comprender que intenté con todas mis fuerzas que la relación con Dave funcionara, mientras que él no hizo nada. Si te soy sincera, creo que tener a Elijah fue el último intento que hice por salvar nuestra relación. Creo que en aquel momento no me di cuenta, pero tiene sentido.

–No tenía ni idea –dijo Claire.

–Era muy vago. En fin, estuve con él mucho tiempo y estaba realmente convencida de que lo amaba. Bueno, lo amaba, pero la verdad es que no se lo merecía –dijo Tash mientras miraba a Elijah, que se estaba comiendo un bocadillo en la mesa de la cocina. Summer estaba sentada enfrente de él, troceando su bocadillo y tirando migas al suelo, donde estaba George, esperando que fuera de su agrado. Por suerte para él, era queso gratinado y a George le encantaba el queso.

–Summer, cómetelo, no lo tires –dijo Claire con voz exasperada–. Bueno, a veces pierdes algo y entonces te das cuenta de que tampoco importaba tanto.

–¿Fue así como te sentiste con tu primer marido? –preguntó Tash. Yo no había conocido al primer marido de Claire. Se había mudado aquí después de divorciarse y en aquella época parecía triste.

–Era un maniático del control y luego, recuerda, me fui con Joe, que era igual o peor. Creo que estuviste tanto tiempo con Dave que te acostumbraste a él, ya sabes, formaba parte de tu vida. Puede que no te dieras cuenta de que en realidad no eras feliz.

–Creo que tienes razón. ¿Y tú? ¿Te dabas cuenta?

–¿Te digo la verdad? No. O sea, tampoco llegué a conocerlo muy bien, y Jonathan tampoco tuvo mucha relación con él, claro que Jon es ambicioso y no entiende a los hombres sin ambiciones.

–Y Dave no las tiene. Yo pensaba que era tranquilo y flemático, no me daba cuenta de lo vago que era. Yo trabajaba dos veces más que él, encontré la casa, lo hacía casi todo. En fin, ya he hablado bastante de mí. ¿Qué tal tú? Elijah, ¿quieres fruta? –Me maravillaba que los progenitores pudieran charlar de sus cosas sin olvidarse de atender a sus hijos. Tenía que aprender esa habilidad para practicarla con George. Elijah asintió con la cabeza y Claire le dio un plátano a Tash.

–Mira –dijo Claire. Cogió un sobre que había detrás de la tostadora y se lo dio a Tash.

–¿Qué es? –Tash cogió la carta y la leyó.

–Pero Claire, es estupendo, ¡os han aceptado! –Tash se puso en pie de un salto y abrazó a Claire.

–Sí, nos han dado luz verde para adoptar y el asistente social dijo que si queríamos un niño ya crecido, sería muy rápido. Pero, bueno, todavía no se lo he dicho a Jonathan.

–¿Cuándo ha llegado la carta? –preguntó Tash.

–La semana pasada. Ya sé que es una tontería, pero quiero esto más que ninguna otra cosa, no sé cómo me sentiría si Jonathan dijera que no.

–¿Y estás segura de querer ocuparte de un niño crecido? –Tash no parecía tenerlas todas consigo y yo tampoco estaba seguro de que fuera una decisión sensata.

–Sí. Tash, hago esto por las mejores razones y lo he meditado durante mucho tiempo. Quiero que Summer tenga un hermano y que nuestra familia crezca. Un niño pequeño no es práctico. Ya somos algo mayores y la lista de espera es muy larga. Summer ya estaría en la universidad cuando nos lo concedieran. –Claire estaba pensativa. A mí me parecía un poco optimista: ¿Summer en la universidad? Era tan mandona que probablemente ni siquiera la dejarían terminar los estudios secundarios–. En fin, tenemos una casa preciosa y mucho amor aquí, así que cualquier niño sería bienvenido. Y detesto pensar que hay niños por ahí sin una familia que los quiera. Realmente creo que esos niños nos necesitan, y nosotros a ellos.

–Eso que dices es muy bonito, Claire.

–Pero el caso es que Jon está asustado y no soy capaz de convencerlo, así que no sé qué hacer.

Salté sobre la mesa de la cocina. Quería decirle a Claire que si fuera más comprensiva con Jonathan, y le dijera que entendía sus sentimientos, y luego le explicara por qué iban a ser unos padres estupendos para cualquier niño, Jonathan acabaría cediendo. Pero ¿cómo podía explicárselo? Parecía que ella iba por un camino y Jonathan por otro y que no iban a cruzarse nunca. Le di un codazo a Tash.

–Claire, dile que entiendes sus escrúpulos –dijo, como si me hubiera leído los pensamientos–. Hazlo con amabilidad.

–Coacciono a las personas, ¿verdad? –preguntó Claire.

–Tomas una decisión y quieres ponerla en práctica, lo cual es fantástico, y una gran virtud en muchos aspectos, y por eso te queremos, pero en este caso quizá deberías intentar ser más amable.

–Lo intentaré, pero no puedo prometerlo. En mi cabeza ya estoy decorando para él la habitación que tenemos libre.

–¿Será un niño?

–Debe ser un niño, sí, esa es mi idea. –Se echó a reír–. Entiendo lo que dices.

Yo me esforzaba por no subirme por las paredes. Claire sabía qué hacer, pero como era Claire, no estaba segura de poder hacerlo. Yo quería otro niño en la casa. Podía ver su utilidad para todos nosotros y, dado lo que sentía por George, sabía que la adopción era algo grande y beneficioso. Pero Claire tenía que convencer a Jonathan, no reñirle, y eso era lo que me preocupaba. Si no se ponían de acuerdo en este asunto, ¿qué iba a ser de ellos?

Tash se llevó a Elijah a casa para dormir la siesta y, mientras Claire subía a Summer al piso de arriba para lo mismo, George y yo salimos a la calle. No se veía a ningún gato, así que después de jugar con las hojas y perseguir una mosca, decidimos ir a ver si Matt estaba en casa. Los días como aquel echaba de menos a Polly, ya que ella y yo habíamos pasado muchos ratos juntos antes de que empezara a trabajar, pero también quería a Matt, aunque en los últimos tiempos no estaba nunca de buen humor.

Atravesamos la gatera y entramos en casa de Polly y Matt. Imaginad mi sorpresa cuando llegamos a la salita y vemos a Tomasz el grande sentado en el sillón y a Matt en el sofá. Habían pasado siglos desde la última vez que había visto a Tomasz, concretamente desde que su familia se había ido de vacaciones, así que salté sobre sus rodillas y me froté contra él. George se sentó a los pies de Matt.

–Ah, nuestros amigos los gatos –dijo Tomasz acariciándome. Yo ronroneé de felicidad, contentísimo de verlo–. Lo sé, yo también te echo de menos, Alfie. Y a mi mujer y a mis hijos también, por supuesto.

–Vaya, Tom, parece que se hubieran ido hace años, aunque sé que no ha pasado tanto tiempo –dijo Matt, y yo sentía lo mismo–. ¿Cuándo vuelven?

–Dentro de dos semanas, cuando comiencen las clases. Le pedí que viniera antes, pero Franceska dice que lo están pasando muy bien y que, además, yo seguramente tengo mucho trabajo.

–¿Sabes, Tom? Esto de quedarme en casa a la fuerza, sin haberlo elegido, me ha enseñado algunas cosas. Veo más que nunca a mis hijos y cada día hacen algo diferente, algo nuevo. Me encanta. Pasé tanto tiempo preocupado por haber perdido el empleo y por no ser ya el «hombre» de la casa, que ahora, cuando lo pienso, resulta que disfruto muchísimo pasando más tiempo con los niños. Me he prometido a mí mismo que cuando consiga otro trabajo, si lo consigo, procuraré pasar más tiempo con ellos. –George saltó a la barriga de Matt y le lamió la cara. Fue una maniobra muy inteligente y yo habría hecho lo mismo si no hubiera estado ocupado dejándome acariciar por Tomasz.

–Ya sé que tienes razón, pero el negocio... Tenemos dos restaurantes. Y hago todo esto por mi familia, ya lo sabes.

–Sí, y eres muy eficaz..., mira el éxito que has tenido. Pero amigo mío, tienes encargados, tienes que delegar en ellos parte de las responsabilidades y conseguir más tiempo libre para ti. No tiene sentido que hagas esto por tu familia si no la ves. –Yo no podría haberlo explicado mejor. Matt había recorrido un largo camino desde que había aprendido a cargar el lavavajillas.

–Sé que tienes razón. Y desde que se han ido, los echo de menos con locura. Necesito que vuelvan a casa para decírselo.

Ah, ah, sentí en la piel un picor de advertencia. Tomasz estaba equivocado, no necesitaba que volvieran a casa. Lo que tenía que hacer era ir a buscarlos. Tenía que ir a Polonia. Pero ¿cómo se lo decía? Miré a Matt, deseando que tuviera la misma idea.

–Cambiando de conversación, tengo una entrevista de trabajo. Es una larga historia, pero el hermano de un colega de Jon tiene una agencia de diseño. Puede que tenga algo para mí, como colaborador independiente, no como empleado fijo, pero es una buena empresa y, si lo consigo, podría tener un horario flexible, para que Polly pueda seguir trabajando si quiere; así, yo podré seguir pasando más tiempo con los niños.

–¿Ya se lo has contado a Polly?

Matt negó con la cabeza.

–Últimamente no nos comunicamos mucho.

–¿Cuándo se han complicado tanto nuestras vidas? –preguntó Tomasz. Yo no conocía la respuesta. Era complicado y no podía evitar cierta exasperación porque ningún hombre parecía conocer el modo de salir de su atolladero particular.

Capítulo vigésimo quinto

–Entonces ¿estás diciendo que lo que necesitas es otro plan? –dijo Tiger dando un suspiro. Tiger, George y yo estábamos encogidos bajo un arbusto del parque. George estaba reuniendo hojas para tenderse en ellas y tenía el hocico lleno de barro. Estaba adorable.

–Básicamente sí. Intenté dejar que lo arreglaran solos, pero no ha servido de nada. El caso es que tiene que ser un plan maestro –señalé–. El plan más ambicioso de mi vida.

–¿Qué esperas conseguir? –preguntó.

–Bueno, quiero que Tomasz vaya a Polonia a buscar a su familia. Quiero que Claire y Jonathan cooperen para llevar a cabo la adopción, que no vayan por diferentes caminos. Quiero que Matt y Polly vuelvan a hablarse, que estén tan unidos como antes y que arreglen lo de trabajar fuera de casa y atender a los niños. Oh, y quiero que Tash se sienta más segura con una nueva relación, porque mi instinto de gato me dice que Max podría ser maravilloso tanto para ella como para Elijah. Aunque en estos momentos parece que el humano más feliz de todos es Tash. Y por supuesto quiero que todos los gatos de los carteles vuelvan con sus dueños, incluida Pinkie.

–¿Eso es todo? –había sarcasmo en la voz de Tiger. Podía ser una gata muy mordaz.

–Ya sé que es mucho, pero mira, ahora mismo tenemos muchísimo que hacer.

–Pero ¿cómo vas a conseguir todo eso? ¿Por dónde hay que empezar? Quiero decir que poniéndote en trance de muerte o quedándote atrapado en un árbol no arreglarás todo eso que te propones –dijo, refiriéndose a planes que había expuesto anteriormente.

–Lo sé, y también soy consciente de que me quedan menos vidas, así que será mejor no malgastarlas.

–Pero, papá –dijo George–, ¿cómo vas a hacer que Tomasz viaje a Polonia?

–No lo sé. Necesito encontrar un nexo común. –Empecé a pensar. Pensar me dio hambre. Aunque aún no era la hora de la comida, el estómago me rugía, y entonces vi una mariposa y decidí ir tras ella. Di un salto, pero no la atrapé y aterricé sobre las flores. Di media vuelta y Tiger se echó a reír.

–Bueno, vamos al asunto: Dustbin está investigando el problema de los gatos, pero lo demás quiero meditarlo a conciencia. Nos reuniremos mañana para ver si se nos ha ocurrido algo eficaz y definitivo. –George parecía confuso y Tiger a punto de echarse a reír. Mientras me quitaba un pétalo de la cabeza, traté de recuperar la dignidad perdida.

Cuando George y yo volvíamos a casa, vimos a Tash acercándose por la calle.

–Hola, chicos –dijo. George se frotó contra sus piernas. La mujer lo cogió en brazos y lo estrechó con tanta fuerza que George empezó a debatirse.

–Lo siento, angelito mío, espero no haberte hecho daño. –George ronroneó; qué coqueto era el condenado. Entonces me di cuenta de que los ojos de Tash estaban enrojecidos. Aunque seguíamos en la calle, me froté contra sus piernas–. Oh, Alfie, estoy muy confusa –dijo. Se apoyó en una verja, sin soltar a George. Yo salté a su lado.

–¿Miau?

–Es Max. Me gusta mucho, pero tengo miedo... y he estado discutiendo con Dave por Elijah y el dinero.

–Fu –exclamé, para mostrar lo mal que me caía Dave.

–Sí, ya sé que es un idiota. Pero Max..., bueno, es adorable, pero le dije que necesitaba tiempo para poder tomar una decisión sobre nosotros. No sé si seré capaz de relacionarme con otro hombre, es demasiado confuso todo.

Estaba enfadado. No por Tash, porque entendía cómo se sentía. Después de todo, yo ni siquiera me había planteado aún reemplazar a Snowball, aunque ella no era una imbécil como Dave. Necesitaba que Tash recordara aquello de aferrarse a la felicidad siempre que se podía. Mientras intentaba consolarla, con George, que se estaba mostrando muy afectuoso, recordé la época en que había juntado a Claire y a Jonathan. Claire salía de una relación desastrosa con un sujeto (yo no era capaz ni de pronunciar su nombre) y había dicho que era demasiado pronto para pensar en salir con Jonathan, y Tash le había replicado que si perdía a un hombre bueno como Jonathan por culpa de un tipo como *aquel*, lo lamentaría. ¿Por qué no se aplicaba el cuento ahora?

–¡Miau! –«Date la oportunidad de ser feliz», quise decir, pero no pareció escucharme.

Tampoco aquella noche pude dormir. Estuve totalmente despierto, estrujándome el cerebro en busca de un plan. George estaba profundamente dormido, por suerte, pero oía voces procedentes del cuarto de Claire y Jonathan. Me acerqué a la puerta para escuchar.

–Cállate, Jon, te estás portando con verdadera mezquindad –oí gritar a Claire. La voz le temblaba y parecía a punto de llorar.

–No, no es cierto. Es la verdad, Claire, tú quieres la verdad, no creo que pueda querer a un niño que no sea mío, sobre todo un niño ya crecido. Tendrá ya una personalidad formada, probablemente habrá tenido una niñez horrible y necesitará cuidados especiales. No se trata de que quiera o no quiera, es que no creo que pueda. ¿Cuántas veces tengo que decirte que soy incapaz? –Parecía muy enfadado.

–Yo creo que sí puedes. Creo que ambos podemos. No se trata solo de ti, Jonathan, se trata de nosotros como familia.

–Una familia que ahora mismo parece estar a punto de separarse –murmuró Jonathan con furia.

–¿Ahora me amenazas?

–No, Claire, trato de decirte cómo me siento, pero tú no lo aceptas, ni siquiera puedes tener una conversación racional sobre el asunto.

–No, no puedo, porque el hombre que amo no me amenazaría. –Jonathan emitió un gemido de frustración y los dos guardaron silencio. Vi desde las sombras que se abría la puerta y Claire se dirigía a la habitación de invitados, donde una vez más lloró hasta quedarse dormida.

Capítulo vigésimo sexto

–Estamos en estado de emergencia –anuncié al día siguiente, tras reunir a mis gatos en el lugar habitual. Necesitaba a todo el grupo. Me sentía como si estuviera al frente de un ejército mientras andaba de un lado para otro, aunque la verdad es que no me prestaban toda la atención que debían. Elvis estaba tumbado de espaldas, tomando el sol; Tiger estaba sentada con George entre sus patas, con expresión satisfecha; Rocky y Nellie estaban sentados juntos; y Tinkerbell se estaba limpiando la cara exterior de las patas en una postura que daría envida a muchos entusiastas del yoga. La única ausente era Pinkie y aquello nos recordaba una de las razones por las que estábamos allí.

–Oye, todo eso parece muy serio –dijo Nellie con mucha emoción en la voz. Le encantaba el drama.

–No solo tenemos que encontrar a esos gatos desaparecidos, sino que además necesito que me ayudéis con todos mis humanos.

–Pero, Alfie, ¿qué quieres que hagamos? –preguntó Elvis.

–En primer lugar, el asunto de los gatos. Todos estamos nerviosos por la desaparición de Pinkie. Es decir, no sabemos el porqué de esta amenaza ni de quién procede, y menos aún cuándo afectará a otro de los nuestros. –Miré a George, que por suerte recibía las caricias de Tiger y no parecía escuchar.

–He oído que en algunos sitios se comen a los gatos –dijo Nellie. Todos sentimos un escalofrío.

–No seas ridícula –dijo Rocky, aunque parecía aterrorizado–. Nadie se comería un gato.

–Entonces ¿por qué desaparecen? –dijo Elvis.

–No tengo ni idea, pero escucha: mi amigo Dustbin está investigando el caso, así que creo que lo mejor es esperar hasta que nos cuente lo que sepa. Si alguien puede descubrir algo es él. Pero también tengo otros asuntos y necesito que me ayudéis a trazar un plan. Un plan a lo grande. –Les expliqué los problemas que atribulaban a todas mis familias, con pelos y señales.

–Cuando mi familia quiso cruzar el océano, fueron a una agencia de viajes –dijo Rocky, un comentario fuera de lugar.

–No creo que esa sea la solución –dije–. Sé que no puedo hacer que Tomasz vaya a Polonia a buscar a su familia, pero necesito que se dé cuenta de que eso es lo que tiene que hacer.

–Ah, creo que lo entiendo –dijo Tinkerbell–. Tienes que hacer algo que haga entender a tus familias lo mucho que se quieren y se necesitan entre sí.

Alabada fuera la Gran Sardina.

–¡Sí! ¡Exacto! –Tinkerbell se convirtió de súbito en mi gato favorito. Me alegraba de que fuera ya un miembro habitual del grupo. Lancé una mirada a Tiger, pero estaba mirando entusiasmada a George. Caramba, todo el mundo estaba obsesionado con el pequeñín, no solo yo–. Tiger, ¿podrías apartarte de George el tiempo suficiente para prestar atención? –le solté.

–¡Eso es! –exclamó Rocky.

–¿Qué? –pregunté. Tiger levantó la cabeza.

–El pequeño. Todo el mundo está loco por él, así que utilízalo en tu plan. –Rocky parecía satisfecho de su propuesta.

–Todo el mundo me quiere –dijo George.

–Mmm, verás, George, no conviene que te vuelvas demasiado engreído –dije.

–Bueno, todos sabemos a quién se parece –dijo Tiger. Los demás rieron. Yo no.

–Pero el caso es que ha dado en el clavo –dijo Elvis–. Por ejemplo, podrías poner en peligro a la criatura y así todos los humanos se unirían para salvarlo, o algo parecido.

–¡No puedes ponerlo en peligro! –exclamó Nellie. George parecía asustado y se escondió detrás de Tiger.

–Pues claro que no. No me refería a hacerlo literalmente, sino a que lo crean –aclaró Elvis–. Mirad, tenemos que encontrar a los gatos de los carteles, pero yo estaba pensando que si vuestras familias creyeran que George es uno de los desaparecidos, dejarían sus problemas a un lado para buscarlo juntos.

–¿Hacerles creer que George ha desaparecido, como los gatos de los carteles? –El cerebro me iba a toda velocidad–. Puede que tengas razón, Elvis. Recuerdo que cuando estuve en el veterinario, muy enfermo, todas mis familias se unieron... Claire y Jonathan incluso se enamoraron y los otros se hicieron amigos gracias a mí.

–Sí, pero de ninguna manera puedes poner en peligro a George –dijo Tiger–. No como hiciste contigo.

La genial idea me titilaba en el fondo del cerebro y los bigotes y el pellejo me temblaban de excitación.

–¿Y si fingimos que se ha perdido? –sugerí.

–¿Y cómo hacemos eso? –preguntó Tiger.

–Bueno, Tiger, no estoy muy seguro, pero digamos que encontramos un lugar donde esconderlo, y tú te quedas con él. Estará a salvo porque tú cuidarás de él, pero todos los demás pensarán que se ha perdido.

–¿Cuánto tiempo? No puede ser mucho, no sería justo –señaló Tiger.

–Tienes razón –admití–. No por mucho tiempo. Es decir, el otro día se perdió un rato nada más y yo estaba aterrorizado, pero tiene que perderse el tiempo suficiente para preocuparlos a todos y que hablen entre ellos.

–Ooooh –exclamó Nellie–. E iremos todos a buscarlo. –Nos volvimos hacia Nellie.

–No se perderá de verdad, así que no tendremos que buscarlo –dijo Tiger con retintín.

–Ah, ya caigo –dijo Nellie, aunque todavía no parecía entenderlo.

–¿No es perverso hacer que la gente se preocupe? –preguntó Tinkerbell con expresión dubitativa.

–A corto plazo no. Necesitamos algo contundente que les haga darse cuenta de que se quieren. Si escondemos a George, todos lo buscarán y hablarán entre sí, y luego encontraremos a George sano y salvo, y se sentirán tan aliviados y contentos que solucionarán sus problemas. Es infalible. –Bueno, eso esperaba.

–¿Estás seguro? –Tiger no parecía convencida.

–No, pero ¿se te ocurre una idea mejor?

–¿Aparte de que yo secuestre a George, vuelva loco de preocupación a todo el mundo antes de encontrarlo y que eso les haga reconciliarse? No, la verdad es que no.

–No vas a secuestrarlo de verdad –recordé.

–Sabes a qué me refiero. Mira, Alfie, piénsalo bien un rato. Estarán muy preocupados y Tinkerbell tiene razón, es perverso. Si ya están inquietos, no necesitan un suceso que los ponga aún más nerviosos.

–Lo sé, pero estos humanos necesitan algo alarmante que los haga reaccionar, se están olvidando de todo lo que es importante. Sí, es horrible que sembremos inquietud en su estado de ánimo, pero no será durante mucho tiempo. Ya hemos hecho esto antes: si tienen algo más en lo que centrarse, empezarán a ver lo mucho que se quieren. Los humanos funcionan de ese modo. No creo que tengamos elección, Tiger, tenemos que hacerlo. Y mientras tanto, Dustbin llegará al fondo del asunto de los gatos desaparecidos, sé que lo conseguirá. –Me sentía excitado; sabía que iba a funcionar. Lo sabía.

–En tus zarpas queda –dijo Tiger–. Y sí, antes de que lo preguntes, por supuesto que te ayudaré, no hace falta decirlo. Y estaré encantada de mantener a George seguro por un tiempo, aunque tenemos que pensar en la logística. ¿Adónde iremos? ¿Qué comerá? ¿Cómo lo mantengo abrigado?

–Todos te ayudaremos, Alfie –dijo Nellie–. Ese plan tuyo también nos une a todos nosotros, ¿no creéis? –Me sentí aliviado. Nellie lo había entendido por fin.

–Mira, Tiger –dije–. Sé lo que hago. –Hablaba como un engreído, pero ¿qué le íbamos a hacer? El plan tenía lógica. Que todos tuvieran que buscar a George les haría entender cuánto se necesitaban, y así hablarían entre ellos, se sincerarían. Matt y Polly, Claire y Jonathan. Y Tomasz se daría cuenta de que tenía que ir a Polonia a buscar a su familia, y Tash se daría cuenta de lo importante que era el amor y le daría una oportunidad a Max. Ya sé que parecía un casamentero y que siempre intentaba encontrar un final feliz para todos mis seres queridos, y era cierto, pero no había nada malo en ello. Es lo que haría cualquier gato cariñoso.

Capítulo vigésimo séptimo

Tenía que concretar los puntos más confusos de mi plan; no estaba seguro al ciento por ciento de todos los detalles. Aunque mi idea para reunir a mis humanos no era peligrosa, era logísticamente complicada y exigía dedicación. Además, había recibido una visita de Dustbin, que, fiel a su palabra, había puesto a trabajar a su red de gatos, unos callejeros como él y otros domésticos, en el misterio de los desaparecidos.

Captó mi atención mientras miraba por la ventana delantera. Fui a la parte de atrás y nos reunimos en el jardín.

–¿Alguna novedad? –pregunté.

–Es un problema. Algunos dueños están tan preocupados que no dejan salir a sus mascotas. Entre los gatos locales se ha organizado un verdadero revuelo. Creo que tu calle ha sido la última afectada por este extraño fenómeno.

–Entonces ¿nadie sabe nada?

–Todavía no, pero un buen amigo mío, el señor B, el gato más inteligente que conozco, está investigando y vendrá a verme esta noche. Trata de relajarte y no pierdas de vista a tu pequeño, y esperemos que haya noticias más tarde. Trataré de venir mañana a la misma hora, búscame. Será mejor que me vaya, es la hora de mi almuerzo, y además tengo que tener a raya a los malditos roedores.

Nos despedimos y volví con mis preocupaciones al interior de la casa. Aunque el plan relativo a mis familias no era peligroso, no sabíamos a qué nos enfrentábamos en el asunto de los gatos desaparecidos. Tenía muchas cosas en las que pensar... y cada vez había más, por lo visto.

Y George no dejaba de meterse en líos, y yo no podía distraerme de la tarea que tenía entre zarpas. Se estaba convirtiendo en un dolor de cabeza. El otro día había estado jugando con la corbata favorita de Jonathan y, cuando terminó con ella, la pobre prenda no servía ya para mucho. Jonathan se enfadó de veras y, por supuesto, nos culpó a Claire y a mí. Claire le dijo que se concentrara en las cosas importantes y aquello lo irritó aún más. Al finalizar el día apenas se hablaban y George no entendía qué era lo que había hecho mal. Traté de explicárselo, pero la verdad es que yo tenía la atención puesta en la situación general. Recuerdo haber oído decir a una de mis familias que con los niños había que seleccionar las batallas. Le había birlado una corbata a Jonathan, pero ¿valía la pena armar tanto escándalo por aquello? Al fin y al cabo, tenía un montón. Claire estaba en lo cierto; Jonathan tenía que preocuparse por las cosas importantes y no por una estúpida corbata. Aunque George se escondió de Jonathan durante un tiempo, le dije, una vez más, que Jonathan era propenso a perder los estribos, pero que los disgustos se le pasaban pronto. Yo ya estaba acostumbrado a que se enfadara conmigo y a que lo olvidara rápidamente.

Y entonces, una mañana, George se percató de que Claire estaba desayunando salmón ahumado, así que en un momento de descuido, saltó sobre la mesa y se lo comió directamente en el plato. A Jonathan le pareció divertido, pero Claire, que era una maniática de la limpieza y de no tener gatos en la mesa mientras comían, no le vio la gracia. Esta vez se enfadó de veras; puso a George en el suelo y le endilgó un largo sermón sobre higiene. Yo sabía que a George le entraba por un oído y le salía por el otro, porque a mí también me aburrían aquellas peroratas cuando aún iban por la mitad y él tenía menos capacidad de atención que yo. Después de aquella travesura, lo llevé a casa de Matt y Polly para que las cosas se calmaran un poco.

Matt se había estado preparando para ir a una entrevista con el que podía ser su nuevo jefe. Tenían que hablar de unas cosas llamadas «condiciones» y estaba nervioso porque todavía no lo había hablado con Polly. Posponía el momento de la verdad porque no estaba seguro de cómo se las apañarían para trabajar los dos a la vez. Mientras hablaba con jactancia, de una manera totalmente impropia de él, George, que estaba creciendo y, en consecuencia, pasaba por una fase de torpeza, se puso bajo los pies de Matt, y lo hizo tropezar y darse un golpe en el codo. El resultado fue que Matt se puso aún más nervioso. Al final, decidí llevar a George al parque, esperando que no hubiera más problemas. Por suerte, no los hubo.

Horas después vi a George trepando por las cortinas de la habitación de invitados, contentísimo de haber descubierto un acantilado que escalar. Pero cuando llegó arriba, advirtió que no sabía descender. Empezó a asustarse más de la cuenta y tuve que convencerlo de que bajara, lo cual exigió mucho tiempo y esfuerzo, ya que tenía las garras clavadas en el tejido, y cuando por fin lo persuadí de que se soltara, una pata primero, luego la otra, la cortina tenía unos cuantos desgarrones. Esperaba que nadie se diera cuenta y le dije a George que no entrara en aquella habitación durante un tiempo, por si acaso.

Aquella misma mañana había tirado una caja de cereales que estaba en la encimera y el contenido se había desparramado por el suelo. Luego se había metido en la caja vacía y había correteado por la cocina. Summer reía a mandíbula batiente, Claire gritaba y Jonathan exclamó:

–Deberíamos filmar esto y subirlo a YouTube. Por lo menos, el maldito minino nos haría ganar dinero para comprar más cereales.

Naturalmente, me tocó a mí sacarlo de la caja de cereales. Aunque cubierto de polvo de copos de maíz, estaba tan adorable cuando se divertía, que casi me resultaba imposible enfadarme con él.

Por suerte o por desgracia, todos estaban demasiado enfadados con todos para echarnos la culpa a nosotros. O sea, sé que yo no había hecho nada malo, pero era responsable de George, así que podían haberme dado una reprimenda, como pasó tras el incidente de la corbata.

Puesto que el encargado de hacer indagaciones sobre los gatos desaparecidos era Dustbin, yo me concentré en el proyecto que quería poner en práctica con mis familias. Decidí reunir a mis amigos gatos para afinar los detalles de mi plan maestro. El pobre George no acababa de entenderlo, era demasiado complejo para la mente de un gatito tan pequeño, aunque crecía a ojos vistas, pero me armé de paciencia y le expliqué que iba a ser el gato decisivo que resolvería los problemas de todos, y aquello le gustó. Y por mucho que lo repasé, no vi que entrañara ningún peligro. Si Tiger no permitía que me ocurriera nada a mí, mucho menos iba a permitir que le ocurriera a nuestro George.

Estaba a punto de empezar la reunión cuando una larga sombra cayó sobre nosotros.

–¿Qué se cuece por aquí, queridos? –preguntó Salmon, acercándose. Oh, no, era lo último que necesitábamos. No podía ir contando nuestro plan por ahí; si lo hacía, todo se iría a pique.

–Bueno –dijo George, antes de que pudiéramos impedírselo–, voy a salvar el mundo. –Uf, menos mal que el pequeñajo había interpretado el plan como le había dado la gana.

–¿De qué hablabais? –inquirió Salmon amablemente, aunque expresando con sus ojos salaces que estaba deseoso de oír cotilleos. Tiger, disimuladamente, le tapó la boca a George con la zarpa y le indicó con la cabeza que se callara.

–Solo estamos jugando, Salmon –respondí, esforzándome por parecer cordial–. No hacemos nada por lo que debas preocuparte.

–Vosotros siempre estáis aquí tramando cosas –replicó. Adiós a la cordialidad.

–Bueno, eso no es cierto, la mayor parte del tiempo estamos durmiendo, tomando el sol y jugando con las hojas –dijo Rocky.

–Pasando el rato. Con amigos. Deberías intentarlo alguna vez –dijo Elvis–. Si es que tienes algún amigo, claro.

–Como si tuviera tiempo para esas frivolidades. Sinceramente, si fuera como vosotros, esta calle sería la repanocha. Bueno, seguid con vuestro estúpido juego, tengo asuntos más importantes que atender. –Dio media vuelta y se alejó.

–¿De qué estaba hablando ese señor y por qué me has puesto la zarpa en la boca? –preguntó George.

–Ya te lo explicaré en otro momento –dije–. Pero ahora tenemos que poner a punto nuestro plan. Bien, Rocky, tú primero.

Mientras cada uno de mis amigos exponía sus ideas, yo escuchaba. Parecía que todos lo habían pensado a conciencia y habían hecho un buen trabajo. Yo resplandecía de felicidad; todo iba a ir como una seda; era el más sencillo de mis planes, pero también el más importante.

El Día D sería el día siguiente, sábado. Tenía que ser ese día y no otro porque todo el mundo estaría en casa. Así que el presente día era el último que teníamos para dejarlo todo listo. Pero tenía confianza; habíamos trabajado todos juntos y no habíamos dejado ningún cabo suelto. Estaba totalmente seguro de que nada podía salir mal.

–Ahí va mi idea –dijo Nellie. Casi no quería ni oírla, porque sus ocurrencias eran a veces muy tontas–. Mi idea es que utilicemos el cobertizo que hay al fondo del jardín de Tiger.

Todos la miramos. Nuestro punto débil era dónde podíamos esconder a George. Después de todo, Tiger no podía llevarlo a su casa. Sus humanos la adoraban, pero no querían más gatos allí. A mí me habían echado a escobazos unas cuantas veces y eso que no solo era adorable, sino además el mejor amigo de Tiger. Pero la sugerencia de Nellie era genial. El cobertizo de Tiger estaba hecho una ruina y tenía en la puerta un agujero por el que podían entrar fácilmente. Y sus humanos no lo usaban nunca.

–No está mal pensado –admitió Tiger a regañadientes–. ¿Y qué necesitamos? Comida, algo que nos mantenga abrigados y cómodos, agua, algo con lo que jugar...

–Solo vais a estar unas horas allí, no todo el verano –dijo Rocky.

–Pero podemos conseguir suficiente comida para George y una manta; y necesitará agua –recordé.

–Puedo introducirlo en casa a escondidas para comer y beber –dijo Tiger–. Porque, ¿cómo se supone que vamos a trasladar al cobertizo la comida, los cacharros y todo lo demás?

–Buena solución. Entonces lo colarás en casa cuando sea seguro. En cualquier caso, siempre te ponen demasiada comida, así que te sobrará para George. –Era cierto, Tiger estaba sobrealimentada: tenía que hacer mucho ejercicio para conservar la línea.

–Yo os llevaré una manta –ofreció Elvis–. Tenemos muchas en casa y soy el gato más fuerte de todos nosotros.

–Eso habría que discutirlo –intervino Tinkerbell. No sabía cuál de los dos tenía razón, pero no me habría gustado enfrentarme a ninguno de ellos.

–¿Por qué no lleváis la manta entre los dos? Así será más fácil –sugirió Tiger con sensatez. Los gatos se miraron y asintieron con la cabeza. Era una delicia ver cómo trabajaban juntos.

–¿Y los juguetes? No quiero que George se aburra –dijo Tiger.

–Llevaremos algunos de casa –dije, aunque no tenía claro cómo los transportaríamos–. Bien, todo tiene que quedar listo porque vamos a hacerlo mañana. –La voz me temblaba a causa del nerviosismo.

–Alfie, es perfecto, lo hemos planeado con brillantez, ¿qué puede salir mal? –preguntó Nellie.

No respondí. Según mi experiencia, una frase así podía ser perfectamente un epitafio.

Más tarde repasé de nuevo todo el plan con mi pequeño. Él aún no lo entendía del todo, pero estaba muy emocionado ante la perspectiva de ser un héroe; por supuesto, yo lo había convencido de que lo sería si todo salía de la forma prevista. He de confesar, sin embargo, que aquel plan me intranquilizaba más que todos los que había ideado anteriormente. No por el peligro (era el menos peligroso en comparación con todos los anteriores), sino porque había mucho en juego.

Al volver de la reunión, entramos en casa de Matt y Polly. Polly se había tomado la tarde libre porque Martha tenía que ir al médico y quería estar con ella. Pensé que era una buena señal, pero pronto me di cuenta de que las cosas no iban bien. George había corrido a jugar con Henry y Martha en la salita, mientras yo oía a Polly y Matt discutir en la cocina.

–Bueno, sí, estoy de acuerdo en que deberíamos celebrar que hayas conseguido un empleo, pero parece que has olvidado que yo también trabajo ahora y que tenemos dos hijos.

–No lo he olvidado, pero no sé qué quieres. ¿Quieres seguir trabajando?

–Sí, quiero. Al principio tenía mis dudas, pero hice el curso de interiorismo para poder trabajar en algún momento y ahora me encanta el trabajo que tengo. Últimamente he reducido el horario, porque lo estoy haciendo un poco mejor, y creo que he conseguido el equilibrio perfecto. Y ahora que está todo arreglado, ¡tú quieres que lo deje! –Polly no gritaba, pero pude asegurar que estaba enfadada.

–Yo no he dicho eso, pero ¿qué vamos a hacer con los niños? Sí, de acuerdo, Henry va a la escuela, pero los días tienen veinticuatro horas y Martha va al parvulario solo tres días por semana. –Matt parecía abatido.

–No sería lo mismo si nuestros empleos fueran fijos. Yo tengo un contrato indefinido, pero el tuyo es de seis meses y entonces volveremos a la casilla de salida –dijo Polly.

–Gracias por tu optimismo.

–Maldita sea, no puedo hablar contigo cuando te pones así, voy a ver a mis hijos –dijo Polly, saliendo de la cocina de sopetón.

Fui a buscar a George y le dije que era hora de volver a casa. Antes de irnos, hice unas piruetas para Henry y Martha. Me preocupaban aquellos dos adorables niños.

Cuando llegamos a casa, Claire estaba sentada a la mesa de la cocina, llorando. Miré a George, que se había puesto muy triste. Aquel día nos habíamos levantado todos con la zarpa izquierda. Me estaba preguntando dónde estaría Summer cuando Jonathan entró en la cocina.

–Claire, por favor, deja de llorar –dijo, sentándose a su lado.

–Le pedí a Tash que le diera la merienda a Sum para que tú y yo pudiéramos hablar, pero no estamos hablando.

–No sé qué decir, Claire.

–Quiero ese niño –dijo ella.

–No hay ningún niño, todavía no.

–Sabes a qué me refiero. –Claire tenía las mejillas cubiertas de lágrimas y me sentí muy triste por ella.

–Es verdad, pero no sé qué quieres de mí.

–Sí, Jonathan, sabes exactamente lo que quiero de ti. –Entre ellos había muchas cosas que aún no se habían dicho, pero se comprendían.

–Mira, voy a ir al gimnasio. Le dije a Tomasz que luego pasaría por el restaurante para verlo.

–¿En serio? ¿Eso es más importante que todo esto? –exclamó Claire.

–No, pero he hecho planes y voy a llevarlos a cabo. Tomasz lo está pasando fatal sin su familia. Además, en este momento no creo que lleguemos a ninguna conclusión.

–Muy bien, pues vete –le gritó Claire. Nunca la había visto tan enfadada.

Cuando Tash volvió con Summer, Claire había dejado de llorar y tenía una copa de vino en la mano.

–¿Puedo tentarte? –preguntó a Tash. Tenía los ojos enrojecidos y Tash llevó rápidamente a Summer y Elijah a la salita con algunos juguetes de la niña.

–Está bien, pero sin excesos. Mi hijo está cansado esta noche.

–La guardería los deja agotados. Oh, Tash, lo siento. He tenido otra pelea con Jonathan.

–Eso me pareció. Vamos, siéntate. –Ambas se sentaron y mientras George se iba a jugar con los niños, yo me quedé con las adultas.

–No voy a aburrirte con los detalles, además no hay nada nuevo. Distráeme, háblame de ese romance en gestación.

–Ah, bueno, vas a lamentar habérmelo pedido. Le he dicho a Max que me conceda cierto espacio. Aunque él ha sido encantador y maravilloso, me asusté la última vez que salimos.

–¿Por qué, Tash?

–Estoy loca por él y tengo miedo. No soportaría que me hicieran daño otra vez.

–Tash, Tash, ¿no te das cuenta? Dos grandes hombres y los estamos echando de nuestras vidas. –Los ojos de Claire volvieron a anegarse en lágrimas.

–Lo sé, eso es exactamente lo que parece que hacemos –dijo Tasha con tristeza.

Tenía la impresión de que el día siguiente no iba a llegar nunca y solo teníamos una oportunidad para que todo tuviera un final feliz. De nuestro plan dependían muchísimas cosas. Esperaba que todo saliera a pedir de boca y rezaba fervientemente para que así fuera.

Capítulo vigésimo octavo

Una vez más, iba a pasar la noche en vela, tan preocupado estaba por lo que pudiera suceder al día siguiente. Al menos, George dormía profundamente y aquello tenía su lado positivo. A pesar de que el plan no entrañaba peligro alguno, me preocupaba que George fuera a pasar su primera noche fuera de casa sin mí, y aunque iba a estar con Tiger, que había prometido dormir en el cobertizo con él, no iba a sentirme tranquilo sin su compañía. Sabía que la separación me sentaría como si hubiese perdido algo. Pero al menos estaría ocupado. Tendría que reunir a todas mis familias para que buscaran a George y procurar que se unieran para buscarlo. Yo tenía un papel importante que desempeñar, en realidad el decisivo. Lo único que George y Tiger tenían que hacer era esconderse, pero yo tenía que movilizar a los humanos y, de alguna manera, procurar que trabajaran juntos y no se separaran. Confieso que era un manojo de nervios: me sentía como un flan, desde las afiladas puntas de las uñas hasta el extremo de los bigotes.

Ay, qué difícil y complicada era la vida. Había que enfrentarse a muchas cosas. No lo decía solo por mí. Mientras veía dormir a mi niño, esperaba estar preparado para protegerlo de lo peor que la vida tenía que ofrecer, y si eso fallaba, al menos esperaba saber prepararlo para enfrentarse a ello. Ser padre era un suplicio y pensaba que nunca podría dejar de preocuparme por George.

Debí de quedarme dormido, porque desperté con George haciéndome cosquillas en la nariz con los bigotes.

–¡Papá, hoy es el día! –chilló.

–Chitón –dije–. No atraigas la atención sobre nosotros. Tenemos que irnos antes de que se despierten.

George era muy madrugador y despertaba al amanecer casi todos los días, así que nuestro plan era salir de casa, dejarlo con Tiger y luego volver a la cama yo solo. Fingiría estar dormido y, cuando los demás despertaran, me encontrarían solo en la cama. Podía hacer mucho ruido para darles a entender que estaba preocupado y luego empezaría la búsqueda. La primera parte del plan era sencilla.

Di agua a George antes de irnos. No había comida, ya que Claire no nos dejaba nada por la noche, pero por suerte Tiger lo colaría en su casa para desayunar. Así que nos fuimos sin hacer ruido. Acompañé a George a casa de Tiger y nos quedamos en su puerta trasera. Empujé la trampilla de la gatera para que Tiger supiera que estábamos allí.

–Buena suerte, pequeño –dije, lleno de afecto, emocionado y un poco aterrorizado a la vez.

–Gracias, papá, y no te ausentes mucho tiempo.

Le hice un mimo con el hocico.

–No, pero ya sabes que Tiger estará aquí contigo. No hay nada por lo que preocuparse. Pero escucha,

George, es importante que hagas lo que te digan. ¿Entiendes?

–Sí. –Parecía muy serio. Esperaba que Tiger se hubiera despertado ya. Había dicho que se levantaría cuando los pájaros se pusieran a cantar. Apareció al poco rato.

–Aquí estamos –dije temblando.

–Está bien, Alfie, será coser y cantar –dijo Tiger–, yo me ocuparé de él a partir de ahora. Bueno, George, espera aquí, tengo que ir a comprobar que no hay perros en la costa (mi familia es muy madrugadora) y luego volveré para llevarte a desayunar. Seré más rápida que el viento.

–¿Lo has entendido, George? –pregunté. El pequeño parecía estar en las nubes mientras miraba el sol saliente y luego un pájaro que volaba sobre nuestras cabezas. Tiger desapareció en su casa.

–Sí, claro que sí. Esperar. Desayuno.

–Bien, tengo que irme. Recuerda, obedece a Tiger. –Le froté la nariz con la mía y luego, para no emocionarme más, me fui a casa. George esperaría, Tiger saldría en seguida y el plan empezaría a surtir efecto.

–Obedeceré a mamá Tiger –fueron sus palabras de despedida. Qué orgulloso me sentía.

Corrí a casa y por suerte estaba de vuelta en la cama antes de que se levantara nadie. Como estaba muy cansado, antes de darme cuenta me quedé dormido de verdad.

–¿Dónde está George? –Desperté y vi a Claire y Summer al lado de mi cesta. Miré alrededor y bostecé.

–¿Miau? –dije.

–Jon, Jon –oí gritar a Claire. Luego fue al dormitorio y apareció un Jonathan adormilado.

–Alfie, ¿está George abajo? –me preguntó, frotándose los ojos.

–¡MIAU! –Quise decirles: no lo sé.

–Ay, Dios mío. –Claire voló escaleras abajo y Jonathan cogió a Summer y la imitó. Yo bajé tras ellos. Por supuesto, después de mirar por todas partes, no lo encontramos.

–Te dije que era demasiado pronto para dejar la gatera abierta por la noche –exclamó Claire.

–Vamos, Claire, todo el mundo dijo que estaba bien y, además, Alfie casi se quedó fuera la otra noche. Quiero decir que no puedes tenerlo encerrado siempre.

–¡Por todos los santos, Alfie! ¿Por qué no has cuidado de él como es debido? –Claire subió corriendo para buscarlo otra vez.

Así que por el momento nos echaba la culpa a Jonathan y a mí, algo injusto, pero era temprano y ni siquiera había transcurrido un día. Ninguno había tomado café y eso era muy significativo. Normalmente, yo los evitaba cuando estaban en ese estado.

Me puse al lado de la puerta trasera haciendo mucho ruido. Mientras Jonathan sujetaba a Summer en la trona, preparaba café y daba a Summer un vaso de leche, oíamos a Claire dando portazos en el piso de arriba.

–Definitivamente, no está aquí –dijo Claire, bajando a la cocina–. Jonathan, ¿dónde narices está? Nunca sale sin Alfie y siempre está aquí a primera hora de la mañana. –Había registrado ya toda la casa y, por supuesto, no había encontrado ni rastro del pequeño.

–Mira, cariño –Jonathan le dio un abrazo–, arregla a Summer. Yo me pondré un chándal y saldré a buscarlo.

–¿Puedes decirle a Matt que te ayude? –preguntó Claire.

–Pues claro, no te preocupes. –Le dio un beso y sentí un pequeño momento de triunfo. Vaya, la cosa estaba funcionando.

Salí con Jonathan y lo seguí hasta la casa de Matt. Por suerte, ya estaban despiertos y vestidos y Matt salió en seguida cuando se enteró de lo que había pasado.

–Ay, señor –gimió Polly, saliendo a la puerta de la calle–. Dime qué puedo hacer. Iría contigo, Jon, pero puede que George venga aquí, así que quizá debería quedarme.

–Sí, cariño, creo que deberías quedarte. Llevo el móvil, así que estaremos en contacto. –Matt besó a Polly y ella lo abrazó con fuerza–. Estoy seguro de que estará bien, ya sabes cómo son los gatitos, se meten en toda clase de problemas.

Cuando salieron a buscar por la calle, los seguí. Pero cuando pasamos por delante de la puerta de Tiger, oí un bufido y me volví al comprender que trataba de llamar mi atención. Esperé a que los hombres estuvieran a una distancia segura.

–¡Tiger, está funcionando! –exclamé.

–Pero ¿dónde está George? –preguntó Tiger.

–¿Qué quieres decir?

–Bueno, te dije que iba a cerciorarme de que no había nadie a la vista, pero cuando salí, George ya no estaba. Miré por todas partes y no lo encontré, así que supuse que había habido un cambio de planes y había vuelto contigo. –Tiger parecía asustada.

–Entonces ¿no está contigo? –Sentí un nudo en el estómago.

–No, no estaba cuando salí de la casa, no lo vi por ningún lado. ¡Así que supuse que seguía contigo y que había habido un cambio de planes o algo parecido! ¡Solo estuve en la casa lo que dura el aleteo de una mariposa!

–Por la Gran Sardina, Tiger, no, no, no. Lo dejé en la puerta para llegar a casa antes de que se levantaran todos, y esa fue la última vez que lo vi. ¡Creía que estaba contigo! Le dije que esperase y dijo que lo entendía. –Mi voz había subido a niveles histéricos.

–Bueno, está bien, mantengamos la calma. En mi casa no está, eso seguro, ¿y si miramos en la tuya?

–Podríamos, pero Claire ha mirado ya por todas partes. –Me costaba respirar–. Cuando llegué a casa, fui directamente a la cama. Me quedé dormido, pero no fue mucho rato, y eso es todo lo que puedo contarte.

–Entonces ¿George se ha perdido de verdad?

Comprendí la realidad de la situación.

–¡Mi niño ha desaparecido también! Jonathan y Matt lo están buscando y ahora vamos a tener que buscarlo de verdad. –Me sentía aterrorizado. No entendía lo que podía haber ocurrido.

–Pues estamos apañados, Alfie. El plan se ha torcido incluso antes de empezar.

–Y yo no lo vi venir.

Mientras corríamos a mi casa para ver si había vuelto, mi preocupación aumentaba y mi enfado con George también. Le había dicho expresamente que esperase a Tiger, había estado solo únicamente unos minutos, y él sabía que no tenía que irse. Pero estaba más enfadado conmigo mismo. Debería haber esperado el regreso de Tiger. O haberle dicho a Tiger que se arriesgara a introducirlo con ella en casa. Habíamos escogido expresamente la parte trasera del domicilio por si había algún secuestrador de gatos al acecho, aunque, si bien se mira, era imposible que se hubieran enterado de que George estaba allí, ¿verdad? A menos que nos estuvieran vigilando. No, no podía ser eso, no tenía ningún sentido.

Rayos y truenos, lo único que tenía que hacer era quedarse allí, ¿por qué no había obedecido? ¿Dónde podía estar? Tenía la sensación de que mi mente daba las mismas vueltas a las que tan aficionado era George. Ay, el pequeño George. Traté de respirar con calma, a pesar de sentir que perdía el control de mi vida. ¡Quería recuperar a mi niño!

No había regresado a casa y oí a Claire hablando por teléfono con Tash. Parecía tan inquieta como yo. El plan era sencillísimo, pero se había torcido desde el primer momento y solo podía culparme a mí mismo.

–Alfie –dijo Tiger mientras registrábamos cada centímetro del jardín trasero–. Castigarte no va a servir de nada. Tenemos que ser prácticos. Vamos a reunir a los gatos para que se lancen a la búsqueda. Tenemos que mirar en sus sitios favoritos.

–No está en nuestra casa, si estuviera en la de Polly lo sabríamos y Tash también lo está buscando. ¿Qué me dices del parque o del final de la calle? Pero si va por allí, los otros gatos lo verán...

No se me ocurría ningún otro sitio.

–Bueno, mira, creo que tienes que centrarte en lo fundamental y también estar pendiente de los humanos, y yo seguiré registrando mi casa, porque es posible que recuerde que tenía que quedarse allí. ¿Qué dices?

–No se me ocurre nada mejor. –Tenía ganas de tirarme al suelo y maullar, pero eso no serviría para recuperar a mi pequeño, ¿verdad?

–Mira, ven conmigo a buscar a los demás y me ayudas a organizarlos. Ay, Alfie, tenemos que encontrarlo. ¿Dónde diantres habrá ido? ¿Por qué lo perdí de vista? –Tiger parecía sentir lo mismo que yo.

–No sé dónde se habrá metido. Y escucha, Tiger, no es culpa tuya..., tenías que cerciorarte de que no había nadie vigilando en tu casa. Sé que es repetirme, ¡pero tenía que haberse quedado donde estaba para esperarte! ¿Por qué no esperó? Estaba seguro de que lo había entendido.

–Yo no tardé nada, Alfie, te prometo que entré corriendo, miré por toda la casa y volví a salir.

–Lo sé. Tiger, estoy seguro de que no es culpa tuya. Debería haber esperado con él.

–Pero entonces corrías el peligro de no llegar a tu casa antes de que se levantara la familia, y eso era una parte crucial del plan.

–Bueno, dejemos de dar vueltas a lo mismo y vayamos a buscarlo. –Me di la vuelta para echar a correr y vi que llegaba Dustbin. Nunca me había alegrado tanto de verlo.

–Ah, menos mal que estás aquí. George ha desaparecido –dije.

–¿Qué? ¿El pequeño? No.

–Sí. –Expliqué a Dustbin lo que habíamos planeado–. Todavía estaba oscuro cuando lo dejé en el jardín trasero de Tiger. Ay, ¿qué hemos hecho? ¿Y si lo he perdido para siempre? –Di un maullido de angustia.

–Bueno, el señor B está al tanto del caso y, sinceramente, es el mejor gato que hay para estos menesteres. Iré a verlo ahora mismo y le contaré lo que ha pasado. No te preocupes, Alfie, si de algo estoy seguro es de que lo encontraremos sano y salvo. –Traté de tranquilizarme un poco, pero solo lo conseguí a medias.

Rocky fue el primer gato que vimos. Iba a buscar a Elvis, que iba a buscar a Nellie, que había ido a ver a Tinkerbell, y todos nos encontramos al final de la calle. Les expliqué la situación.

–Entonces ¿quieres que finjamos que lo estamos buscando? –dijo Nellie. ¡Por la Gran Sardina! ¿Qué habíamos hecho para merecerla?

–No, no estaba previsto, pero se ha perdido de verdad.

–Ay, señor, ¿ese precioso cachorro se ha perdido de verdad? –Nellie empezó a gemir y Elvis tuvo que consolarla. Veía el miedo en los ojos de todos mis amigos.

Una vez repartidas las misiones, Tiger volvió a su casa. Yo fui con ella para efectuar otra inspección, pero no había ni rastro de George. Me sentía como si me faltara una zarpa, ¡hasta tal punto lo echaba de menos! Esperaba que no estuviera asustado. O en peligro.

Volví a casa y entré por la gatera.

–¿Lo has encontrado? –Claire, que aún no se había vestido, corrió hacia mí. La miré con los ojos llenos de pena. Me cogió en brazos–. No te preocupes, seguro que Jon y Matt lo encontrarán. Oh, Alfie, siento mucho haberte gritado. –Me abrazó con fuerza antes de dejarme en el suelo. Yo ronroneé con tristeza. Sonó el timbre y Claire fue a abrir. Era Tash.

–¿Dónde está Elijah? –preguntó Claire.

–Hoy está con su abuela. Lo ha recogido muy temprano, así que puedo echar una mano. ¿Qué hago?

–¿No lo has visto cuando venías? –preguntó Claire, aunque sin ninguna esperanza.

–No, he mirado a ambos lados de la calle durante todo el trayecto. Leí en alguna parte que a los gatitos les gusta esconderse, así que podría estar escondido.

Ya habíamos mirado más de una vez en sus lugares favoritos, así que sabía que no estaba escondido.

–¿Ha desayunado ya Summer? –preguntó Tash.

–¡NO! –gritó Summer. Tash sonrió.

–Claire, ve a vestirte, yo le prepararé una tostada.

–Gracias, Tash. –Claire tenía lágrimas en los ojos cuando subió a cambiarse.

Todo el mundo se encontraba en nuestra cocina a la hora del almuerzo. Claire, Jonathan, Polly y Matt estaban sentados a la mesa. Tash había organizado un grupo de juegos en la salita para los niños. Sonó otra vez el timbre. Deseé que fuera alguien que traía a George, pero al abrir vimos a Tomasz.

–Bueno, aquí estoy, así que vamos a preparar planes –dijo Tomasz, tomando asiento.

–¿No deberías estar en el trabajo? –dijo Claire.

–Hay cosas más importantes. No te preocupes, Alfie, lo encontraremos. –Me acarició y me sentí más tranquilo. Tomasz era corpulento y transmitía calma. Sentí un chispazo de esperanza.

–No sé qué vamos a hacer si no lo encontramos. –Claire se echó a llorar y Jonathan la rodeó con sus brazos.

–Lo encontraremos –dijo, pero noté que se le quebraba la voz. A pesar de su jactancia, en el fondo era un blando, pero parecía resuelto.

–Tenemos que hacerlo –dijo Polly, con su hermosa cara blanca como la cera. Matt la abrazó. Pero el hecho de que todos estuvieran allí reunidos no hizo que me sintiera mejor.

–Voy a llamar a Max –dijo Tash, ruborizándose en el acto. Los otros la miraron–. Puede que nos ayude, es muy práctico.

–Buena idea, Tash –dijo Jonathan, y vi que Tash se animaba. La seguí hasta la otra habitación y, cuando la oí hablar con él, comprendí que le estaba abriendo la puerta de su corazón. Pedirle ayuda significaba que confiaba en él, y aunque yo no me había sentido peor en toda mi vida, me sentí ligeramente mejor en aquel instante.

Se decidió que Tash se quedaría con los niños y Claire y Jonathan irían andando hasta el parque del final de la calle. De paso, entrarían a ver a los Goodwin; si alguien podía encontrar a George, eran aquellos entrometidos, dijo Jonathan. Matt y Polly irían al otro extremo de la calle y Tomasz y Max recorrerían en coche los alrededores. El plan era que si no lo habíamos encontrado al caer la noche, pondrían avisos en Facebook y luego quizá incluso carteles... ¡Mi pequeño iba a aparecer también en las farolas! Pero todos confiábamos en que no hiciera falta llegar a tanto. Yo no dejaba de rezar para que nuestras esperanzas no quedaran defraudadas.

Entonces me di cuenta de cuál era el auténtico fallo de mi plan. Aunque hubiera funcionado, había planeado que George se quedara fuera toda la noche, pero hubiera sido injusta la preocupación que eso habría causado. Por mucho que mis humanos necesitaran abrir los ojos, tanta angustia se me antojaba desproporcionada. Sin embargo, ahora había desaparecido de verdad y encima por mi culpa.

Si algo le pasaba a mi pequeño, nunca, nunca me lo perdonaría.

Capítulo vigésimo noveno

Era casi la hora de la merienda y ya no podía con mi alma. Aún me preocupaba por mis humanos, pero no tanto como por encontrar a George. Los adultos seguían buscándolo sin éxito, así que fui a visitar a mis gatos esperando que hubieran encontrado alguna pista. Pero nada más ponerme en marcha, me atajó Salmon.

–Bien, bien, Alfie, ¿qué está pasando aquí? –exigió saber, entornando los ojos–. He visto a los gatos del barrio correteando por ahí como un ejército de hormigas, tu familia ha ido a ver a la mía y oí que decían que tenían que ir a buscar a George y luego salieron como flechas.

–Entonces ya sabes exactamente lo que está pasando. George ha desaparecido. Es una larga historia, pero la cuestión es que tenemos que encontrarlo.

–Temía que se tratara de eso. Pero alimentaba la ligera esperanza de que fuera uno de esos enrevesados planes tuyos.

Quise sentirme ofendido, pero por una vez Salmon tenía razón.

–Bueno, se ha perdido y yo estoy frenético, todos lo estamos. ¿Y si acaba sumándose a los gatos de las farolas?

–Mi familia dijo que temían que pudiera pasarle algo así a George. Mira, están buscando a todos esos gatos, y ahora también a George, y con tanta gente metida seguro que lo encontramos. Y ahora me voy, pero si hay noticias, vendré a decírtelo. –Salmon se portaba amablemente por primera vez en su vida.

–¿Harás eso? –pregunté con los ojos dilatados por la sorpresa.

–Sí, ese pequeño es un encanto y, bueno, me ha ablandado en cierto modo. No te preocupes, Alfie, lo encontraremos.

–Pero ¿y si está con los otros gatos desaparecidos? –pregunté.

–Entonces por lo menos estará entre amigos. Alfie, trata de no preocuparte.

Miré sorprendido a Salmon cuando se iba. Mi niño lo había hechizado incluso a él.

Ahora estaba seguro de que George se había perdido, que no se había escondido, y la idea de que estuviera asustado me resultaba insoportable, sobre todo ahora que se estaba haciendo de noche. Mis gatos se habían organizado por parejas para registrar la zona: Nellie había ido con Tinkerbell, Rocky con Elvis. Tiger y yo investigábamos juntos: la necesitaba más que nunca. Era como si su presencia física me mantuviera de una pieza. O casi. Quería acurrucarme y llorar, pero tenía que seguir en pie hasta que apareciera. No encontrarlo no era admisible como alternativa.

Cuando nos reunimos, todos los gatos detallaron por dónde habían mirado hasta el momento y todos sentimos la misma frustración por no haber dado con

George. El desaliento impregnaba el ambiente; no sabía cuánto tiempo podría seguir soportándolo.

–Iré a casa a ver si los humanos tienen alguna noticia –decidí–. Esperad a Dustbin aquí, yo volveré en cuanto pueda. –Todos asintieron solemnemente. Nellie había dicho que mis planes los habían unido, pero la cosa había ido ya demasiado lejos. Todos estábamos angustiados: por Pinkie, por que alguien estuviera al acecho para hacer daño a los gatos, y sobre todo por George, al que todos queríamos.

Entré en casa sintiendo una gran pesadez en las patas. Vi con consternación a todos mis humanos alrededor de la mesa de la cocina. ¿Por qué no estaban fuera buscando?

–Miau –exclamé enfadado. Todos se volvieron a mirarme: Jonathan, Claire, Matt, Polly, Tomasz, Tash y, vaya por Dios, también Max. Vi que Max y Tash estaban cogidos de la mano... ¿Qué estaba pasando? Luego vi que en la mesa había carteles, iguales a los de las farolas, solo que estos tenían una foto de mi George. Sentí que el corazón se me partía por la mitad.

–Hola, Alfie, ¿no ha habido suerte? –dijo Claire. Tenía un aspecto horrible, como si hubiera estado llorando. En realidad, ninguno de mis humanos tenía buen aspecto. La miré. No tenía fuerzas ni para preguntar dónde estaban los niños.

–Gracias por hacer los carteles tan aprisa, Max –dijo Jonathan–. No podemos arriesgarnos a perder ni un minuto. –Dio instrucciones a todos sobre dónde ponerlos. Yo salté al regazo de Claire y miré el bello rostro de George.

–Eres un hacha, Max –dijo Tash, y vi que sus mejillas volvían a sonrojarse. Al parecer, habían resuelto sus asuntos, pero yo no tenía fuerzas para alegrarme por ellos, al menos por ahora. Salté al suelo y me fui. No estábamos más cerca de saber dónde se encontraba George.

–¿Y Dustbin? –pregunté esperanzado al acercarme a Tiger, que estaba aguardando ante mi puerta.

–Lo siento, Alfie, todavía no ha llegado. Los otros han ido a buscarlo de nuevo, nadie sabe qué más puede hacerse.

–Y por una vez, me he quedado sin ideas. Esta noche será la primera noche que pase lejos de George desde que vino a vivir conmigo. No sé si podré soportarlo.

–Alfie, escucha, ¿por qué no esperamos aquí hasta que llegue Dustbin? Nos quedaremos toda la noche si hace falta. Y si uno de nosotros necesita entrar, el otro se quedará aquí.

–Me parece estupendo –dije–. Me siento muy inútil.

–Alfie, lo encontraremos, lo sé. –Nos acurrucamos bajo un arbusto, aunque no creía que pudiera conciliar el sueño aquella noche.

Vimos que Matt, Jonathan y Tomasz salían por la puerta cargados de carteles.

–Bien, chicos, nos volveremos a ver aquí cuando los hayamos puesto todos –dijo Jonathan.

Se pusieron en marcha, Matt y Tomasz en una dirección y Jonathan en la otra.

–Van a poner carteles en las farolas –expliqué a Tiger. La angustia se apoderó de ella al tomar conciencia nuevamente de la realidad de lo sucedido.

–Ojalá no hubiera insistido en llevar a cabo mi estúpido plan –lamenté.

–Vamos, Alfie, no es culpa tuya. Solo lo dejaste unos minutos.

–Lo sé, pero no debería haberlo dejado solo nunca. Debería haber esperado con él a que salieras. No importa cuál fuera el plan, no debería haberse quedado solo.

–Bueno, no podemos invertir el avance del tiempo, y echarte la culpa no va a ayudar a nadie. Vamos, Alfie, tratemos de ser optimistas. Eres el gato más optimista que conozco.

–Es que no me siento bien.

–Lo sé, es horrible. No creía que fuera a añorar a nadie tanto como añoro a George. –Tiger estaba triste–. Pero lo encontraremos. Tenemos que recuperarlo.

–Ojalá viniera Dustbin.

La puerta principal se abrió de nuevo y salió Tash con Elijah. Max estaba a su lado.

–¿Estás segura de que no quieres que lo lleve yo? –preguntó Max.

–Estoy acostumbrada a cargar con él –respondió Tash.

–Pero no tienes por qué hacerlo. Mira, te prometo que nos lo tomaremos con calma, de veras, pero déjame que te ayude. –Parecía muy sincero; aquel caballero me gustaba de veras.

–Tienes razón. Supongo que estoy demasiado acostumbrada a hacer las cosas sola. Max, tienes que tener paciencia conmigo.

–Oye, Paciencia es mi segundo nombre.

Esperaba que no.

Tiger y yo los vimos dirigirse hacia el domicilio de Tash, Max con Elijah en brazos. Era una escena muy dulce y si no hubiera estado tan preocupado por mi niño, el corazón se me habría llenado de alegría.

–George te necesita, Alfie –dijo Tiger de repente–. Nos necesita a los dos. Le prometimos que seríamos sus padres y tenemos que protegerlo al precio que sea.

–Tiger, tienes razón. Tenemos que ser fuertes; no hay tiempo para lamentarse. –Íbamos a encontrarlo. Cerré los ojos y lo deseé con toda mi alma.

Capítulo trigésimo

Desperté sobresaltado. Todavía estaba al pie del arbusto; obviamente, me había quedado dormido, pero aún era de noche. Tiger dormía a mi lado, con un aire tan pacífico que casi olvidé el problema que nos acuciaba. Me desperecé y eché un vistazo alrededor. Ni rastro de Dustbin, ni de ningún otro gato. Di una vuelta para estirar las patas y por hacer algo. Estaba a punto de acostarme otra vez al lado de Tiger cuando, ante mi sorpresa, vi a Tomasz el grande caminando por nuestra calle. ¿Qué hacía aquel hombre a aquellas horas? ¿Habría encontrado a George? No me atrevía a reavivar la esperanza. Corrí a la calle para interceptarlo y, en cuanto me vio, me cogió en brazos.

–Alfie, es media noche –dijo, sentándose en el murete del jardín. Maullé: ya lo sabía. Pero ¿qué hacía él allí?–. He estado pensando mucho. Ver lo perdido que estás sin George me hace comprender lo perdido que estoy yo sin mi familia: sin mi mujer y sin mis gatitos. Alfie, esta noche he salido para buscar a George mientras los demás duermen, pero me siento inútil. –Me acurruqué en su hombro; yo me sentía igual–. Alfie, lo siento, pero por muy preocupados que estemos por George, tengo que hacer algo importante. Mañana cogeré un vuelo a Polonia para ir a buscar a mi familia y traerla de nuevo. Espero que para entonces hayamos encontrado a George, pero aunque no sea así, tengo que irme. Espero que lo entiendas.

A pesar de lo corpulento y sólido que era Tomasz, parecía muy triste. Lo entendía. Después de todo, era parte de mi plan maestro que se fuera a Polonia. Pensé en la desgraciada ironía de mi vida: Tash había abierto a Max la puerta de su corazón y Tomasz se iba a buscar a su familia, pero yo había perdido a mi pequeño. No había triunfo, solo dolor, y me esforcé por no oír la horrible vocecita interior que me decía que prefería recuperar a George a solucionar los problemas de los demás. Era muy egoísta por mi parte, ¿no? De repente me daba cuenta de que mi niño me importaba más que nadie, y su felicidad y seguridad estaban por encima de todo lo demás. Quería a mis humanos, y quería que fueran felices, pero no a costa de George. Volví a encogerme en el hombro de Tomasz; quería sentir algo de calor porque de repente el pelaje se me había helado, al igual que el corazón.

Al cabo de un rato, Tomasz se fue a buscar a George. Pobre Tomasz, se sentía culpable por dejarnos antes de resolver el misterio de George, así que estaba sacrificando unas horas de sueño para echar un último vistazo, aunque yo tenía la horrible sensación de que no serviría para nada. Empezaba a desesperarme. ¿Cómo iba a ser capaz de seguir viviendo como hasta entonces? ¿Cómo iba a comer, a dormir, o a ser feliz de nuevo? Estaba seguro de que no podría si no recuperaba a George.

Al llegar la mañana Tiger despertó y se desperezó; habíamos pasado toda la noche fuera y yo había sido incapaz de volver a dormir. El sol empezaba a salir cuando volví a ver a Tomasz. Lo miré esperanzado por si traía a George, pero sus brazos estaban vacíos. Cuando llegó a la puerta de casa, miré a Tiger, que asintió con la cabeza. Me dispuse a entrar para saber si había novedades. Tomasz pulsó el timbre y yo me puse junto a sus pies. Abrió Jonathan, en bata y con el pelo más revuelto que nunca. Estaba pálido y deduje que tampoco había podido dormir. Sin decir nada, se hizo a un lado para que entráramos.

–¿No ha habido suerte? –dijo, entrando en la cocina y empezando a trastear con la cafetera.

–He caminado durante horas. Ni rastro. Pero tengo que decirte algo, Jon. He decidido ir a Polonia hoy. He reservado un vuelo y voy a dejar los restaurantes en manos de los encargados.

–¡Amigo, vas a buscar a tu familia! –Vi un leve asomo de sonrisa en los labios de Jonathan.

–Me siento fatal por irme antes de que aparezca George, pero tengo que decirle a Franceska y a los niños lo importantes que son para mí.

–Sí, Tom, hazlo, nosotros encontraremos a George. Estoy seguro. Así que ve y ya te enviaré un mensaje si hay noticias, pero antes necesitas un café, pareces un muerto viviente.

–Pues mirarte a ti es como mirarme en un espejo –replicó Tomasz en broma.

–No sabíamos que esto pudiera ser tan doloroso para nosotros. Y para el pobre Alfie también. ¿Sabes? Lo encontraremos –repitió Jonathan, aunque no sabía a quién quería convencer, si a mí, a Tomasz o a él mismo.

Vi que la casa cobraba vida, aunque todo el mundo andaba con la cara larga. Ni siquiera la pequeña Summer era la misma, parecía notar que algo iba mal. He aprendido que los niños pueden ser muy perspicaces, aunque no tanto como los gatos. Claire llevaba las emociones plasmadas en el rostro y supe que había estado llorando. No dejaba de abrazarme y de decir lo apenada que estaba. Jonathan nos lanzaba miradas angustiadas mientras contaba a Claire lo que le había explicado Tomasz.

–Me alegro de que haya recuperado el sentido común –dijo Claire–. Pero, francamente, ojalá no hubiera hecho falta que se perdiera George para eso.

–No, querida, nada vale el precio de perder a George –dijo Jonathan.

Bebí algo de agua y traté de comer, aunque tenía la sensación de que me atragantaría con la comida. Ver el cuenco de George vacío en el armario de la cocina era más de lo que mi corazón podía soportar. Me lavé un poco y oí que Claire y Jonathan intentaban trazar un plan.

–Hemos mirado por los alrededores, hemos puesto carteles y hemos metido a Vic y Heather en el caso. Creo que lo mejor sería sentarnos aquí y esperar a que suene el teléfono –sugirió Jonathan.

–Estoy de acuerdo. Tomasz ha estado buscando toda la noche, ayer miramos por todas partes, y Vic y Heather incluso hablaron con la policía. Si nos quedamos cerca de casa, puede que haya alguna noticia, puede que incluso George vuelva a casa.

Ay, cómo envidiaba su optimismo. Aunque me sentía irritado con ellos por creer que las soluciones les iban a caer del cielo. Para mí era imposible permanecer inactivo. Tenía que estar fuera, haciendo algo. Aunque no sirviera para nada.

Salí de casa y di la vuelta hasta llegar a la parte delantera, donde estaba Tiger mirando hacia un lado de la calle dubitativa.

–¿Qué pasa? –dije, corriendo hacia ella.

–Ya llega tu amigo –dijo algo nerviosa– y viene acompañado. –Volví la cabeza y vi a Dustbin a lo lejos. El corazón se me llenó de esperanza, pero el gato que iba con él no era George, era un gato grande y negro. Tiger y yo nos quedamos sentados con las patas delanteras estiradas, esperando a que se acercaran.

–Alfie, ¿podemos hablar en algún lugar más privado? –preguntó Dustbin, señalando a su compañero. Sin decir palabra, los conduje bajo el arbusto donde Tiger y yo habíamos dormido aquella noche–. Bien, lo primero es lo primero. Os presento al señor B, y señor B, te presento a Alfie y a Tiger. –Nos saludamos moviendo la cabeza–. El señor B es el mejor de la profesión, un experto en encontrar cosas. De hecho, me ayudó cuando se perdió tu Snowball.

–La recuerdo bien –dijo el señor B–. Una preciosa gata blanca que se había metido en un lío. Bueno, el caso es que Dustbin me ha hablado de los gatos desaparecidos y he pasado un tiempo indagando, y creo que tengo la respuesta.

–¿De veras? –Yo no podía ni respirar. ¿Habían encontrado a George?

–Mirad, fue un trabajo difícil, pero tuvimos suerte, o creemos que la tuvimos. Parece que hay alguien por ahí que se dedica a coger gatos de la calle cuando menos se lo esperan.

–¿Quieres decir que es verdad que hay un secuestrador de gatos? –Tiger estaba aterrorizada.

–Sí. No sabemos quién es ni por qué lo hace, pero tras un trabajo intensivo hemos descubierto la casa donde creemos que lleva a los gatos. *Creemos* es la palabra clave, porque no estamos seguros al ciento por ciento. Pero tras vigilar la zona circundante, hemos oído informes sobre niveles anormales de ruido gatuno. –El señor B hablaba como un auténtico profesional. De nuevo me sentí en deuda con Dustbin.

–¿George está allí? –pregunté.

–No lo sabemos, Alfie. Sabemos dónde está la casa, no se encuentra muy lejos de aquí, pero entrar allí no va a ser fácil. La portalada es muy alta y no podemos mirar por encima... Es demasiado alta para trepar por ella. La cerca que rodea todo el jardín es de alambre. Se puede ver algo desde fuera, pero las cortinas de la casa están siempre corridas y el interior a oscuras. Sin embargo, hemos llegado a la conclusión de que dentro hay un gran número de gatos.

–¿Cómo? –preguntó Tiger.

–Buena pregunta –señaló el señor B–. Hay mucho ruido, aunque os aseguro que no oímos gatos angustiados, sino gatos que parloteaban, y más gatos de lo que sería normal en una casa familiar. Además, hay un cobertizo al fondo que está lleno de latas de comida para gatos y grandes bolsas de galletas. –Sentí un escalofrío:

a mí no me gustaba la comida de lata–. La casa está vigilada por unas criaturas situadas al otro lado de la cerca. La altura de la portalada, las cortinas corridas en todas las ventanas, la comida para gatos y los vigilantes son indicios que sugieren que la persona o personas que viven dentro están escondiendo algo..., o mejor dicho, que están escondiendo docenas de gatos.

–Parece que lo que dice este señor tiene sentido. –Tenía mis dudas, pero no había más a lo que aferrarse.

–Alfie, no podemos estar seguros, pero si George está allí, tenemos que averiguarlo cuanto antes. Necesitamos un plan –dijo Dustbin. Sentí un pequeño brote de esperanza. Era la primera pista desde que George se había perdido y ahora tenía que ser fuerte, por mi pequeño.

¿Necesitaban un plan? Muy bien, habían acudido al gato indicado.

Capítulo trigésimo primero

Estaba nervioso. De todos los planes que había urdido en mi vida, aquel era el más ambicioso. No solo George, sino todos los gatos que habían aparecido en los carteles podrían salvarse gracias a él. Había reunido a todos los amigos para explicarles lo que teníamos que hacer.

Tras sostener largas conversaciones con el señor B y con Dustbin, tenía toda la información que necesitaba; incluso nos habían llevado a Tiger y a mí a ver la casa. Tal como habían dicho, estaba totalmente a oscuras, pero podíamos oír débiles maullidos procedentes del interior. La portalada del jardín era insalvable, pero la cerca que rodeaba la casa era de alambre, y aunque no era muy accesible, al menos presentaba posibilidades.

Lo mejor de todo era que las criaturas que guardaban la casa eran gallinas, que iban de aquí para allá al otro lado de la cerca, así que la única forma de entrar era pasando entre ellas. Conseguí introducir el hocico por la cerca, y aunque se enfadaron, cacarearon y bambolearon la cabeza hacia mí, cuando les expliqué que tenía muchas amigas gallinas en el campo (una ligera exageración), nos dieron la bienvenida inmediatamente. Al menos no intentaron atacarme con el pico a través de la cerca. No nos comunicábamos con facilidad, pero conseguí hacerlas entender que necesitaría su ayuda, y cuando se calmaron, creo que accedieron a ayudarnos. Di gracias por el tiempo que había pasado en el campo: parece que mi conocimiento de las gallinas por fin iba a servir para algo.

–Impresionante –dijo Dustbin cuando volví–. Pero la cerca será difícil de saltar. –Tenía razón: era alta y con púas en la parte superior. Parecía muy peligrosa.

–Lo sé, pero creo que podré hacerlo si me pongo a pensar en ello –dije, tratando de hacerme el valiente, aunque temblaba de patas a testa.

–Ay, Alfie, ¿estás seguro?, podrías hacerte mucho daño y tu pata... –Tiger parecía preocupada.

–Tiger, si mi niño está ahí dentro, no me importa el peligro. Venderé cara mi vida. Entraré como sea. –Los otros no las tenían todas consigo, pero se acordó que Dustbin me acompañaría. Tiger y yo dejamos a Dustbin y al señor B vigilando la casa. Iban a esperar allí, porque nosotros teníamos mucho que hacer antes de estar listos para iniciar el rescate de los gatos.

–Y bien, Alfie, ¿qué hacemos? –preguntó Rocky cuando les hablé de la casa.

Había ideado un plan completo, cuidando todos los detalles, y cuando terminé de hablar, todo el mundo entendió lo serio que era.

–Bien, chicos, vamos allá. Dustbin y el señor B están esperando. –Miré a Tiger, la única aparte de mí que sabía dónde estaba la casa. La necesitaba por si algo iba mal–. Tengo que arreglar también lo de los humanos, pero si pudierais encontrar a Salmon, sería magnífico. Tiger, ¿quieres encargarte tú de conducir a Salmon a la casa? –Expliqué exactamente qué quería que hiciera Salmon. Quería que todos mis amigos formaran parte del plan, aunque muchos solo estarían presentes como fuerza de apoyo. Sabía lo importante que era para ellos sentirse útiles. Tinkerbell iba a ayudar a Tiger, mientras que Rocky, Nellie y Elvis procurarían estar al tanto de lo que ocurría para poder advertir a Tiger o Tinkerbell de cualquier problema que surgiera. Vi lo animados que estaban todos. Asustados, sí, pero por las venas nos corría fuego. Íbamos a rescatar a George.

El plan era arriesgado porque no podía hacerlo solo con mis gatos. Tenía que implicar a los humanos y eso no iba a ser fácil. Sin embargo, todo el mundo estuvo de acuerdo en desempeñar su papel y en cumplir con su cometido, así que me sentía todo lo seguro que se podía estar.

–Buena suerte, Alfie, todos te apoyamos y esperamos que rescates al pequeño sano y salvo –dijo Elvis.

–Qué valiente eres –añadió Nellie.

Respiré hondo y el plan se puso en marcha.

Lo primero que hice fue ir a casa. Necesitaba humanos conmigo y mis preferidos eran Jonathan y Matt. Estaban en forma, y si podía convencerlos para que me acompañaran, tendría media batalla ganada. O al menos una parte. Aún tenía mucho trabajo que hacer, al igual que Dustbin, que era un gato muy duro y por consiguiente mi compañero favorito.

Sabía que una vez que llegáramos a la casa, todo se desarrollaría muy rápidamente, pero antes tenía que convencer a los humanos.

Entré en la cocina. Qué extraña parecía sin George. Aunque había vivido con nosotros poco tiempo, la casa lo necesitaba. Me acerqué a Claire y Tash, que estaban dando de comer a los niños. Polly andaba de un lado a otro, al igual que Matt. Jonathan hablaba por teléfono.

–Ah, Alfie, estás aquí –dijo Claire–. Me temo que seguimos sin noticias.

–Miau –respiré hondo–. Miau, miau, miau, marramiau –exclamé con todas mis fuerzas. Todo el mundo me miró. Perfecto, ya tenía su atención. Corrí en círculos, sin dejar de maullar, y luego corrí hacia la puerta principal, con la intención de que alguien me siguiera.

Me quedé junto a la puerta de la calle, oí que hablaban de mí en la cocina y empecé a sospechar que no me habían entendido.

–¿Se ha vuelto loco? –preguntó Tash.

–Caray, no sabía que pudiera hacer tanto ruido –dijo Jonathan. Muy bien, me dije, tratando de mantener la calma, aquello no iba a ser tan fácil como había imaginado.

Volví sobre mis pasos y repetí la maniobra, maullando, bufando y haciendo todo el ruido que podía, pero se limitaron a mirarme como panolis, hasta que Summer se echó a llorar. ¡Oh, cuánta frustración! Claire quiso consolar a la niña, diciéndole que no se preocupara, aunque ella también parecía inquieta. Me acerqué a Jonathan. Era mi única esperanza, al parecer, y más bien débil. Hablando con franqueza, dicen que los humanos son inteligentes, pero ¿de veras lo son? Las personas allí reunidas no lo daban a entender. Me puse a dos patas y le di golpes con las delanteras, pero se quedó mirándome.

–¿Qué pasa, Alfie? –preguntó.

–¡¡MIAU!! –respondí, ¡por la Gran Sardina!, pero parecía confuso. Detestaba hacerlo, y esperaba que me perdonara más tarde, pero no tenía más remedio. Le di un zarpazo y lo arañé con todas mis fuerzas.

–¡Ay! Pero ¿qué haces, gato del demonio?

Aproveché el momento en que me miró encolerizado.

–MIAU –dije, corriendo hacia la puerta de la calle.

–Creo que quiere que lo sigas –dijo al fin Claire–. ¿Y si sabe algo?

Sentado ante la puerta de la calle, estuve golpeándola con la cabeza para ilustrar mejor mis intenciones hasta que Matt, Jonathan y Polly salieron por fin de la cocina. A aquel paso, los golpes acabarían por dejarme fuera de combate antes de que hicieran lo que yo necesitaba que hicieran. Cuando Jonathan abrió la puerta, salí corriendo, contento al ver que me seguían.

–¿Qué hace? –preguntó Polly, que se había quedado bajo el dintel.

–Ni idea, pero Jon y yo vamos a ir tras él, vosotras quedaos con los niños. Os llamaré si pasa algo –gritó Matt, que ya corría tras de mí por la acera. Seguí la ruta que había memorizado. Estaba cansado, pero teníamos que apresurarnos. Si George estaba en aquella extraña casa, quería sacarlo de allí lo antes posible.

Recordaba perfectamente el camino, lo cual fue un gran alivio, y cuando llegué a la casa, el señor B y Dustbin estaban esperándome. Ignoraba qué pensarían Matt y Jonathan, pero el señor B se perdió entre las sombras, dejándonos solos a Dustbin y a mí.

–Creo que he visto a tu pequeño –susurró Dustbin–. En cierto momento descorrieron una cortina y, no estoy seguro, pero creo que vi a George.

–Ojalá fuera él. –Mi corazón se alegró ante la posibilidad–. ¿Estás listo? –pregunté, y Dustbin me dio a entender que sí.

Matt y Jonathan estaban delante de la portalada, tratando de abrirla, pero sin conseguirlo. La golpearon con los puños, pero no sirvió de nada.

–¿Tú sabes lo que pasa? –preguntó Matt.

–No tengo ni idea, incluso es posible que Alfie se haya vuelto loco. El síndrome del gato loco o algo parecido –dijo Jonathan. Lancé un maullido: no era el momento de bromear–. De acuerdo, lo siento. Bueno, Alfie. ¿Qué lugar es este y quién es ese gato que está contigo?

–No estoy seguro, pero creo que es el gato del restaurante de Tomasz –dijo Matt, algo desconcertado.

–Nada me sorprende ya de estas bestezuelas –dijo Jonathan mientras lo conducíamos a la cerca. Maullé con intensidad para llamar la atención de las gallinas, que me miraron con sus ojillos redondos, pero sin moverse. Interpreté que estaban listas para ayudarnos. Respiré hondo y empecé a trepar por la cerca. No era fácil: el alambre era resbaladizo y la cerca alta.

–Por todos los santos, ¿qué le ha dado ahora? –preguntó Matt. Vi que ninguno de los dos hacía nada por ayudarme.

–¿Crees que es posible que George esté en esa casa?

–Si no fuera así, no sé por qué Alfie iba a estar haciendo esto. Recuerda que no le gustan las alturas.

Mientras trepaba con Dustbin a mi lado animándome, decidí no hacer caso de los humanos. Al menos habían adivinado ya por qué estábamos allí, así que era probable que ahora hicieran algo de provecho. Al cabo de una eternidad conseguí llegar a los alambres de púas y me preparé para iniciar el descenso. Bajar parecía más peligroso que subir. Me quedé paralizado.

–Creo que deberíamos llamar a la policía –dijo Jonathan finalmente.

–¿Y qué decimos? –inquirió Matt.

–Que puede que haya un secuestrador de gatos en esa casa –sugirió Jonathan. Lo miré desde lo alto de la cerca y vi que sacaba el teléfono.

–¿Y qué pruebas tenemos? –preguntó Matt.

–Bueno, tienen a nuestro gato, o lo tendrán en menos de un minuto. Mira, va a entrar ya.

Vi con el rabillo del ojo que Jonathan empezaba a marcar un número con dedos trémulos.

–Puede que no nos crean –dijo Matt–. Aunque si dices que nuestro gato está dentro, es posible que funcione.

–Exacto. A menos que tengas una idea mejor. Si hay un ladrón de gatos ahí, los animales estarán hechos un asco y no podremos llevárnoslos.

–Es verdad, de acuerdo, llama a la policía –dijo Matt, sin estar convencido.

–Escucha, Alfie –dijo Dustbin con toda tranquilidad–. Tú fíjate en mí, muévete con rapidez, agárrate donde puedas y estarás en el suelo antes de que te des cuenta.

Yo seguía petrificado. Matt tenía razón, no me gustaban las alturas... ¿Y si Dustbin y yo íbamos camino de un lugar del que no se podía salir? Me alegré de que Jonathan estuviera llamando a la policía.

Me solté un pequeño discurso de persuasión, y cuando vi que Dustbin tocaba suelo, supe que yo también podía. Podía por mi pequeño. Aterricé de cualquier manera, pero aterricé. Dustbin aún parecía temeroso de las gallinas, pero consiguió pasar fácilmente entre ellas. Yo me quedé mirándolas.

–Espero que me entendáis –les dije–. Voy a perseguiros, pero prometo que no os haré daño, solo necesito que hagamos mucho ruido entre todos.

–Clo clo clo –respondieron, y estuve seguro de que era la forma de decir «sí» que tenían las gallinas.

Tragué una profunda bocanada de aire y eché a correr tras ellas. Las aves revolotearon por todas partes y, por suerte, creo que entendieron lo de organizar un buen alboroto. Aunque estaba cansado, no dejé de correr y las gallinas cada vez hacían más ruido. Probablemente más del necesario, pero es que las aves de corral tienden a ser muy melodramáticas. Empezaron a volar las plumas, aunque juro que aún no había tocado a ninguna.

–Por todos los santos, ¿por qué persigue a las gallinas? Cuando estuvimos de vacaciones, le daban miedo..., no quería ni acercarse a ellas –dijo Jonathan–. ¡Alfie, deja de hacer el gamberro, para ya! –gritó, pero yo hice como quien oye llover.

Finalmente se abrió una puerta y salió una señora muy desaliñada. Cuando echó a correr hacia mí, dando gritos, Dustbin se coló en la casa. ¡Hurra, la primera parte del plan había funcionado!

–Aléjate de mis gallinas –gritó la mujer; hablaba un poco como la reina–. ¡Déjalas en paz! –Tu tía, pensé. Perseguí a las gallinas con más ferocidad hasta que me convencí de que Dustbin se encontraba seguro dentro. Por suerte, la mujer había olvidado cerrar la puerta. La idea era que Dustbin dijera a todos los gatos que salieran, así no habría la menor duda de que aquella mujer tenía a los gatos desaparecidos. Esperaba que los tuviera ella, después de todo aquel jaleo. Si no, sería un poco embarazoso.

–Usted perdone –dijo Jonathan con voz trémula, como si estuviera nervioso, cuando la mujer los vio–. ¡Alfie, sal de ahí! –Hice lo que me ordenaba y salté al jardín, aterrizando a los pies de la mujer. Vi que llevaba solo una bota y en el otro pie un calcetín agujereado. No parecía peligrosa, aunque tenía el pelo gris muy alborotado y llevaba un jersey excesivamente ancho encima de algo que parecía un pijama.

–Mire, siento muchísimo todo esto, pero ¿podría abrir la puerta para que Alfie vuelva con nosotros? –dijo Matt, mirando a Jonathan. Jonathan y él se volvieron para mirar a sus espaldas, esperando a la policía, supuse.

–No pienso hacerlo. Este gato es mío ahora –dijo mirándome–. Aaah, no tengo ningún pelicorto británico de pelaje azul y eres muy guapo. –Levanté los bigotes: qué detalle haberlo notado, pero entonces recordé dónde estaba y por qué me encontraba allí.

–El gato es nuestro –dijo Matt con voz iracunda–. ¡Devuélvanoslo! –Se aproximó a la cerca todo lo que pudo y Jonathan con él.

–Fu –dije yo con enfado.

La mujer me miró, luego miró a Jonathan y a Matt, y entonces se volvió para mirar su puerta trasera.

–¡Aaaarrrggghh! –gritó al ver salir a Dustbin con una horda de gatos. El corazón se me aceleró al ver a George al lado de Dustbin.

–Miau –dije, corriendo hacia él–. Gracias al cielo que estás bien –le di un fortísimo abrazo.

–Papá, sabía que vendrías a rescatarme –respondió George.

–Bien, ahora no hay tiempo para eso, tenemos que seguir juntos. –Vi que Pinkie salía con los demás. ¡Allí había veinte gatos por lo menos! La gata corrió hacia mí.

–Uf, menos mal –exclamó–. Alfie, menos mal que estás aquí. –Parecía inquieta–. Qué alivio siento al poder salir. No me gustaba estar ahí dentro, y su frigorífico no me resultaba nada cómodo.

–Está bien, ahora sois libres –dije.

Aunque me di cuenta de repente de que en realidad no lo éramos; seguíamos encerrados en el jardín de aquella mujer.

–¡Vaya, de modo que usted es la ladrona de gatos! –gritó Jonathan por encima del ruido que hacían los gatos que corrían por el jardín, maullando con todas sus fuerzas.

–Desde luego que no –dijo la mujer.

–¡Pero tiene a nuestro gatito y ha intentado quedarse con Alfie! –replicó Matt.

–Todos son míos. Míos, se lo aseguro –chilló la bruja. La miré, temiendo que estuviera loca. Mientras intentaba atrapar a los gatos, y a mí con ellos, ocurrieron dos cosas. Oímos la sirena de la policía y vimos que Vic y Heather Goodwin corrían hacia donde estaban Matt y Jonathan, con Salmon pisándoles los talones. Nunca me había alegrado tanto de verlos. La verdad era que nunca me había alegrado de verlos, hasta aquel momento, así que la situación era realmente extraña.

–¿Qué está pasando? –gritó Vic.

–Es la ladrona de gatos –dijo Matt.

Me acerqué a George; no sabíamos cómo salir de allí, pero al menos tenía a mi pequeño. Los otros gatos parecían contentos de verse al aire libre y corrían en círculos, disfrutando de la libertad.

–¿Quién? ¿Esa vieja? –preguntó Heather sin dar crédito a sus oídos–. ¡Vamos a detenerla! ¡Hagamos un arresto civil! –gritó, aunque no me entraba en la cabeza cómo iba a hacerlo, estando por medio la cerca.

–Yo no soy la ladrona de gatos. Estos gatos son míos –insistía la mujer.

–La policía está al llegar –dijo Matt.

–Estupendo. Y no es cierto lo que usted dice, señora. –Vic agitó un puñado de papeles ante ella–. La desaparición de todos estos gatos se ha denunciado públicamente.

–Y George es uno de ellos –apuntó Jonathan.

–Es una coleccionista de gatos de la peor ralea –gritó Heather.

–Pero... –La mujer parecía derrotada–. Solo quería que fueran míos.

Llegó el coche de la policía y bajaron dos agentes.

–¿Qué pasa aquí? –preguntó uno y Vic se encargó de explicárselo.

En el caos que siguió, pude comprobar que George estaba bien. Dijo que Pinkie lo había cuidado y que los otros gatos fueron muy amables. Estaban muy nerviosos por estar todos juntos allí. La ladrona, que resultó llamarse Henrietta, los trataba bien, aunque no los dejaba salir, así que la casa era un desastre y los gatos estaban a punto de enloquecer. Pero no había sido mala con ellos, lo cual para mí era lo más importante.

Nos enteramos de que había capturado a George en la puerta trasera de Tiger durante el poco rato que se había quedado solo. Debía de estar vigilándonos. Sentí un escalofrío al pensar en lo descuidado que había sido.

–Déjenos entrar –dijo un agente.

–Preferiría no hacerlo –dijo la mujer con voz insegura.

–O nos deja entrar o tendremos que forzar la puerta, y ya tiene bastantes problemas.

Cuando la policía entró por fin, con Matt y Jonathan tras ellos, Vic y Heather también se colaron. No paraban de decirles a los desconcertados policías qué tenían que hacer.

–Deberían detenerla –dijo Vic.

–Encerrarla y tirar la llave –añadió Heather.

–Bueno, quizá sea mejor decidir antes qué hacer con todos estos gatos. No podemos llevarlos a la comisaría –dijo un agente, ligeramente asustado.

–No hace falta –dijo Heather–. Podemos llamar a los dueños para que vengan a buscarlos. Mire, tengo los carteles. Cogimos un ejemplar de cada uno para saber qué gatos teníamos que buscar. Por algo dirigimos los comités de vigilancia del barrio, ¿sabe?

–Bueno, eso está bien, señor y señora Goodwin. Bien, señora...

–Babbington-Smythe. Pero pueden llamarme Henrietta –dijo la extraña señora. Incluso alargó la mano al policía, que parecía confuso pero se la estrechó.

–Venga conmigo –dijo un agente–. Me temo que tendré que pedirle que espere dentro del coche mientras ponemos orden aquí.

El otro agente utilizó la radio para informar de que tenían un caso gatuno que los entretendría un rato. Mientras Matt cogía en brazos a George, Jonathan telefoneó a Claire para contarle lo que estaba pasando y yo conseguí quedarme un rato a solas con Dustbin y el señor B.

–No sé cómo darte las gracias, señor B, has hecho un trabajo impecable. Y tú, Dustbin, has demostrado una vez más que eres un gran amigo. Ninguno de estos gatos estaría libre sin vosotros.

–No sé de qué hablas, Alfie, pero me alegro de que el pequeño esté bien –dijo Dustbin–. También me alegro por los otros gatos, claro, pero sobre todo por él. –Nos dimos un abrazo–. Y una cosa, Alfie, hace falta mucho valor para hacer lo que hiciste, esa cerca, tu miedo a las alturas, las gallinas. Buen trabajo, chico.

–Siento interrumpir –dijo el señor B–, pero tengo que volver, nunca se sabe cuándo volverán a necesitarme. –Los dos se fueron sin que nadie se percatara ni, por suerte, tratara de buscarles alojamiento.

Después de una espera que se nos hizo infinita, la policía nos permitió irnos. Heather y Vic accedieron a quedarse hasta que llegaran los dueños de los demás gatos, para ayudar a la policía, naturalmente. Mientras sonreía a Salmon con gratitud, me di cuenta de que los Goodwin estaban en su elemento. Disfrutaban de cada segundo, aunque es posible que se hubieran sentido decepcionados por no haber podido arrestar civilmente a la mujer.

Mientras nos dirigíamos a casa, Matt con George en brazos y Jonathan conmigo, me di cuenta de que el plan había funcionado a las mil maravillas. Nadie había resultado herido, yo solo había recibido un par de arañazos al trepar por la cerca, las gallinas estaban ilesas y George estaba sano y salvo conmigo.

–Muchas gracias a todas –dije a las gallinas. Me sentía como si ya fuera amigo de aquellas criaturas.

–Clo clo –respondieron, bamboleando la cabeza de un modo que seguramente significaba «de nada».

Mi alivio era palpable. Había confiado en un equipo y el equipo había sabido responder. Cuando llegamos a Edgar Road, vi a Tiger ante mi puerta. Maullé y Jonathan me dejó en el suelo.

–Está a salvo –dije sonriendo.

–¡Oh, Alfie, lo conseguiste! –Tiger parecía tan contenta que me sentí más cerca de ella que nunca.

–No, Tiger, lo conseguimos entre todos. –Le hundí el hocico donde pude y me sentí el gato más afortunado del mundo.

Capítulo trigésimo segundo

Cuando llegamos con George se organizó un auténtico caos. Claire rompió a llorar, al igual que Summer, que echó a correr hacia George, lo abrazó contra su pecho y le dijo:

–Gatito malo.

George no pareció entender que lo riñeran, pero le lancé una mirada de tranquilidad. Polly y los niños se apiñaron a su alrededor y, como es lógico, todos querían oír la historia.

–En realidad, fue cosa de Alfie –dijo Jonathan, que tampoco parecía entender mucho–. Después de todo el jaleo que organizó aquí, nos obligó a seguirlo hasta aquella casa. ¿Cómo la encontraste, si nadie había sabido nada hasta entonces? –me preguntó Jonathan. Ladeé la cabeza–. Creo que tuvo ayuda, ayuda felina, eso es. Y luego arriesgó la vida, una de ellas al menos... –Jonathan contó la historia, aunque se parecía más a una de sus películas de acción que a lo que ocurrió realmente. Quiero decir que lo mío fue espectacular, pero no tanto como lo que contó él.

–Resulta que la pobre Henrietta trabajaba en una residencia felina, pero no le gustaba devolver a los animales, así que la despidieron –explicó Matt–. Aquello la desquició un poco y entonces se dedicó secuestrar a todos los gatos que veía. Había cerca de una veintena en aquella casa grande y destartalada.

–Imagina el olor, Claire, tú no lo habrías soportado –añadió Jonathan. En qué cosas tan curiosas se fijaban los humanos.

Todos estaban contentos y prodigaron a George multitud de mimos, pero a mí me trataron como a un héroe cuando Matt y Jonathan terminaron de explicar lo que había pasado. Claire fue a buscarnos salmón ahumado, que fue muy bien recibido después de nuestra aventura.

Comimos con todos los demás a nuestro alrededor, hablando con muchas muestras de alivio.

–¿Se lo has dicho a Tash? –preguntó Jonathan.

–Sí, le he enviado un mensaje. Está en casa con Elijah, que no se encuentra muy bien, pero Max está con ella, así que dijo que lo celebraría. ¿Y Tomasz? ¿Alguien se lo ha dicho a él?

–Le envié un mensaje –dijo Jonathan–. Y mira. –Levantó el teléfono y enseñó una foto de mi familia polaca–. Un selfi familiar, así que están bien. –Jonathan sonrió. Empecé a relajarme. George había vuelto al hogar. Me daba la impresión de que en aquel momento todo el mundo estaba ya en el lugar que le correspondía.

Cuando me acurruqué con George, después de haber comido y habernos limpiado debidamente, quise que todo el mundo viera lo mucho que lo quería. Esperaba que así se dieran cuenta de lo mucho que se querían entre sí.

–¿No es extraordinario? –dijo Polly–. Alfie ha adoptado a George como si fuera suyo. No podría quererlo más aunque fuera su padre biológico. –Claire miró a

Polly y luego a Jonathan. Vi que Jonathan me miraba y luego alargaba la mano para coger la de Claire.

–Y nosotros también queremos a estos animales casi como si fueran hijos nuestros –señaló Matt.

–Así es –dijo Claire, y vi que tenía lágrimas en los ojos mientras apretaba con fuerza la mano de Jonathan. Me hice el firme propósito de hacerle muchas caricias a Polly más adelante. Qué inteligente había sido al decir aquello.

–Polly –dijo Matt–, hoy he estado pensando mucho, cuando estábamos buscando a George. Tenía mucho miedo por él, bueno, sé que todos lo teníamos, pero fue como si hubiéramos perdido a una parte de la familia. Y creo que, por el bien de la nuestra, tenemos que arreglar las cosas para poder trabajar los dos, porque no creo que nos beneficie en nada sentirnos desdichados.

–Nos hemos portado muy mal últimamente –dijo Polly–. Pobres niños, para ellos ha debido de ser una pesadilla. –Desde donde estaba descansando le ronroneé para darle la razón: en efecto, había sido una pesadilla.

–Podéis buscar una niñera o algo parecido –dijo Jonathan–. Muchos padres lo hacen.

–Yo os puedo ayudar a encontrar una –dijo Claire. Era tan eficiente que sabía que les encontraría niñera en menos que canta un gallo–. Y tenéis razón. Últimamente lo hemos complicado todo demasiado, puede que esto haya sido el toque de atención que necesitábamos para empezar a arreglar nuestros problemas. –Miró a su marido.

–Hablaremos en serio más tarde –dijo Jonathan, inclinándose para besarla.

Henry entró en la cocina y se acercó a su padre. Parecía enfadado.

–¿Qué pasa, compañero? –preguntó Matt.

–Martha y Summer quieren que me vista de niña y asista con ellas a una merienda de mentirijillas. –No parecía muy contento.

–Qué mandonas son esas niñas, ¿verdad, chico? Bien, Henry, ven conmigo y te buscaré algo para que te distraigas –dijo Jonathan, cogiéndolo de la mano.

–¿Puedo jugar con la tableta? –preguntó con un asomo de esperanza.

–De acuerdo, pero será mejor que te quedes en la cocina o las chicas se pelearán por ella. –Jonathan le revolvió el pelo y se fue a buscar la tableta. Henry se sentó en un rincón de la cocina, contento de nuevo por estar a salvo de las chicas.

Mientras sentía la calidez del cuerpo de mi pequeño pensé en lo fácil que podía ser todo. Bastaba con que la gente lo desease.

–Voy a abrir una botella de champán –anunció Jonathan–. Tenemos que celebrar el regreso de George. –Fue al frigorífico y sacó una botella.

–¿Sabéis?, la última vez que estuve tan asustada como hoy fue cuando Alfie cayó enfermo y no sabíamos si sobreviviría –dijo Claire. Estaba hablando de mi primer plan histórico, que había sido increíblemente peligroso. Aunque había funcionado, estuvo a punto de enviarme al otro barrio.

–Y pensar que entonces no nos conocíamos. Jolines, Claire, es que ya no puedo imaginarme la vida sin vosotros –dijo Polly.

–Si no hubiera sido por Alfie, y ahora por George, no estaríamos hablando de esta manera; no lo hacíamos desde hacía siglos, así que creo que deberíamos brindar por ellos –sugirió Matt.

–Casi se diría que lo planeó todo –dijo Jonathan riendo.

–Oh, Jon, qué tonto eres atribuyendo esas cosas a Alfie. Pues claro que no lo planeó. Pero Matt tiene razón, nuestras vidas han ganado mucho gracias a estos animales, así que brindemos por ellos –dijo Claire, acariciando afectuosamente el brazo de Jonathan.

Jonathan se puso en pie y se aclaró la garganta.

–Por el amor, la familia y los amigos... y esto incluye a nuestros queridos e inteligentes gatos, sin los cuales estaríamos perdidos. Tan perdidos como lo estuvo el pequeño George. Por Alfie y George. –Levantó la copa de champán y todos repitieron sus palabras mientras chocaban las copas.

La alegría me llenó el corazón hasta tal extremo de que pensé que iba a explotar.

Si olvidamos que George se había perdido de verdad y que mi plan había ido a la deriva, el resultado final fue exactamente el que había esperado. No, no mereció la pena perder a George, y nunca lo volveré a dejar solo, ni por un momento, pero lo habíamos recuperado y ya era hora de dejar de lamentar los malos momentos y encarar el futuro. Lo cual, como oí decir a Claire y a Jonathan aquella noche, parecía ser exactamente lo que iban a hacer ellos.

–Creo que la adopción es importante por muchas razones –dijo Claire–. Un niño necesita una familia que lo quiera y nosotros la tenemos, somos una familia así. Hay demasiados niños en el mundo que no tienen lo que nosotros podemos ofrecer.

–Lo sé y quiero hacerlo, pero me da miedo. ¿Y si no quiero al niño tanto como a Summer? No puedo creer lo mucho que la quiero, incluso ahora me sorprende.

–Pero ¿y si resulta todo lo contrario? Jonathan, no te das cuenta de lo grande que es tu corazón: tratas a todos los niños, a Aleksy, a Tomasz el pequeño, a Elijah, a Henry y a Martha, como si fueran de tu familia.

–Lo sé, y los quiero a todos, pero no viven conmigo. No soy su padre.

–Pero ahora eres como el padre de Alfie y de George, además del de Summer.

–A veces creo que quizá podría hacerlo, pero tengo miedo, Claire. Y a propósito, ya sé que los tratamos como si fueran hijos nuestros, pero Alfie y George son gatos.

Cuando conocí a Jonathan, tuve la pasajera sensación de que no le caía bien, ya que me echó varias veces de su casa, pero también sabía que el Jonathan de entonces era muy diferente del de ahora. Me lo había ganado y Claire había arreglado sus desajustes. Ahora era el mejor padre que se podía tener. ¡Bueno, exceptuándome a mí, naturalmente!

–Lo sé, y da miedo. Estaba tan empeñada en conseguirlo que ni siquiera me di cuenta de lo amedrentador que era, y lo lamento. No solo estoy pensando en mí, ya lo sabes. Creo que aumentar nuestra familia de esta manera será bueno para todos. A Summer le encantaría tener un hermano, ¿y qué más da si es mayor que ella?

–¿Hermano? No me digas que ya lo has elegido sin decirme nada.

No me extrañaría que Claire lo hubiera hecho. Jonathan parecía aún más aterrorizado si cabe.

–Pues claro que no. –Menos mal. Respiré de alivio–. Pero en mi cabeza es un varón. Un hermano mayor para nuestra Sum, alguien que la cuide, que la proteja mientras nosotros lo protegemos a él. –Claire tenía lágrimas en los ojos y sentí un brote de emoción. Abrir nuestra casa y nuestra familia a un niño que carecía de ellas sería algo perfecto. Es lo que habían hecho conmigo.

–Me encantaría. Porque también a mí me gustaría tener más hijos, pero ¿y si no siento por él lo que tengo que sentir? ¿Y si no me siento su padre?

–Confía en mí, ya verás como ocurre. Cuando el niño llegue, te sentirás padre.

–¿Cómo puedes estar tan segura? –preguntó.

–Por Alfie y George.

Capítulo trigésimo tercero

Habían pasado seis meses de la desaparición de George. Ahora era grande y ya no se metía en problemas. Bah, ¿a quién quiero engañar? Siempre estaba metido en líos. Por suerte, ya no le gustaba jugar al escondite: creo que haber estado encerrado tanto tiempo en casa de Henrietta le había quitado las ganas de esconderse. El periódico local la había tildado de loca de los gatos. He de admitir que me daba un poco de lástima. Solo era una mujer que amaba a los gatos, aunque eso no significaba que tuviera derecho a secuestrarnos por la calle. El caso es que, a pesar de la aventura que había vivido, a George aún le gustaba jugar con bolsas, cajas y cortinas, saltar y trepar a las alturas. Yo no dejaba de reñirlo, pero había aprendido que esa era una de las cosas importantes de ser padre, tanto en el reino animal como en el humano.

Sin embargo, también me esforcé porque supiera que lo queríamos. Siempre estaba dispuesto a darle un abrazo cuando lo necesitaba, o, si he de ser sincero, cuando lo necesitaba yo. Procurar que George supiera lo mucho que lo quería era mi misión más importante. No dejaba de ser curioso, porque me había mostrado distante cuando llegó y solo quería estar solo con mi corazón destrozado: pero era evidente que Claire sabía lo que estaba haciendo.

Le estaba enseñando a George lo importantes que éramos los gatos en la vida de los humanos. Y él se dejaba llevar por el entusiasmo y me contaba que su próximo objetivo era hacer que Summer fuese menos mandona. Le deseé suerte con eso; era un plan muy ambicioso, incluso para mí. Y para él también, pensé mientras veía a la niña presionando a George para que fingiera ser su hijo. Pero el pequeño estaba aprendiendo de mí y, aunque no éramos de la misma sangre, lo quería como nunca querría a nadie. Astilla de este palo, asimilaba en seguida todo lo que le enseñaba y tenía encantados a todos los gatos de los alrededores, incluso a Salmon; éramos como marionetas en sus zarpas.

Tiger era ya la madre sustituta de George y desempeñaba aquel papel de un modo insuperable. Pasábamos mucho tiempo juntos y, aunque seguían gustándole los sarcasmos, emitir juicios y castigar mi lado más sentimental, tomó a George bajo su responsabilidad como si fuera hijo suyo. Los tres formábamos un equipo. Teníamos un vínculo que sabía que nadie podría romper jamás, y pasábamos juntos más tiempo que nunca. Incluso Claire y Jonathan se habían percatado de todo el tiempo que pasábamos juntos y nos llamaban «el viejo matrimonio». Les parecía gracioso. A mí no. ¿Qué había de viejo en mí?

Y los demás gatos formaban ahora parte de nuestra vida de un modo que ya no se parecía al de antes. Perder a George y Pinkie nos había unido de tal manera que nos pilló por sorpresa. Los gatos de Edgar Road eran una fuerza que había que reconocer, por no mencionar a Dustbin, cuya amistad tenía en alta estima.

A mis familias todo volvía a irles bien, y cruzo las uñas para que siga así. Ni por un minuto he pensado que así será siempre, porque nada dura eternamente, pero había aprendido a disfrutar de los buenos momentos y a no preocuparme por los malos hasta que llegaran.

Tash era ahora vecina de Edgar Road con todos los derechos y George y yo íbamos a su domicilio con regularidad. Estaba saliendo con Max y podía decirse que «tenían una relación». Tash se mostraba prudente, pero era feliz. Y por lo que se refiere a su situación con Dave, aunque no había sido fácil y seguían sin ser amigos, habían llegado a un acuerdo acerca de Elijah que, según Tash, era el mejor que podía esperar. Y el querido Elijah estaba encantado y contento; aunque se estaba haciendo mayor, seguía siendo un niño adorable. Los adultos bromeaban sobre que Summer y él se casarían algún día, pero si he de ser franco, a mí no me parecía una buena idea. Summer lo traía de cabeza. Él estaría totalmente dominado por ella. Había aprendido lo que significaba esa frase durante las vacaciones que había pasado en el campo y durante mi misión de rescate. Por supuesto, quería a Summer y me gustaban sus aires de mandona, pero no los quería ver en nadie más.

George y yo tuvimos que pasar un tiempo con mi familia polaca, porque Claire y Jonathan habían tenido que hacer algo importante. Ahora eran mucho más felices y Aleksy me contó que ya no estaba preocupado por sus padres. Tomasz el grande no paraba, planeaba ya abrir el tercer restaurante, pero había ideado una fórmula genial para no tener que trabajar a todas horas. Él era el cerebro que se encargaba de la comida, su socio se ocupaba de la parte financiera y tenían un buen pelotón de cocineros y gerentes trabajando a sus órdenes. Incluso hablaban de mudarse a una casa más grande para que los niños, que estaban creciendo muy aprisa, dispusieran de más espacio. Aunque entendía su punto de vista, me entristecía perder de vista a Dustbin. A George y a mí nos encantaba pasar el rato con él. Había dictaminado que George era un buen cazador, cosa que yo no aprobaba; pero no podía impedirlo, ya que era algo natural en muchos gatos y me constaba que la anomalía era yo. Pero me gustaba pasar el rato con Dustbin, que era uno de los gatos más sabios que conocía; aunque se mudaran, encontraría la forma de verlo; de momento conocía el camino de su casa. Franceska decía que sería maravilloso si pudieran volver a vivir en Edgar Road, aunque por el momento no habían buscado nada en serio. Jonathan bromeaba al respecto diciendo que se estaban convirtiendo en «Los Walton», aunque yo no sabía a qué se refería. Me encantaría tenerlos otra vez en nuestra calle, así tendría otra casa que visitar regularmente y volvería a sentirme de nuevo como un auténtico gato multihogareño. Nunca se tienen demasiadas casas.

Había intentado explicarle esto a George cuando volví a llevarlo a casa. Se había traumatizado un poco por la aventura, pero sobre todo por el ruido que hacían los otros gatos.

–Tu hogar es este –le había dicho–. No lo olvides nunca.

–¿Y la casa de Matt y Polly?

–Bueno, también es tu hogar.

–¿Y la de Franceska y Tomasz?

–Sí, también lo es, pero la lista acaba ahí. –Se sentía un poco contrariado.

–¿Y la de Tash?

–Mira, George, lo que intento decirte es que todas esas casas, las que has mencionado, son también la tuya, pero la forma más fácil de enfocarlo es decir que tu hogar se encuentra donde esté yo. –Aquello pareció entenderlo.

Aunque habían tardado un tiempo, Polly y Matt habían arreglado sus problemas. Ambos trabajaban ahora y a los dos les gustaba el empleo que tenían, pero habían conseguido que el conjunto de la familia funcionara contratando a una niñera, que a veces los demás también compartían. Lucy, la niñera, era muy maja y a todos nos gustaba. Polly y Matt también se esforzaron por pasar algún tiempo juntos una vez por semana. Se les veía muy acaramelados, como antes. Polly había vuelto a ser la misma, guapa y contenta. Matt estaba relajado y disfrutaba del tiempo que pasaba en casa… aunque fuera limpiando. Planeaban pasar unas largas vacaciones familiares, aunque estaba convencido de que no nos invitarían ni a George ni a mí. Martha crecía muy aprisa, al igual que Henry, que ahora se negaba a jugar con Martha y con Summer y se sintió aliviado cuando Aleksy y Tomasz regresaron de Polonia; ya podía volver a jugar con niños de su tamaño.

Claire, Jonathan y Summer también estaban contentos. George y Summer se entendían a las mil maravillas, lo cual me gustaba, porque quería que ella tuviera con mi pequeño la misma relación que tenía yo con Aleksy. Ambos queríamos a todos los niños, pero teníamos preferencia por esos dos, porque en mi caso era como si hubiese crecido con Aleksy y Summer estaba creciendo con George. Summer acababa de cumplir tres años y celebramos una fiesta preciosa, y fue entonces cuando Claire y Jonathan nos dieron la gran noticia. No había ocurrido de un día para otro, pero no importaba, porque aquel era un gran día. Todo estaba a punto de cambiar otra vez, pero esta vez esperaba que fuera para mejor.

Estábamos todos muy nerviosos y emocionados. Tenía el estómago lleno de mariposas. Nos habíamos arreglado todos del mejor modo posible: Jonathan llevaba unos pantalones elegantes y una camisa; Claire llevaba un precioso vestido de flores; y Summer un disfraz de princesa que le habían regalado para su cumpleaños y que repetía que era el mejor traje que había tenido nunca. La verdad es que apenas se lo quitaba, pero estaba guapísima con él. Yo me había lavado a fondo y había obligado a George a hacer lo mismo. Ambos estábamos muy atractivos, aunque esté feo que lo diga yo.

Todos esperamos, inquietos y sin saber muy bien dónde poner las extremidades. El tiempo pasaba muy lentamente, como ocurre siempre que estás esperando algo.

Como es lógico, Claire y Jonathan ya habían conocido al niño, quiero decir a nuestro candidato a ser adoptado. Habían hecho muchas visitas y viajes con él, pero había llegado el momento de traerlo a casa para ver si podíamos vivir juntos. No podía instalarse sin más, tenía que ser feliz aquí, pero ¿por qué no iba a serlo? Nuestra casa estaba tan llena de amor que en cada cuarto se notaba su efecto. Encajaría a la perfección en cuanto se acostumbrara. Al igual que yo y que George.

Me estiré cuando sonó el timbre.

–Ay, ay, ay, que ya están aquí. ¿Estoy bien? –Claire se pasó la mano por el pelo y se ruborizó. Claire había estado de muy buen humor últimamente, muy contenta y emocionada por lo que respectaba al futuro: no dejaba de decir que era el destino y que sabía que así tenía que ser. Y creo que Jonathan, por fin, la creía.

–Estás preciosa –dijo Jonathan, cogiéndole la mano. Vi que él sudaba un poco cuando los dos se dirigieron a la puerta de la calle.

–¡Yo también! –gritó Summer siguiéndolos. George y yo les pisábamos los talones.

Jonathan abrió la puerta y entró una señora que llevaba de la mano a un niño que tendría la edad de Henry. Parecía aterrorizado y apretaba con fuerza la mano de la mujer. Mi corazón estaba con él; si alguien necesitaba un gato era ese niño, lo habría jurado.

–Hola, Marie –dijo Claire, estrechándole la mano a la mujer.

–Hola, chicos, Summer –dijo Marie.

Claire se arrodilló.

–Hola, Toby. Bienvenido a nuestra casa –dijo con dulzura. El chico la miró y sonrió con nerviosismo.

–Toby. –Summer dio un salto adelante y le sonrió–. Soy una princesa.

–Hola, Summer. –El chico pareció sentirse más cómodo cuando saludó a la niña, pero seguía temblando de pies a cabeza. Miré a Claire, que seguía arrodillada delante de él, con Summer a su lado. Jonathan retrocedió ligeramente.

Decidí presentarme. Debía de sentirse muy confuso

y era demasiado pequeño para afrontar tantas emociones. Perdí mi primer hogar cuando era demasiado joven para entenderlo, y había sido una de las épocas más duras de mi vida. Quería que aquel niño supiera que entendía cómo se sentía.

–Miau –dije, frotándome contra sus piernas.

–¡Un gato! –exclamó, y se sentó en el suelo para acariciarme. Claire y Summer lo imitaron y entonces llegó George.

–¡Otro gato! –dijo Toby, más feliz aún al ver a George, que se subió a sus rodillas. Aquel niño era estupendo, estaba claro que le gustaban los gatos. Summer rio, Toby la miró y rio también. Sentí que me atragantaba al ver los ojos de Claire llenos de lágrimas. Ambos estábamos pensando lo mismo, estaba seguro. Este es nuestro muchacho.

Todos jugamos un rato en el suelo. Marie, la asistenta social, se había quedado al margen y Jonathan parecía clavado donde estaba. Decidí darle un leve codazo.

–¿Quién tiene hambre? –preguntó al fin, mirándome a mí y luego a ellos.

–¡Yo! –gritó Summer.

–¿Toby? –preguntó Jonathan. Toby asintió tímidamente con la cabeza. Todos miramos a Jonathan. Tenía lágrimas en los ojos, algo que no ocurría a menudo, y la voz ahogada de emoción. Me sentí muy orgulloso de todos ellos en aquel momento, pero sobre todo de él.

Alargó la mano hacia Toby. Toby miró la mano un segundo y alargó la suya. Jonathan tiró suavemente de él para ayudarlo a ponerse en pie y le apretó la manita con firmeza.

–Vamos, hijo –murmuró.

Capítulo trigésimo cuarto

Cuando llegó la hora de que Toby se marchara, el niño dijo que no quería, y ninguno de nosotros tampoco quería que se fuera. Aún se mostraba tímido e inseguro, pero había disfrutado con nosotros, era evidente. Me costaba aceptar que un niño de cinco años tuviera que ir a vivir con una familia que no era la suya. Era un aspecto de la vida que siempre me había parecido inquietante, confuso e injusto. Pero también sabía, después de haberlo visto con Claire, Jonathan y Summer, que si tenía que ir a una casa, la nuestra era la mejor.

Marie llevó aparte a Claire y a Jonathan y les dijo que la visita había ido muy bien y que deberían aumentar progresivamente el tiempo que Toby iba a pasar con nosotros hasta que se decidiera que podía quedarse a vivir allí. Yo esperaba que fuera cuanto antes. Claire pareció aliviada y Jonathan resplandecía, lo cual venía a demostrar que teníamos razón, que podía querer a un hijo aunque no fuera suyo. Sus ojos estaban llenos de amor. Cuando Toby se fue, con muchos abrazos, besos y promesas de volver pronto, todos estábamos emocionados.

–¿Así que Toby vendrá a vivir con nosotros? –preguntó George cuando lo puse en la cama.

–Sí. Claire será su mamá y Jonathan su papá.

–¿Como Tiger y tú lo sois para mí?

–Sí, exactamente igual.

–Porque yo te quiero, papá, y también quiero a mamá Tiger. –Le di un beso de buenas noches: para un solo día, había habido demasiadas emociones y yo ya no cabía en mí de felicidad.

–Jonathan, no quería que se fuera –dijo Claire más tarde, cuando estábamos solos. Summer y George dormían ya.

–Yo tampoco y apenas pude soportarlo. Tenías razón. En el momento en que lo vi, supe que era mi hijo. No lo entiendo, pero lo miré a los ojos y lo quise. Lo quise inmediatamente. –Jonathan lloraba otra vez: por lo visto era la norma del día.

–Oh, Jon, te quiero tanto... y Toby será el niño más afortunado del mundo por tenerte como padre.

–Se lo merece, después de todo lo que ha soportado.

–Jon, no hables de eso, miremos al futuro.

–Ardo en deseos de llevarlo al fútbol. –Jonathan hizo un esfuerzo por reír.

–Puede que Summer también quiera ir –señaló Claire.

–Por supuesto. No estoy siendo sexista, los llevaré a los dos. Pero creo que tienes razón, ¿sabes?, siento que nuestra familia está completa ahora. Nosotros, Summer, Alfie, George y ahora Toby. Está bien. En realidad, es maravilloso.

–Sé exactamente cómo te sientes. Ahora mismo soy feliz. También yo me muero de ganas de que ese adorable niño viva aquí.

–Puede que al principio sea difícil, necesitará tiempo y atención, y tenemos que cuidar que Summer no se sienta desplazada. –Jonathan siempre era la voz de la razón.

–Lo sé, Jon, y por eso me voy a tomar un año libre en el trabajo, recuérdalo. Así tendré tiempo de prestarles a los dos la atención que necesitan. Nada que merezca la pena es fácil, pero vamos a hacer esto y lo vamos a hacer muy bien.

–Quizá debería escucharte más en el futuro –dijo Jonathan, echándose a reír.

–¡Por fin! Ya era hora de que te dieras cuenta. Pero en serio, Jon, nos irá bien.

–No, Claire, nos irá más que bien.

Fui a ver a George, que roncaba suavemente, antes de salir a la calle. Pasé por la salita, donde Claire y Jonathan seguían acurrucados en el sofá, y crucé la gatera. Tenía que ver a alguien. Había enseñado mucho a mis humanos y mi plan había funcionado al final, a pesar de haberse torcido al principio, pero me había enseñado mucho. Ver a mis familias juntas, todos los adultos corroborando el amor que sentían o buscando amores nuevos, me había abierto los ojos. Ser padre, de un niño o de un gatito, te daba una perspectiva diferente. El amor y la paternidad funcionaban de formas muy diferentes. Por ejemplo, mi primera humana, Margaret, no tenía hijos humanos, pero nos tenía a Agnes y a mí, éramos sus pequeños y fue una gran madre para nosotros. Nos llenaba de afecto y cariño, por no hablar de sardinas. Y lo mismo pasó con Claire y Jonathan antes de que llegara Summer. Si cuidáis de vuestras mascotas, vuestras mascotas cuidarán de vosotros. No hay normas donde reina el amor: simplemente, unos cuidan de otros.

Eso fue lo que aprendí. También había descubierto que nada dura eternamente, así que tenemos que disfrutar de la felicidad cuando llega. Tenemos que aferrarnos a lo que es importante, alimentarlo y cuidarlo. Aquellos a quienes amamos tienen que saberlo cada día que pasa. Todo el mundo aprendió algo con la desaparición de George, y me preguntaba si yo no sería el que más había aprendido.

No era tarde, pero golpeé la trampilla de la gatera y esperé en el jardín trasero. Al poco rato apareció Tiger. El cielo era de color azul oscuro; la luna, brillante y redonda; las estrellas titilaban, era una noche preciosa. Nos sentamos en los peldaños traseros, el lugar donde se había torcido nuestro plan, y miramos la luna juntos, sentados en silencio.

–¿Qué tal ha ido el día? –preguntó finalmente, agitando los bigotes hacia mí.

–Maravilloso, estupendo, no podría haber ido mejor ni aunque lo hubiera planeado. Toby es un niño adorable. Me siento triste porque no tiene todavía una familia, pero somos afortunados porque vamos a convertirnos en la suya. ¡Tú también lo querrás!

–Otro gatito del que preocuparse –Tiger sonrió–. Aunque quizá sea hora de olvidar esa tendencia tuya a trazar planes para solucionar cosas.

–¡Ni en un millón de años! De todos modos, no creo que sea tan travieso como George, ni tan mandón como Summer, pero tienes razón, me preocuparé por él, y lo querré, y haré todo lo posible por cuidarlo.

–Porque esa es la clase de gato que eres.

–Cierto. Pero también tengo que valorar como se merecen a los que me ayudan con George y mis familias, quiero decir valorarlos más de lo que los he valorado hasta hoy –dije. Tenía las ideas claras, pero me costaba ponerlas en palabras.

–¿Alguien en particular? –preguntó Tiger.

–Ya sabes a quién me refiero, Tiger. A ti. Siempre has estado ahí para apoyarme, incluso después de mi relación con Snowball seguiste siendo mi mejor amiga, y ahora compartes conmigo la responsabilidad parental.

–Nunca me habían dicho una cosa así –dijo. Parecía algo avergonzada, probablemente porque había aludido a la época en que me dijo que estaba enamorada de mí.

–¿Sabes?, he aprendido que el amor llega con toda clase de aspectos y tamaños. Creo que lo de Snowball fue un amor juvenil, mi primer romance, supongo, pero no teníamos muchas responsabilidades por aquel entonces. Siempre la echaré de menos, pero la vida es diferente ahora y no la cambiaría ni por todas las sardinas del mundo.

–Ah, ¿no?

–Tiger, lo que intento decir, y no lo estoy haciendo muy bien, es que tú siempre has estado a mi lado cuando importaba y quiero que siga siendo así durante muchísimo tiempo.

–¿Qué quieres decir?

–Nuestra relación…, somos buenos amigos, somos padres y nos queremos. Todas esas bromas sobre que éramos como un viejo matrimonio, bueno, ahora lo veo. Quizá no sea la pasión de la juventud, pero parece una forma más madura de amarnos. –La conversación me estaba poniendo muy nervioso.

–¿Así que crees que somos como un matrimonio viejo? –preguntó Tiger con tono burlón.

–Sí, bueno, no tan viejo, pero un matrimonio que se respeta profundamente, en el que ambas partes quieren a George de una forma que hará que él siempre sea lo primero, pero también una pareja que lo pasa bien, que ríe y siente un profundísimo amor por el otro…, así es como me siento, Tiger. Y dejando a un lado la vanidad, ninguno de nosotros va a ser más joven cada día que pasa, así que ya es hora de ver lo que tengo delante del hocico.

–A mí.

–A ti.

–Oh, Alfie, nunca creí que dirías eso, es decir, nunca soñé, después de Snowball…

–Chitón. Hay cosas que tardan más tiempo en saberse. En el caso de Toby, fue poco a poco y en el nuestro creo que también.

Entonces… ¿lo nuestro es algo sólido? –preguntó Tiger. Tenía los ojos llenos de todo lo que amaba en ella: calidez, diversión, amistad, belleza. La había tenido por segura durante mucho tiempo, pero había abierto por fin los ojos.

–Irrompibles. Como las mejores cosas de mi vida, ha merecido la pena esperar, y ahora, Tiger, amor mío, la espera ha terminado.

–Hace tanto tiempo que te quiero, Alfie…

–Lo sé, y siento que no haya sido fácil, pero ahora puedo devolverte ese amor. Y conozco a un gatito que va a sentirse muy feliz.

Mientras los dos mirábamos la luna, mi corazón estaba pletórico: de mis humanos, de mis gatos, de Tiger y, sobre todo, de nuestro pequeño George.

Agradecimientos

Me siento tan afortunada por poder escribir un tercer libro sobre Alfie que ante todo quisiera dar las gracias a mis lectores. ¡Gracias por comprar mis libros y espero poder seguir escribiéndolos! Alfie se ha convertido en parte de mi vida y de mi familia, así que significa mucho para mí.

Gracias como siempre a mis maravillosos agentes, Diane Banks Associates y todos los que trabajan allí, Kate, Diane, Chloe y Robyn. También a todo el personal de Avon, pero en particular a mi encantadora editora Helen Huthwaite: ¡sigue siendo un placer trabajar contigo!

A mi familia y amigos, que me han apoyado como siempre: sabéis quiénes sois y lo valiosísimos que sois en mi vida. Y a mi hijo, Xavier, que, como de costumbre, ha sido increíble.

Propuse en Twitter un concurso para ver qué gato ajeno podía tener como personaje secundario de mi libro, y quiero dar las gracias a todos los que participaron. ¡Fue muy difícil decidir y me habría encantado elegir a todos los gatos que se presentaron! Solo podía haber un ganador, así que felicidades a Pinkie, una gata preciosa, y a su dueña, Victoria Nikiforou: gracias a las dos por ser parte de mi libro.

Mención especial para Moira y Charles Huthwaite: espero que os guste nuestro homenaje al Señor B; siempre añorado, nunca olvidado.

Repito que ha sido una alegría ponerme a contar nuevas andanzas de Alfie, así que muchísimas gracias a todo el que lo ha hecho posible y espero que disfrutéis de *El gato que regalaba sonrisas*.

Esta primera edición de *El gato que regalaba sonrisas*
de Rachel Wells se terminó de imprimir en *Grafica Veneta S.p.A.*
di Trebaseleghe (PD) de Italia en junio de 2019.
Para la composición del texto se ha utilizado la tipografía Sabon,
diseñada por Jan Tschichold en 1964.

Duomo ediciones es una empresa comprometida
con el medio ambiente. El papel utilizado para
la impresión de este libro procede de bosques
gestionados sosteniblemente.

Este libro está impreso con el sol. La energía
que ha hecho posible su impresión procede
exclusivamente de paneles solares. *Grafica*
Veneta es la primera imprenta en el
mundo que no utiliza carbón.